读谱记

SUQIPING DUPUJI

苏启平 著

苏轼后裔五迁六修纪实
谱牒文化展现民族融合
首部以族谱为依据
写作家族迁移的小说
苏轼后裔书写家族迁徙
完整呈现具体迁徙路径

北方文艺出版社
·哈尔滨·

图书在版编目(CIP)数据

读谱记 / 苏启平著. —— 哈尔滨：北方文艺出版社，2022.1

ISBN 978-7-5317-5406-0

Ⅰ.①读… Ⅱ.①苏… Ⅲ.①纪实小说–中国–当代 Ⅳ.①I247.5

中国版本图书馆 CIP 数据核字(2021)第 266135 号

读谱记
DU PU JI

作　者 / 苏启平
责任编辑 / 张贺然　　　　　　　　封面设计 / 潇湘悦读

出版发行 / 北方文艺出版社　　　　　邮　编 / 150008
发行电话 / (0451)86825533　　　　经　销 / 新华书店
地　址 / 哈尔滨市南岗区宣庆小区 1 号楼　网　址 / www.bfwy.com

印　刷 / 长沙市精宏印务有限公司　　开　本 / 880mm×1230mm　1/16
字　数 / 200 千　　　　　　　　　　印　张 / 20
版　次 / 2022 年 1 月 第 1 版　　　　印　次 / 2022 年 1 月 第 1 次印刷

书　号 / ISBN 978-7-5317-5406-0　　定　价 / 98.00 元

苏洵像

苏轼像

苏轼像

苏辙像

序（一）

⊙管成学

苏启平先生的《读谱记》一书，让我写几句话，拖了很久都没有完成。因为从来也没有这几个月这么忙。

今年是苏颂千年华诞，厦门市同安区和江苏省镇江市两级政府都想在苏颂的生日（农历十一月二十三日）举办庆典和学术研讨会。厦门市同安区社联主席林永富和苏颂**故居芦山堂理事**长苏清祥委托我联系剑桥大学李约瑟研究所致力于苏颂研究的专家赴会；同时请日本苏颂研究会会长吉泽大淳在会上发言，而且采取网上的方式，此事颇费时间和精力。

镇江市前市委书记钱永波读了苏颂原著和中国苏颂研究会出版的苏颂研究丛书。他提出与中国苏颂学术研究会联合出版《苏颂精神长青》一书。由他拟定全书七章的章名，由他亲自审读全书并写前言。由我细化七章的纲目，撰写全书的初稿，做为镇江市向苏颂千年华诞的献礼。

福建教育出版社去年与我签定了《苏颂全集》的出版合同，也想向苏颂千年华诞献礼。吉林科技出版社出版我主编的"世界五千年科技故事丛书"，其中《苏颂的故事》和《苏颂水运仪象台研究与复制的故事》由我执笔。由于以上四件事情，尽管我每日焚膏继晷，伏案10个小时以上，依然无法完成审读与撰写的任务。只好有违启平先生的抬爱，向他表示歉意！启平先生知我忙碌后，又发来了《读谱记》写作缘由与内容简介，读完他几百字的缘由与简介，我深受感动，还是停下了手中的工作，为他写序言了，并把他和《读谱记》推荐给《苏姓文化》的主编苏永祁部长。

可以大言自诩地说：我和我的老师、东北师范大学教授颜中其先生是《苏氏族谱》的收集者和开拓者。我自1983年在《光明日报》"史学版"发表《苏颂在科技史上的伟大贡献》，至今已经37年。这37年我和我领导的中国苏颂学术研究会只做了一件事。那就是收集、整理、研究苏颂的原著和《苏氏族谱》。

1990年经台湾苏氏宗亲会创会理事长苏克福博士的介绍，我认识了香港苏氏宗亲会理事长苏汝谦先生。汝谦先生知道我与颜中其教授在收集《苏氏族谱》，立即表示他可以捐款支持《苏氏族谱》的收集和研究工作。

其后不久，他就给了我和颜中其教授8万美元，让我们东渡扶桑，远航北美与西欧，收集流失到国外的《苏氏族谱》。1994年，我依据从北京、上海、南京和美国、日本收集到的《苏氏族谱》写成论文《苏氏族谱访书记》，发于北京国家图书馆的《文献》杂志第四期，后经颜中其教授增补，收入了1994年东北师范大学出版社出版的《新编苏氏大族谱》。

2006年初，经上海苏氏宗亲会创会理事长苏永祁部长介绍，我认识了印尼苏钢总裁、第五届世苏总会理事长苏用发先生。9月5日，用发理事长邀请我和永祁部长陪他到河南固始去寻根，在车上，用发理事长再次提出编写《苏氏总族谱》一事。用发理事长前后捐款近五百万人民币，出版了 2012 年的 26 册本《新编苏氏总族谱》。

这套书苏用发任主编，管成学任执行主编，执行副主编有苏永祁部长、长春中医药大学校长王之虹、东北师范大学副校长苏忠民等。这套书中，苏永祁的《万里寻谱记》、苏慎的《苏氏宗谱经眼录》、管成学的《台湾苏氏族谱概览》、陈子彬的《苏洵对族谱学的贡献》四篇文章是致力于《苏氏族谱》的人应该浏览一过的。

我讲述上面的《苏氏总族谱》的编撰经过是在告诉读者，我与苏汝谦、苏用发、苏永祁完成的仅仅是铺路工作，或者叫开凿矿道的工作。我在 2007 年 9 月 4 日—9 日的《新编苏氏总族谱》咸阳会议上，曾经说："《苏氏族谱》是一座金矿，越往深层挖掘，越被它金光闪闪的宝藏所吸引。"

我们这一代人完成的是"筚路蓝缕，以启山林"的开榛辟莽的工作。汝谦会长已经仙逝，我和永祁部长已过耄耋之年，用发总裁也早过古稀了。1994 年会议照片上，领取《新编苏氏大族谱》最年轻的两个人：苏忠民教授已从长春理工大学校长的岗位上退休了。宋柏林教授也马上从长春中医药大学校长的职位上离开了。非常需要像苏启平先生这样酷爱族谱，勇于奉献的年青一代，接过我们手中的工具，继续挖掘这座金矿。

苏启平先生的《读谱记》独具特色。他创造了三个第一：第一本完全以族谱为依据写家族迁移的著作；第一本完整呈现苏轼具体支系后裔迁徙的著作；第一本苏轼后裔写自己家族迁徙的著作。

全书把苏轼九世孙苏裕伯（图南公）带领全家迁浏的全过程置于宋末元初的历史环境之中，与当时的历史变革、社会进步融为一体。史实独特，视角宏大，真实可信又曲折离奇。社会的变革，祖先的睿智，家族的遗训，村落的传奇等，融合交杂在一起，悲欢离合，妙趣横生，富有历史气息。

《读谱记》把迁徙和修谱融为一体，把孟仲、季仲、清仲、才仲（简称四仲堂）的子孙繁衍和六次修谱相结合，将苏裕伯的家族文化的精髓给以提炼和弘扬，是苏氏族谱的深层次挖掘，值得学术界和苏氏子孙借鉴和发扬光大。

2020 年 8 月 8 日于长春源山墅

（作者系北京大学教授、苏颂学术研究会常务副会长，《新编苏氏总族谱》主编）

序（二）

⊙苏振武

　　读了苏启平的《读谱记》书稿，又对一些重要的节点性资料做了文献查阅和对照，深感这是一部苏轼后裔以小说文体对本支族谱的另一类书写。这也意味着这本情感深沉的《读谱记》具有纪实性、创新性、艺术性三个显著特征。

　　所谓纪实性，是说《读谱记》既是一本历史小说，也是一部另类谱牒，是现代人写的历史读物，体现了历史和逻辑的统一。这里的史实有两个紧密联系的方面：一是如实的反映了苏轼第九世孙苏裕伯（图南公）带领全家迁浏的全过程，以及后裔的辗转迁徙、开枝散叶、繁衍生息历史，并且始终以《苏氏武功次修族谱》、续修族谱、四修族谱、五修族谱、六修族谱为依据，符合家族繁衍传承的历史。二是将浏阳苏氏的历史变迁置于中国社会发展变化的大背景下，符合社会历史。《读谱记》所描述的图南公一家的变化并不是孤立的，而是与中国社会的发展变化密切联系的，其辗转迁徙完全是一种大势所迫。这种处理，使人感觉到作者视角宏大，独特，所述之事既曲折离奇，妙趣横生，又因富有历史气息和客观原因而真实可信，从而把社会的变革、古人的睿智、家族的大事、村落的传奇、家族的繁衍等融合交杂在一起，如实地反映了此期的社会、经济、文化、教育的实况。

所谓创新性，是说《读谱记》在写作风格上具有独创性。创新，就是以新的方式解决问题。《读谱记》在本质上仍然是一部谱牒，传统的谱牒不外乎欧式、苏式、宝塔式和牒记式四种体例，浏阳苏氏族谱一直采用的是苏洵所创立的"苏谱"格式。据笔者目前所掌握的情况，以小说、散文题材叙说族谱的尚无先例。而《读谱记》对于本族谱传的描述则不同于传统的修谱方式，而是采取了小说这种形式加以描述，这就颇有新意，故而是一种创新。当然，族谱体例"创新"谈何容易？要有所突破，就必须具有标新立异的精神，挑战传统的勇气，另辟新径的能力。这方面，苏启平做了大胆、积极且比较成功的尝试，不言而喻，其在修谱、读谱史上具有创榛辟莽的意义。

所谓艺术性，是说《读谱记》以小说这种语言艺术描述族谱，具有很强的生动性和吸引力。小说这种文学体裁属于语言艺术，它以刻画人物形象为中心，通过完整的故事情节和环境描写来反映社会生活，创造审美形象。不可否认，传统族谱在阅读时往往会使人特别是年轻人感到枯燥无味，甚至厌倦，而《读谱记》以小说的形式演绎族谱，描绘家族的发展迁徙史，这就恰恰突破了传统族谱的这一弊端。《读谱记》作者以自己一支派系为主线，以小说这种艺术形式，生动地讲述了苏东坡嫡系后裔图南公五次迁徙、六次修谱的历史事实，从而使枯燥的族谱具有了艺术的吸引力和生动的可读性，使人在一种艺术的享受中了解了家族的变迁史和历史人物，是非常成功的。

笔者在阅读本书的过程中，深切地感到了作者写作本书的深沉感情。这是一本苏轼后裔写自己家族迁徙的作品，是不乏真情实感的。特别可贵的是，由于作者是苏武、苏轼的后裔，又非常崇敬苏武的爱国精神和民族气节，非常崇敬苏轼的文学贡献和崇高人格，立志以苏武、苏轼的精神作为自己的人生榜样，这种血缘关系和人生抱负，使作者在写作时总是怀着对历代先祖的崇高敬意和深厚情感。这种崇敬之意必然融于思路，见著笔端，这种深厚情感必然蕴涵于著述之中，流动于行文之内，从而就使该书具有一种独特的情怀和感染力。

当然，《读谱记》仅仅是第一次尝试，相信作者还会不断探索，使这种体例更加臻于完善。

是为序。

2020 年 8 月于宝鸡弘文斋

（作者系宝鸡文理学院哲学研究所所长，陕西省哲学学会苏武文化研究会理事长，世界苏氏宗亲辅导委员会秘书长、世界苏氏宗亲会第十三届秘书长）

Contents 目 录

壹 | 奉亲入湘
FENG QIN RU XIANG

1. 问卜许真君

　　铁柱宫自平地而起，台基高筑，飞檐翘角，雕梁画栋，与一里之外的赣江遥遥相望，自有一方气势。铁柱宫又称铁柱行宫，供奉道教净明派"许祖"，即两晋时的许逊。传说他在南昌逍遥山上修行炼丹而成仙，并曾铸铁为柱，以"镇锁蛟龙"。当地人希望许真君的铁柱千秋百世都能锁住赣江的蛟龙，保佑渡江旅客的平安，就在江畔建了这座铁柱宫。这里一直是普通民众、地方官员、名流贤达的会聚之所。不过近日都城临安被蒙古军队攻占的消息正式传来，整座城市似乎蔫萎了一般。平时人山人海，热闹非凡的街道越来越冷清。连铁柱宫门前最繁华的东润门街也没有了往日各种买卖的吆喝声，只能间或看见三三两两的行人匆匆而过。

　　苏裕伯整理了一下衣冠，缓步走进大门，径直往大殿走去。宫内的道士看到熟识的苏侍郎，脸上一片诧异。在南昌，苏家可是为数不多声名显赫的官宦人家。苏侍郎虽说是铁柱宫的常客，但一个人来宫里，而且一来就往大殿走，这么多年来还是头一次。当值道士不敢怠慢，一边安排人将宫内最好的香烛点燃上好，一边派人去请住持。

　　一通钟鼓过后，又响了鞭炮。苏裕伯走到神像前向许真君作揖行礼，然后虔诚地跪拜在地，默默念叨。"我苏裕伯，字宽仁，官名图南，嘉熙四年（1240年）六月初六子时出生，祖籍四川眉山，为眉山轼公第九世孙，因先祖峤公以右奉议郎于绍兴三十二年（1162年）实授江西南昌府新建县知县事，举家迁往南昌一直居住至今。我们全家上下深受皇恩，感激涕零。乾道六年（1170年），孝宗因为先祖轼公的忠勇与才华，赐他谥号文忠公，又赐太师官阶。后来孝宗再次追念轼公，又赐予他的孙子符公礼部尚书，并亲自主持编纂苏氏文集，亲自作序，把文集赐予他的曾孙峤公。景定四年（1263年），理宗追慕先祖轼公为先世勋臣，诏封后裔，又通过官府寻找到我，封我为吏部侍郎。皇恩深似海，我辈没齿难忘。现国家遭受蒙古外族入侵，局势大变，我本该一死以谢朝廷，奈何父母年迈，子女尚幼，只能苟且偷生。我虽如此，但也势必不为外族所用，贪图富贵，享受荣华。我已向父亲禀告，准备暂时离开南昌，选一安定之所隐姓埋名，再伺机以报朝廷。现特来叩拜真君，恳请为我等凡夫俗子指点迷津。"他慢慢说完，神情庄重地扔出了手中的卜卦。"好卦，大吉！"身后传来铁柱宫住持熟悉而略带惊喜的声音。苏裕伯没有回应，放下卜卦，又整理了一下衣襟，心意虔诚地朝许真君神像磕了三个头才站起身来。听了住持的话语，加上自己对卦象的理解，苏裕伯紧锁的眉头看上去舒展了一些，但还是一脸的严肃。他没有像往常一样在这里与住持品茗吟诗，谈经论道。只简单地与老朋友交流了几句，便转身匆匆回家了。

2. 怀念君王恩

苏家府邸坐落在南昌府南昌县东润门附近，距离铁柱宫仅有几分钟路程。门口桂花树铁青色的老叶上已经吐出了新绿，与朱红色的大门相映，显得格外清新亮丽。房屋坐北朝南，陈旧了一点儿，但也不失古朴典雅，有江南园林的秀丽幽静，又有汴京城官邸的雄伟庄严。

苏裕伯穿过前厅，过了垂花门，再走一段抄手游廊便回到西厢房的书房。樊夫人早早就在这里等候，看着丈夫这几个月以来一直阴云密布的脸稍微舒展了一点儿，她那忐忑的心才轻松下来。她是当地大户人家的女儿，嫁到苏家已经十多年光景，夫妻之间相敬如宾，恩爱有加。苏裕伯在外忙于公务、应酬，她就负责打理整个家。她对上孝敬公婆，每天嘘寒问暖；对下抚育儿女，负责督促儿子的学业。她虽然没有读过很多书，但是也知道忠孝两全这些大是大非的道理。年近花甲的公公婆婆，摇曳飘零的江山社稷，重如千钧的浩荡皇恩，全家的何去何从，不仅仅折磨着她的夫君，也煎熬着她那温柔善良的心。面对如此重大的问题，她没有办法解决，她只能为丈夫做一些力所能及的事情。她深深爱着她的丈夫，哪怕能为丈夫分一丁儿点忧愁，她也愿意赴汤蹈火。她知道，丈夫此时最需要的是冷静、安宁、温暖。他需要一个安静的环境来思考整个家庭的未来。她什么也没有问，什么也没有说，只为丈夫泡了一杯

△第一派世祖苏裕伯夫妇墓碑，现在浏阳市永安镇

他喜欢的吉州白茶，然后轻轻地关上门出去了。关门的那刻，她深情地朝丈夫多望了两眼，最后还是忍不住热泪盈眶，轻轻掩门而去。苏裕伯打开书房的柜子，拿出一个黄色绫罗的包裹。他小心翼翼地解开外面的绸缎，露出一只精美的盒子。盒子里面是一个缎牌，一个笏圭。这是理宗在他23岁赏封他吏部侍郎时赐给他的两件器物。他深情地抚摸着它们，眼里布满了泪水。"国破山河在，城春草木深。感时花溅泪，恨别鸟惊心。烽火连三月，家书抵万金。白头搔更短，浑欲不胜簪。" 很小的时候他就知道诵读杜甫的《春望》，直到今天才真正懂得了其中的悲伤。

德祐元年（1275年）腊月，各地就陆续传来蒙古军队到处占领城池的消息。春节刚过，就听说都城临安在正月十八被蒙古军队攻破，整个朝廷都投降了。虽说自从高宗之后，宋王朝总与周边民族有战争纠纷，但每次总能通过和谈化险为夷。近年来，朝廷与蒙古联合，先是灭了一直侵扰边境的金国。然而唇亡齿寒，没有了金国作为屏障，蒙古军队更是长驱直入，烧杀抢掠，无所不为。但现在这些该死的蒙古军队竟然连都城也侵占了，这是苏裕伯一直不敢相信的。他虽然没有在朝廷担任实职，但毕竟是正三品的资政大夫兼吏部侍郎，时刻为朝廷的前途命运忧心忡忡。现在都城临安已经沦陷，他不愿相信也必须相信，这是摆在眼前的事实。对于他来说，他必须尽快选择自己接下来的路。否则就会没有选择的余地，只能听之任之，受尽侮辱。

这时候他还不知道意大利旅行家马可·波罗沿着丝绸之路在1275年的春天已经到达元的首都大都（今北京市），开始了在中国17年的游历，并写下了《马可·波罗游记》。他是个崇尚自由，喜欢山水的人。如果知道一个外国人都能够无拘无束地行走在中国大地，他的内心一定也对此充满着无限的羡慕与向往。假如当初他知道会面临这么艰难的选择，他还真不会为了皇帝的封赏心存半点的惊喜。

理宗皇帝的封赏对他来说，是一次莫大的恩惠，更是一次难得的机遇。他母亲生了三个儿子，他是老二，大哥苏元臣，三弟苏崇侯。理宗封赏的时候，苏元臣已有了功名，在江西为官；三弟年幼，还未成年。他正好23岁，是为国分忧，为民解难的大好年纪，可是朝廷只给了他俸禄和闲散的官职，并没有真正给他为国为民服务的官位与职权。他一边奉养双亲，一边勤勉学习，一直在等待着一个为国家效力的好机会。这一等就是十多年，他从一个二十多岁的小伙子长成今天已经胡须满面的大汉子了。而今，他面临着一生最重要的选择，显赫的身世此时成了最大的累赘。他只有三条路：投降、死亡或逃离。投降，享受屈辱之下的荣华富贵。这是他万万不能接受的，也是他的父亲苏如日不能接受的。想到这里，他的眼前总是浮现出父亲那饱含热泪又笃定坚强的眼神。

3. 叙说老源流

苏如日，字环六，兴定元年（1217年）出生。西汉苏建的第四十世孙，苏轼的第八世孙，进士苏大璋的孙子。因为朝廷按照惯例推恩把官职授给官员在世的父母，他被授予了光禄大夫。他今年已经59岁，如果没有蒙古军的入侵，他和相濡以沫的聂夫人只需含饴弄孙，颐养天年了。可是世事难料，垂暮之年还要遭此劫难。他是一个心胸豁达，乐善好施的人，不过爱喝点儿小酒，爱唠叨往事。家族的源流，就是他一五一十地告诉苏裕伯兄弟的。且绝不是简单的告诉，而是反复教诲，尤其是每次饮酒之后，他都要重复讲一遍。这些枯燥无味的源流已经被苏如日背诵得滚瓜烂熟。

父亲告诉苏裕伯。苏姓是一个古老而高贵的姓氏。苏氏一族人丁兴旺，人才辈出。《离骚》中，屈原以"帝高阳之苗裔兮"的开篇语，介绍了自己祖上的来源。苏氏与屈原有着共同的祖先，他们都是黄帝的后裔。先祖苏洵为追根溯源、立伦常，序长幼，自创家谱编写体例。他在《苏洵族谱·后录》中记载："苏氏之先，出于高阳，高阳之子曰称，称之子曰老童，老童之子生重黎及吴回，重黎为帝喾火正，曰祝融，其后为司马氏。而其弟吴回复为火正。吴回生陆终，陆终生子六人，长曰樊，为昆吾，昆吾始已姓，其后为苏、顾、温、董。当夏之时，昆吾为诸侯伯，历商而昆吾之后无闻。至周有忿生为司寇，能平刑以教百姓，周公称之……"意思就是说苏氏先祖出于高阳，高阳的儿子叫称，称的儿子叫老童，老童生重黎及吴回，重黎为帝喾的火正，就是祝融，后代为司马氏。而他的弟弟吴回又当了火正，生有陆终，陆终生了六个儿子，长子樊被分封昆吾，以昆吾作为自己的姓氏，后来就是苏姓、顾姓、温姓、董姓的始祖。夏朝的时候昆吾作为诸侯王，他的后人在商朝时并不为人所知。到了周朝的时候有位苏忿生，他是周朝的开国功臣，任司寇，能公平量刑，善教百姓，被周公称赞。这位苏忿生后来被封于苏国，把都城迁到了温（今河南温县西南）。公元前 650 年，苏国为狄所灭，子孙以国为姓，就是苏姓。《苏洵族谱》中的这段话，苏如日早已烂熟如心。每次背诵这段话，他都十分庄重，先是端坐，然后整理衣襟，再慢条斯理地背，背诵之后还要为苏裕伯兄弟详细解释一遍。

　　苏姓也是一个伟大而让人自豪的姓氏。族谱中对"郡望"有记载："姓之有望，以其著名于郡，故曰望。本源则同，而支派各异。如刘二十五望，王二十一望，张二十四望，李十一望，余或五望四望二三望，皆惟取其显者书之。若我苏氏郡望甚多，其最著者，莫如洛阳蓝田及平陵杜陵之武功，宋元以来武功于眉山又最著矣。"意思是说苏氏的郡望有很多，最著名的有居住于洛阳蓝田的苏氏与平陵的武功苏氏，宋元以后武功苏氏又以居住在眉山的苏氏最为有名。

苏如日说，西汉平陵侯苏建，居住在长安，死后埋葬于陕西武功，其后代居住于此。苏姓后人至此称武功人，武功成为苏姓总派系。全国各地苏姓都以武功为宗，后分为六派，最有名的就是我们这一族。每次说到这里，苏裕伯都能明显感觉到父亲眉宇之间的得意。从苏建到苏武，父亲对着破旧的《苏洵族谱》，一一指着祖先的名字让儿子们默默背记：苏通国、苏旃、苏亮、苏纯、苏章、苏则、苏愉嗣、苏赞、苏护、苏端、苏彤、苏雅、苏裕、苏亮、苏师嗣、苏武周、苏孝慈、苏策、苏荣定。从苏建以来共21代，约从公元前140年至公元581年，中间721年，苏氏历代祖先勤勉有为，忠勇双全，有18代为朝廷重臣。苏建的第六世孙苏章，曾经担任东汉冀州刺史。他的后人在邯郸做官，定居赵郡（今河北赵县），也就是我们一支的祖先，因此我们也被称为赵郡苏氏。

唐朝时，苏建后代分为蜀派、闽派和眉派，我们属于眉派。苏荣定公的儿子苏味道9岁的时候就善于写作文章，与李峤齐名，号称苏李。李唐武则天时期，他以凤阁舍人检校侍郎的身份担任宰相，执政崇尚宽松温和。神龙年初，他遭遇贬谪担任眉州刺史，后留下一个儿子苏份居住在眉州（今四川眉山市）。苏如日是个固执的人，他每次醉酒都要拿背记祖先姓名来检查苏裕伯兄弟对祖宗的尊崇与敬仰的程度。眉山苏味道之后依次为苏份、苏预、苏克承、苏灿、苏微、苏釿、苏祜、苏杲、苏序、苏洵、苏轼、苏过。其间13世，根据苏味道公元648年出生，苏过1123年去世来推算，其间约475年。这其中最为人所熟知的当然是宰相苏味道和大文豪苏洵、苏轼、苏辙父子。苏如日有一次说到兴头上，还讲了一个苏洵与当时宰相苏颂叙宗盟的故事，以此来告诫苏裕伯兄弟一定要牢记源流，收藏好族谱，以后遇到同宗时不要"大水冲了龙王庙，自家人不识自家人"。宋元祐年间的宰相苏颂与苏洵同朝为官，两人曾经摆出各自源流，共叙宗谊，留下美谈。并写下诗作"尝论平陵系，吾宗代有人"，又写道"源流知自子卿孙"。"平陵系"是指苏建曾经封为平陵侯，"子卿"是苏建儿子苏武的字，诗中说的就是两人都是苏建和苏武的后代。苏颂是苏绅之子，因为世代居于京口（今江苏镇江），属于三派之一"闽派"中的京口派。

苏轼之后的世系是最让人心动也最复杂的。苏如日每次讲起来都唾沫横飞，神采飞扬。苏轼有三个儿子，分别是长子苏迈，次子苏迨，三子苏过。我们的祖先苏峤，本是苏轼第三子苏过的孙子，苏箰之子。靖康兵祸时，苏峤和他弟弟苏岘皆被金兵所俘虏，后苏迈的第二个儿子苏符为遣金史时，将其带回常州、宜兴一带，并将苏岘过继给没有后人的苏迨为孙。（此内容见《三苏后代研究》附录，舒大刚著，巴蜀书社1995年）苏峤因为感激伯父苏符将其兄弟从虎狼之地救出的再生之恩，也奉苏符为再生父母。苏轼子孙患难与共，敦睦相亲，团结一致的情形宛如发生在昨日，令人唏嘘感叹，苏如日每次讲得都流出了眼泪。

苏如日语重心长地教导儿子们不忘祖先恩德，铭记祖先名讳，可谓是煞费苦心。不过苏裕伯兄弟兴趣最浓，印象最深的还是苏忿生与苏妲己兄妹，苏武牧羊，苏洵发愤读书，苏轼苏辙兄弟同中进士这些扣人心弦的故事。有些虽然族谱没有记载，但是经众人口耳相传，甚至被写成了传奇，流传民间，也是妇孺皆知。

当时民间流传着《武王伐纣平话》，书中以姜子牙辅佐周文王、周武王讨伐商纣的历史为背景，描写了阐教、截教诸仙斗智斗勇、破阵斩将封神的故事。里面美若天仙、能歌善舞的苏妲己据说是苏护的女儿，河南温县当地还流传着他们的传说。传说中苏忿生是苏护的小儿子，与苏妲己是兄妹，他的父兄在伐商过程中牺牲，后来他继续伐商，立下汗马功劳，被周王分封到河南温县。苏妲己的艳若桃花、妖媚动人无疑令无数男人为之痴狂。苏裕伯每次听苏妲己的故事，很长一段时间都难以忘怀，但他小时候最喜欢听的故事还是苏武牧羊。

苏武是代郡太守苏建的儿子。天汉元年（前100年）拜中郎将。正逢匈奴政权新单于即位，汉武帝为了表示友好，派遣苏武率领一百多人，带了许多财物，出使匈奴。不料，就在苏武完成了出使任务，准备返回时，匈奴上层发生了内乱，苏武一行受到牵连，被扣留下来，并被要求背叛汉朝；臣服单于。最初，单于许以高官与丰厚的俸禄，但苏武严词拒绝了。匈奴见劝说没有用，就决定用酷刑。当时正值严冬，天上下着鹅毛大雪。单于命人把苏武关进一个露天的大地穴，断绝提供食品和水，希望这样可以改变苏武的信念。时间一天天过去，苏武在地窖里受尽了折磨。渴了，他就吃一把雪；饿了，就嚼身上穿的羊皮袄；冷了，就缩在角落里用皮袄取暖。过了好些天，单于见濒临死亡的苏武仍然没有屈服之意，只好把他放了出来。单于见苏武软硬不吃，誓不投降，越发敬重他的气节。既不忍心杀他，又不想让他返回自己的国家，于是决定把苏武流放到西伯利亚的贝加尔湖一带，让他去牧羊。临行前，单于召见苏武说："既然你不投降，那我就让你去放羊，什么时候这些公羊生了羊羔，我就让你回到中原去。"

苏武被流放到了人迹罕至的贝加尔湖边。在这里，单凭个人的能力是无论如何也逃不掉的。唯一与苏武做伴的，是那根代表汉朝的使节和一小群羊。苏武每天拿着这根使节放羊，心想总有一天能够拿着它回到自己的国家。渴了，他就吃一把雪；饿了，就挖野草逮兔子；冷了，就抱羊取暖。这样日复一日，年复一年，使节上挂着的旄牛尾装饰物都掉光了，苏武的头发和胡须也都变花白了。在贝加尔湖，苏武牧羊达 19 年之久。19 年来，当初下了命令囚禁他的匈奴单于已去世了，就是在苏武的国家，老皇帝也死了，老皇帝的儿子继任皇位。这时候，新单于执行与汉朝和好的政策，汉昭帝立即派使臣把苏武接回自己的国家。起初匈奴说苏武不在了，后来汉朝使者到了匈奴地区，终于得知苏武依然健在。于是扬言说，汉朝的天子在上林苑中射到一只大雁，雁的脚上系着帛书，帛书中清楚地写着苏武在北方的沼泽之中牧羊。单于只好把苏武等九人送还。在昭帝始元六年（前 81 年），苏武终于回到了长安。

苏裕伯在脑海里细细地回顾着苏武牧羊的故事。苏武是他最钦佩的人。每听一次故事，他就被苏武的忠贞不贰、英勇无畏感动一次。除了苏武，他内心里也颇为敬佩苏洵读书的狠劲与执着。

苏洵是苏轼、苏辙的父亲。他年轻的时候不喜欢学习，25 岁才认真读书，跟着读书的人游历。刚开始的时候，态度又不很认真，仗着聪明，看看与他同辈的人，都不见得比自己高明，以为读书没有什么难的。但是到第一次应乡试举人，他却不幸落第。这次失败，使他痛自检讨，再搬出几百篇自己的旧作细读，不禁喟然叹道："吾今之学，乃犹未之学也！"愤然将这批旧稿一把火烧个干净，决心取出《论语》《孟子》、韩愈文等从头再读，继续穷究诗书经传诸子百家之书，贯穿古今。

苏洵发愤读书后，读书的态度和以前迥然不同。相传有一年的端午节，他的妻子程夫人看他一直待在书房里，连早餐也忘了，特地剥了几只粽子，连一碟白糖，送去书房，没有打扰他便悄悄地走开了。近午时分，收拾盘碟时，发现粽子已经吃完，糖碟原封未动，然而却在砚台的四周，残留下不少糯米粒，苏洵的嘴边，也是黑白斑斑，黑的是墨，白的是糯米粒。原来苏洵只顾专心读书，把砚台当成糖碟，蘸在粽子上的，是墨不是糖。他就这样每日端坐在书斋里，苦读不休达六七年，并发誓读书未成熟前，不写任何文章。此时，苏洵已经27岁。后来欧阳修为他写作墓志铭，张方平为他作墓表，皆有记载"年二十七，始发愤读书"。

苏洵参加科举20余年，结果一无所成。他29岁时苏轼出生，31岁时苏辙出生。两个儿子是他一生最大的骄傲与自豪。苏洵在年近四十的时候，曾经写了一篇文章《名二子说》，明确提到自己为两个儿子命名的原因。两兄弟的名，都和古代马车有关。对长子苏轼，苏洵写道："轮、辐、盖、轸，皆有职乎车。而轼独若无所为者。虽然，去轼，则吾未见其为完车也。轼乎，吾惧汝之不外饰也！""轼"是古代车前用作乘车人扶手的横木。和车轮、车辐（支撑轮圈的细条）、车盖、车轸（车底的横木）相比，"轼"仿佛没什么作用。可是，如果一辆马车没有车上扶手的横木，又总让人觉得不完整。于是，这个没有实际作用的"轼"，就只剩下装饰的作用了。苏洵说，我儿苏轼啊！我担心你不注意外在的装饰啊。苏洵希望苏轼能够察言观色，掩饰真心，遇事不要冲动，对人不能过于坦诚。

对次子苏辙，苏洵写道："天下之车莫不由辙。而言车之功，辙不与焉。虽然，车仆马毙，而患亦不及辙。是辙者善处乎祸福之间也。辙乎，吾知免矣！""辙"就是马车行走留下的印迹。苏洵说，天下的马车行走都遵循前车的印迹行走，可说起马车的功劳，大家根本不会提到车辙。虽然车辙无功，但一旦车翻了马死了，出了祸事，车辙也不会受到牵连。苏洵的意思说，如果苏辙能够甘心做一个车辙，虽然不能大富大贵，但也可以免于灾祸。

两个儿子一生坎坷，究其性格，确实与苏洵所述有很多相同之处。这不知是偶合还是必然，不过无论怎么说他们兄弟都是中国五千年文明史上无法忽略的巨匠，也是苏氏家族世代引以为荣的祖先。在苏裕伯的心中，苏轼、苏辙兄弟一直是他钦佩的对象。如果不是蒙古军队的侵入，他最大的理想也是希望自己的孩子能像苏轼、苏辙兄弟一样金榜题名，光宗耀祖。

苏轼、苏辙两兄弟于嘉祐二年（1057年）参加科举，当时翰林学士欧阳修知贡举，梅圣俞参与其事。他们看了苏轼的试卷，"以为异人"；对苏辙也颇欣赏，"亦以谓不忝其家"，于是兄弟俩一起考中进士。苏轼当时 22 岁，苏辙 19 岁。苏轼本来是第一名，只因为主考官欧阳修看着这份考卷像是他学生曾巩的文章，为了避嫌，欧阳修把本来苏轼第一的试卷评定为第二。事后才知道真实作者不是自己学生曾巩，而是苏轼。但已经放了皇榜不能更改了，只能委屈了苏轼。欧阳修对苏轼的才华十分欣赏，格外推崇。他曾经对人说，"读轼书，不觉汗出，快哉快哉，老夫当避路，放他出一头地也"。欧阳修身居高位，又是文坛领袖，意思就是说他要避开此人，让他出人头地。苏轼没有辜负老师欧阳修的期望，不到几年，他就名震天下，成为继欧阳修之后文坛的领袖人物，取得了巨大的文学成就。苏轼兄弟学识渊博，才华横溢，在后来制科考试当中的表现更是让人心服口服。

制科考试是唐宋时期特殊的一种考试制度。它的程序比科举考试更加烦琐，参加制科考试的人员由朝中大臣推荐，先参加一次预试，然后由皇帝亲自出考题考试。制科考试选拔非常严格，从宋太祖开始到现在 300 多年之间，科举考试选了 4 万多进士，而制科考试只进行过 22 次，成功通过的只有 41 人。制科考试共分为五等，第一二等为虚设，41 人中获得第三等的只有 2 人，苏轼为第三等，之前还有一位名叫吴育的获得第三等。苏辙在这次制科考试中也获得了第四等。据说当时宋仁宗主持完制科考试回到后宫，对曹皇后说道："大宋何幸，得此奇才？吾为子孙得两宰相矣！"

苏轼考中进士还有一个家喻户晓的故事，那就是"苏轼'欺'师"。苏轼考进士的文章叫《刑赏忠厚之至论》，其中有段落如下：

当尧之时，皋陶为士，将杀人，皋陶曰"杀之三"，尧曰"宥之三"，故天下畏皋陶执法之坚，而乐尧用刑之宽。四岳曰"鲧可用"，尧曰"不可，鲧方命圮族"，既而曰"试之"。何尧之不听皋陶之杀人，而从四岳之用鲧也？然则圣人之意，盖亦可见矣。

当时的判官梅圣俞，对苏轼的文章十分赞赏，但是有历史常识的人都知道皋陶是舜的司法官，跟尧有关系吗？梅圣俞不明白这点，反复读过后，便去问苏轼，苏轼说答案在《三国志·孔融传》中，可是梅圣俞将《三国志·孔融传》反反复复地读了很多遍后，依旧没有发现出处，便又去问苏轼。苏轼只好老老实实地答是自己的杜撰，梅圣俞更是不解。苏轼便说《三国志·孔融传》中言道，孔融跟曹操说商纣王将妲己赏了周公，曹操问可有此事，孔融答今日既有，古代也应该有。苏轼便据此杜撰了这么一个故事，这使梅圣俞更加赞赏苏轼。

苏忿生之司法公正，苏建之英勇善战，苏武之忠贞坚强，苏洵之发愤学习，苏轼兄弟之绝世才华，这些祖先的优秀事迹与高尚品质一直深深烙印在苏裕伯的脑海之中。他想到这里，特别是想到苏武北海牧羝十九载的忠贞不贰，内心对君王的愧疚感越来越深，一股一死以谢君王的冲动又涌上心头。不过一想到父母无依，幼儿无靠，他的内心顿时翻江倒海，无法定夺。还有一个原因让他对赴死犹豫不决，那就是虽说临安朝廷投降了，但是南迁的朝廷依然任命文天祥为枢密使，继续领军抗击蒙古军队。

文天祥是江西吉州人，前两年还担任过赣州知州，富有极强的军事才能与文学才华。苏裕伯虽说与他没有很多交情，但是相识多年，在断断续续的交往中他知道文天祥是一个十分硬朗的人物。最近他一直在关心文天祥的消息，听说文天祥作为朝廷使者和谈失败之后，现正在福建等地组织军民抗击蒙古军队。这无疑又给了他一些信心与力量。无力去抵抗，又不能赴死，隐遁也许是最好的选择。他今天去铁柱宫问卦，问的就是许真君对他选择隐遁的态度。许真君一下子给了吉卦，这让他纠结了很久的内心，有了一个明确的方向。犹如一个在原地转圈的陀螺，终于缓慢地停了下来。不过他不是陀螺，他是一位睿智的人，现在他终于可以去走自己该走的路。

4. 决心隐湖湘

赣江源出赣闽边界武夷山西麓，自南向北通过鄱阳湖与长江相连，长达700余里，是江西省水运大动脉。它处于我国内河航线和江南东西航线的交汇点，是全国商旅南来北往、东进西出的重要枢纽，也是我国通往海上丝绸之路和江西漕粮运输和花瓷出口的必经之路。南昌正是因为有了赣江，才有了过去悠久与沧桑的历史，有了现在的生机与活力。公元前202年，汉高祖刘邦命颍阴侯灌婴驻守南昌一带。次年，灌婴率部在皇城寺（今南昌火车站东南约4公里）附近修建了一个方圆十里八十四步、辟有六门的土城，时人称之为灌城。后奏准设立豫章郡，辖南昌等 18 县，南昌之名始于西汉，寓"昌大南疆"之意。南昌城池多次变迁兴废，城名数易，别名诸多，其中，汉称"豫章"、隋唐称"洪洲"、宋孝宗之后称"隆兴"，不过当地人还是习惯称洪州或南昌。

赣江安静地躺在洪州大地，悠悠地往前流淌。就像一位世外高人，任世间发生再复杂与剧烈的变化，它依然平静如水，波澜不惊。不过昔日繁华的码头，有点萧瑟与冷清。苏裕伯的书房窗户正斜对着赣江，透过打开的窗门就能看见远处船帆点点。

苏裕伯站了起来，把窗户拉开了一点儿，远处高耸在江边的滕王阁映入眼帘。贞观年间，唐高祖李渊的幼子，唐太宗李世民的弟弟李元婴曾被封于滕州（今山东省滕州市）故为滕王，且于滕州筑一阁楼名以"滕王阁"，后滕王李元婴调任江南洪州（今江西南昌），又筑豪阁仍冠名"滕王阁"，也就是眼前这座阁楼。但滕王阁真正远近闻名，是因为王勃的一篇《滕王阁序》。唐高宗上元三年（676 年），诗人王勃远道去交趾（今越南）探父，途经洪州，参与阎都督宴会，即席作《滕王阁序》，序末附了首凝练、含蓄的诗篇，概括了序的内容。"滕王高阁临江渚，佩玉鸣鸾罢歌舞。画栋朝飞南浦云，珠帘暮卷西山雨。闲云潭影日悠悠，物换星移几度秋。阁中帝子今何在？槛外长江空自流。"

苏裕伯反复地吟咏着其中的诗句"闲云潭影日悠悠，物换星移几度秋。阁中帝子今何在？槛外长江空自流"。突然他若有所悟地长叹一声，坐了下来，用茶水在桌上重重地写下了湖湘二字。他或许是想起了王勃的坎坷命运与惊世才华；想起了遭人嫉妒，被贬长沙的贾谊；想起了坚贞不渝、志趣高洁，同样遭人陷害，被贬岳州汨罗的屈原；想起了曾因为躲避金兵，隐居于平江石湖义口（现湖南省平江县嘉义镇义口村）的先祖苏岘的后代子孙。"同是天涯沦落人，相逢何必曾相识"。内心的极度郁闷让他在滕王阁高峻的身影里找到了宣泄，找到了慰藉，感受到了温暖。湖湘，犹如一团炽热的火焰，在梦里向他滚滚而来。古老的荆楚大地，那也许是未来最好的归宿。

德祐二年（1276年）五月，临安朝廷投降已经过去了三个月，南昌府并没有发生很大的变化，外面的街上依然不冷不热。江西是抗元名臣文天祥的家乡，南昌的官员还在观望之中，表面上已经投降，却不愿意实施什么实质性的政策。蒙古军队一方面在追杀堵截新立的小皇帝；另一方面在各地接收新投降的官府，也无暇对付像苏裕伯这样闲散的旧臣。不过这三个月的时间里，苏裕伯已经把许真君替他做的最后决定禀明了父亲，并做了一系列的准备。他们决定先去岳州（今湖南省岳阳市），再看战争情况决定是返回南昌还是前往别的地方。苏如日虽然不想离开这居住了几十年的宅院，但是也不想与新的朝廷虚与委蛇，苟且偷生，又加上是许真君替家庭做出的决定，便没有反对隐遁的决定。他年岁已高，整个家庭迁徙湖湘的事情，只能全部交给儿子去经办了。

南昌府去岳州府不是很远，陆路距离更短。但全家老少几十口人，携带的细软家私、日常用品也不少，加上战乱还没有结束，走陆路既不安全，又不方便。思虑再三，苏裕伯还是选择了水路。他先是预定了去岳州的船只，吩咐家人收拾好行李，又派人先去岳州选好地方，购买房产。

原本过了正月出发，正好赶到那边过新年。不料一切准备就绪，聂老夫人却生病了，耽搁了一阵。等待的日子里，又有文天祥部下抗击元军，收复失地的消息传来，南昌府内人心振奋，抗元士气瞬间高涨。全国已经基本沦陷，一城一镇的收复，本无足轻重。只是在那人心动荡的时期，于垂死挣扎的小朝廷，这却是巨大的喜讯。苏裕伯全家为此又对是否迁徙犹豫了很久。不过大家都清楚，此时元军实际上已经统治了全国，迁徙湖湘已成定局。正好先期派往岳州的家人传来消息，在岳州城内已购买好了宅院，并清扫干净，等待着苏裕伯一家的到来。

5. 轻舟过黄州

德祐二年（1276年）六月，苏裕伯一家，除了他大哥元臣已经成家立业，在外地为官，其他人等一共三十余位一起在赣江南昌府码头上船，启程前往岳州。大船沿赣江直接驶入鄱阳湖，在鄱阳湖口做了一下停顿，以作休整。趁着这个空隙，苏裕伯带着儿子孟仲来到了石钟山。石钟山是先祖苏轼写作《石钟山记》的地方。元丰七年（1084年）三月苏轼奉命迁往汝州（今河南省汝阳），四月动身离开生活了三年的黄州（今湖北黄冈）。他携带苏迈等人绕道筠州（今江西高安地区），看望苏辙，在弟弟家居住了十天。六月，苏轼送儿子苏迈赴德兴（今江西省德兴市）任县尉，一直送到湖口（今江西省九江市湖口县），父子一行又游玩了石钟山，并写下名篇《石钟山记》。不仅如此，苏轼还在此赠送给苏迈一块砚台并写作了《迈砚铭》，作为对儿子为人做官的告诫"以此进道常若渴，以此求进常若惊，以此治财常若予，以此书狱常思生"。铭文虽短，意味深长，引人深思。

自幼熟读诗书，每当读到苏轼的《石钟山记》，苏裕伯就充满了崇敬之情。一方面他佩服苏轼观察细微、实地调查的作风；另一方面，他更觉得苏东坡与儿子苏迈，父慈子孝，其乐融融，是后辈学习的楷模。所以他特意带了年幼的儿子前来，也是要重温190多年前在此演绎的父子深情。石钟山巨大的山石依然倾斜而立，有千尺之高，远看像凶猛的野兽，张牙舞爪。突然间，巨大的声音从水上发出，声音洪亮像不断地敲钟击鼓，十分壮观。"事不目见耳闻，而臆断其有无，可乎？"苏裕伯大声念着文中的句子，还想多看一会儿，看是否真能找到如文中所说命名的原因。孟仲却在身边哭出声来，毕竟只有7岁（1269年出生），哪里见过这种骇人的场景，直嚷着要回家。他紧紧依偎在父亲的胸前，在父亲高大身躯的呵护下才感觉到安全与温馨，渐渐停止了抽泣。

船过湖口便入长江，沿着长江经过黄州直达武汉，进入荆楚大地。黄州是先祖苏轼第一次遭遇贬谪之地，在此地的创作也是他文学创作的一个高峰。苏轼是个很有才华与理想，也是个很有个性与坚守的人。有一次他读《后汉书·范滂传》。文中范滂因党锢之祸被迫害将死，临死之前对他的母亲说，儿子对不起母亲。他母亲说，一个人想要有美好的品德节义，又想要享有长寿富贵，两者不可得全，我宁愿你去完成你的理想。苏轼读到这里，拿着书跑过去问他的母亲，如果有一天儿子也这样选择宁死不屈，不知母亲可允许儿子这样做？苏轼的母亲程老夫人说，你如果能做范滂，我怎么就不能做范滂的母亲呢？正是因为有母亲的悉心教诲与正确引导，苏轼的心中始终燃烧着一股为国为民的浩然正气。他鄙视权贵，从不阿谀奉承、见风转舵，只以民心为心，把百姓的利益放在至高无上的地位。他从担任陕西凤翔判官到杭州通判，密州、徐州知州，无论在哪里为官，都一心为民，赢得了当地老百姓的信赖与拥护。然而，他蔑视权贵的个性也为他将来的仕途埋下了重重危机。

宋神宗元丰二年（1079 年），43 岁的苏轼被调往湖州知州。上任伊始，他即给宋神宗写了一封《湖州谢表》。这本是例行公事，但苏轼是诗人，笔端未免感情用事，即便官样文章，也忘不了带点儿个人小情绪，于是说自己"愚不适时，难以追陪新进"，"老不生事或能牧养小民"。这些文字遭受新党攻讦，说他"愚弄朝廷，妄自尊大""衔怨怀怒""指斥乘舆""包藏祸心"。讥讽新政，莽撞无礼，对皇帝不忠，如此大罪可谓死有余辜。新党又从苏轼的大量诗作中挑出所谓隐含讥讽之意的句子，一时间，朝廷内倒苏之声迭起。七月二十八日，上任湖州才三个月的苏轼被御史台的吏卒逮捕，解往京师，受牵连者达数十人，这就是历史上有名的"乌台诗案"。

新党们欲置苏轼死地而后快，救援的活动也在朝野同步进行。不但有与苏轼政见相同的诸多元老纷纷上书，就连一些新党中的有识之士也劝谏神宗不要杀苏轼。当时，王安石已退休居住在金陵，也上书说"安有圣世而杀才士乎？"弟弟苏辙上书皇帝，愿意接受贬谪为哥哥抵罪。在后宫中，神宗皇帝的祖母曹太后，也就是仁宗皇帝的皇后，也为苏轼说情。曹太后病重，皇帝前去探望，祖孙二人谈起苏轼的案子。太后说，有一年，仁宗皇帝主持制科考试回到后宫，高兴地对我说："朕今天为子孙选拔了两位宰相！"这两个人就是苏轼和苏辙。曹太后病重，皇帝想大赦天下为太后延寿，曹太后说，那些凶顽之徒就不必赦免了，只要赦免苏轼就好了。面对各方请求，神宗皇帝最后下定决心免了他的死罪。元丰三年（1080 年）二月，关押了一百零三天的苏轼终于出狱，被贬谪为黄州团练副使，职位相当于今天的县武装部副部长，并且明确规定他没有签署公文的权力。

黄州历史文化源远流长，夏商时代，禹"封皋陶之后于英、六（英、六即英山、六安一带）"（《史记·夏本纪》），本地域即为皋陶后人的封地。春秋战国时，本地属楚国。汉武帝元狩二年（前 121 年），分衡山郡及南郡共十四县置江夏郡，驻西陵县，本域黄州、蕲春等地属江夏郡，至此已有一千多年的历史。黄冈位于大别山南麓、长江中游北岸，地理位置重要，风光秀丽旖旎。黄州的山水给了苏轼心灵最好的抚慰，让他很快就走出了仕途失意、落魄的痛苦以及君王不理解的郁闷。

苏裕伯作为苏轼的嫡系后裔，又因为轼公的缘故被宋理宗授予吏部侍郎的官职，内心除了崇拜更有无限的感激。经过黄州，自然要去凭吊一番。一家几十口人，除了留几个人照料船只外，其他人都从黄州赤壁码头上了岸，特意去拜谒苏轼曾经生活过的几个地方。

首先来到的是定惠院。苏轼父子于元丰三年（1080年）二月初一到达黄州，第一个居住的地方便是位于城中的定惠院。这时候苏轼还沉浸在深深的痛苦中，黄州无一熟人，昔日亲朋好友也没有什么联系，内心极其孤独。"缺月挂疏桐，漏断人初静。谁见幽人独往来，缥缈孤鸿影。惊起却回头，有恨无人省。拣尽寒枝不肯栖，寂寞沙洲冷。"这首《卜算子·黄州定慧院寓居作》颇能说明其心境。他心理状态尚未恢复平静，每天必须等到夜晚，才独自溜出寺门，到附近走走，内心如惊弓之鸟一样的惶惑。苏裕伯看着庭院的古树，望着墙壁脱落的泥土，想起先祖的忠贞与痛苦，继而联想起自己现在的漂泊，不禁为赵宋朝廷偏信奸臣，导致今日国家灭亡而痛惜万分。

苏裕伯来到了苏轼耕种的"东坡"与居住的"雪堂"。东坡在黄冈东城门外，是个四周冈峦起伏、中间一方五十亩大的平地。苏轼为官清廉，家无积蓄。元丰四年（1081年），他感受到了沉重的生活压力，经济拮据，无以为继。于是公务之余，他便带领家人开垦这块坡地，以种田帮补生计，并建起了东坡雪堂。"东坡居士"的别号便是苏轼在这时取的。从此，黄州成为苏轼生命的终点，又成了苏东坡生命的起点。苏东坡就这样在黄州过起神仙般的日子。"得罪以来，深自闭塞，扁舟草履，放浪山水间，与樵渔杂处，往往为醉人所推骂，辄自喜渐不为人识。平生亲友，无一字见及，有书与之亦不答，自幸庶几免矣。"他结交了各行各业的朋友，与他们亲密交往，饮酒作乐。"夜饮东坡醒复醉，归来仿佛三更。家童鼻息已雷鸣。敲门都不应，倚杖听江声。长恨此身非我有，何时忘却营营。

夜阑风静縠纹平。小舟从此逝，江海寄余生。"这一写作于元丰五年（1082年）九月的《临江仙》，正记载了苏轼与几个朋友在江上饮酒，薄醉归家的场景。

苏轼渐渐走出了内心的低谷，开始了新的生活。这一点我们也可以从他此时所写的《寒食雨（二首）》中大概揣摩他的心情。"自我来黄州，已过三寒食。年年欲惜春，春去不容惜。今年又苦雨，两月秋萧瑟。卧闻海棠花，泥污燕脂雪。暗中偷负去，夜半真有力。何殊病少年，病起头已白。春江欲入户，雨势来不已。小屋如渔舟，濛濛水云里。空庖煮寒菜，破灶烧湿苇。那知是寒食，但见乌衔纸。君门深九重，坟墓在万里。也拟哭途穷，死灰吹不起。"此时的苏轼虽然身处困厄，早已经没有了刚来黄州时的孤独苦闷，而是心境冲和平静，淡泊深邃。想到这里，苏裕伯也不禁眉头舒展，为自己不可预测的未来松了一口气。只是多年战乱，"东坡"已经荒废，在一片斜阳之下显得沧桑无限。"雪堂"已然不见，宽阔的地上，杂草之间还能看见几根陈旧的木头与几块作为房屋基石的当地红色大石头。如果不是这些瑰丽的诗篇、文赋，谁还会想起在这块土地上曾经生活过这么一个伟大的人物呢？文学的意义与价值也许就在此，它不仅仅能传承文化，更能传承生命，呈现历史真实的面目，留下永恒的印记。

赤壁，自然风光雄伟壮丽，又是苏轼经常游玩的去处。这是苏裕伯一家不可以不来的地方。苏轼多次到城外的赤壁游览散心，逸兴遄飞之际，写下了壮丽豪迈的《念奴娇·赤壁怀古》。"大江东去，浪淘尽，千古风流人物。故垒西边，人道是，三国周郎赤壁。乱石穿空，惊涛拍岸，卷起千堆雪。江山如画，一时多少豪杰。遥想公瑾当年，小乔初嫁了，雄姿英发。羽扇纶巾，谈笑间，樯橹灰飞烟灭。故国神游，多情应笑我，早生华发。人生如梦，一樽还酹江月。"继而他与朋友多次泛舟赤壁，又写了前后《赤壁赋》。"寄蜉蝣于天地，渺沧海之一粟。哀吾生之须臾，羡长江之无穷。挟飞仙以遨游，抱明月而长终。知不可乎骤得，托遗响于悲风。""盖将自其变者而观之，则天地曾不能以一瞬；自其不变者而观之，则物与我皆无尽也"。在这些名篇中，璀璨的文采已在其次，关键是字里行间诗人流露对人生的种种感悟令千代万代叹为观止。此时的苏轼已经不再是一名热衷于功名的儒生，他的思想夹杂道家的崇尚自由，佛家的慈悲为怀，成为一位思考天地人间的哲学家。

苏轼回归田园，在劳动之余，心情也变得愉悦开朗起来。一日，他与数友相约出游，不料天降暴雨，众人纷纷疾步避雨，唯其一人独自雨中拄杖而行，怡然自得。过后，苏轼填词《定风波》。"莫听穿林打叶声，何妨吟啸且徐行。竹杖芒鞋轻胜马，谁怕？一蓑烟雨任平生。料峭春风吹酒醒，微冷，山头斜照却相迎。回首向来萧瑟处，归去，也无风雨也无晴。"流传千古的《定风波》就此而来。由"一蓑烟雨任平生"的豁达可知，苏轼已从之前那个才华横溢狂放不羁的书生，潇洒涅槃成了世人仰慕的豁达乐观的苏东坡。

苏裕伯还想在黄州多留几天，可是一家几十口人既不便管理，开支也明显比平时大出很多，只好乘船游览了一下赤壁之后便继续上路。这一段时间，苏裕伯便每天在船中教导儿子背诵《赤壁赋》《念奴娇·赤壁怀古》等诗文，也给孩子讲一些先祖在黄州的逸闻趣事。苏孟仲对"东坡肉"的故事颇为感兴趣，也颇为疑惑。孩子觉得有肉吃就是好事，却不懂当时黄州习俗官宦人家是不吃猪肉的。听父亲讲东坡肉好吃，就总缠着要吃。可是路途之上，要做东坡肉何其难也，于是苏裕伯只好教孩子背诵苏轼的《猪肉颂》。"净洗铛，少著水，柴头罨烟焰不起。待他自熟莫催他，火候足时他自美。黄州好猪肉，价贱如泥土。贵者不肯吃，贫者不解煮，早晨起来打两碗，饱得自家君莫管。"孩子在甲板上一边追打，一边背诵着诗歌，又是一副其乐融融的场景。

6. 首迁岳州城

船径直驶入了武汉。武汉是一座古城，风景名胜众多，晴川阁、鹦鹉洲、黄鹤楼、古琴台，都是世人皆知的名胜。为了赶路，苏裕伯只在船停靠码头添加日常补给的空隙，带着儿子孟仲游览了著名的黄鹤楼。黄鹤楼在长江南岸，相传始建于三国，唐时名声始盛，这主要得益于诗人崔颢"昔人已乘黄鹤去，此地空余黄鹤楼"诗句。黄鹤楼建在城台上，台下绿树成荫，远望烟波浩渺。中央主楼两层，平面方形，下层左右伸出，前后出廊屋与配楼相通。全体屋顶错落，翼角嶙峋，气势雄壮。

"故人西辞黄鹤楼，烟花三月下扬州。孤帆远影碧空尽，唯见长江天际流。"站在黄鹤楼上，苏裕伯大声地吟诵了这首李白的《黄鹤楼送孟浩然之广陵》"他们是好朋友，既然想在一起，为什么又要分别呢？"孟仲昂着小脑袋，朝着父亲问道。苏裕伯发出一阵爽朗的笑声过后，意味深长地抚摸了孩子的头。他只简单地和孩子解说了两句，便凝视远方，不再言语。他们一家何尝愿意离开居住了一百多年的南昌府。从苏峤公由蜀入吴，已经一百多年。这一百年来，他们蒙受皇恩，享受高官厚禄，日子过得何等舒服闲适。然而国家濒临灭亡，覆巢之下焉有完卵。这个时候他才真正懂得了"皮之不存，毛将焉附"，懂得了"国破家亡"，懂得了《论语》中孔子周游列国、在郑国落魄时的场景"累累若丧家之犬"。想到这里，他突然意识到一件事情。那就是自己既然是东坡公之后，又因此被授予吏部侍郎。元朝廷一旦稳定下来，绝对不会对此善罢甘休。到时候，自己遭罪倒也无所谓，若是连累了父母，那就是真正的忠孝不能两全。他望着远去的长江，清清江水，水波荡漾，在明媚的阳光下闪闪发光。那就改名叫"清伯"吧！我虽然逃离了南昌府，但我对皇帝的一片忠心与感激，青天可鉴，至清不浊。自此以后，除了父母年迈难以改口，其他的人都对他改了称呼，唤作"清伯"。

过了武汉，便进入湖湘，从长江沿洞庭湖直入岳州。一路走来，舟车劳顿，全家人都有些疲惫。苏裕伯本来也想直接去往长沙（当时为荆湖南路潭州），不在岳州居住，可是长沙毕竟是南方经济、文化、政治的一个中心，商贾云集，人员复杂，对他来说，暴露身份的危险更大，前途未卜。于是，只能先留在岳州附近，再做打算。还没有到新买的庭院，父亲苏如日却特意把他叫到船舱内的房间，提醒他应该带孩子们去看看岳阳楼。苏裕伯自然知道父亲的一片苦心，于是命人将船停靠码头，一边安排人搬家，一边带着孩子登上了岳阳楼。

岳阳楼始建于公元 220 年前后，其前身相传为三国时期东吴大将鲁肃的"阅军楼"，西晋南北朝时称"巴陵城楼"。宋庆历四年 (1044 年) 春，滕子京受谪，任岳州知军州事。庆历五年 (1045 年) 春，滕子京重修岳阳楼，范仲淹为其写下了千古名篇《岳阳楼记》。不过此楼几次毁于火灾，苏裕伯父子所看到的岳阳楼，已经不是滕子京所修建的岳阳楼。现在他们看到的是淳祐十一年 (1251 年) 修建的楼阁。"昔闻洞庭水，今上岳阳楼。吴楚东南坼，乾坤日夜浮。亲朋无一字，老病有孤舟。戎马关山北，凭轩涕泗流。"苏孟仲站在高高的楼阁之上，望着波澜壮阔、云蒸霞蔚的洞庭湖，吟诵起杜甫这首《登岳阳楼》。苏裕伯看着孩子像模像样地晃着脑袋吟诗的样子，内心一阵欣慰。他蹲下身子，为孩子讲起范仲淹开展庆历新政与写《岳阳楼记》的故事，并且要求他反复诵读"先天下之忧而忧，后天下之乐而乐"的句子。

苏裕伯一家就在岳州住了下来。虽然没有了以前官宦人家的迎来送往，倒也多了几分清闲自在。"问君何能尔，心远地自偏"。身处"先天下之忧而忧"的岳州，他又怎么能真正地做到"心远"。苏裕伯时刻关心着朝廷的局势，期待着早日回到南昌。过了春节，就是景炎二年（1277年）。文天祥抗元不断传来好消息，吉州八县克复一半，潭州、邵州、永州率兵响应。这令苏裕伯一家兴奋了很久。然而七月以后，苏裕伯在观望之中最终陷入了失望。文天祥在江西兴国县战败，差点被抓，消息传来，全家哭声一片。后来听到的是宋朝廷小皇帝赵昺被大臣陆秀夫背着跳海而死，文天祥被捕写下《过零丁洋》，最后便是文天祥从容殉国。苏裕伯从失望陷入了绝望，他清醒地知道，宋王朝已经没了。"人生自古谁无死，留取丹心照汗青"，他歇斯底里地读着文天祥的诗歌，把家里能证明自己身份的物件，包括翻破了的《苏洵族谱》《眉山源流图》与《洪都源流图》全部扔进火里，付之一炬。他烧掉了一个家族久远的历史与美好的记忆，烧掉了未来路上无数的艰辛与巨大的恐惧。他在一阵复杂的思想斗争之后，还是留下了宋朝理宗皇帝赐予他的缎牌、笏圭与家族宗器天球河图、赤刀大训。他把它们放在一起，藏在家里一个只有自己知道的地方。这成了他唯一的秘密，也是最大的秘密。

至元三十一年（1294年），忽必烈去世，元成宗继位。岳州虽然比不上南昌府繁华热闹，但立洞庭湖之滨，依长江，纳三湘四水，江湖交汇，交通便利，人员往来频繁。这种人来人往的局面倒是给苏裕伯的隐居带来了莫大的便利，他们就这样悄无声息地在岳州一住就是十八年。苏如日与聂老夫人均已年过古稀，不过身体还算健朗，只是耳朵不怎么好使。苏裕伯弟弟崇侯（生于淳祐五年，1245年；死于元至大三年，1310年）迁来岳州后，夫人徐氏接连为他生了几个女儿，去年才为他生下儿子苏才兴。苏崇侯每天逗着儿子玩，心情十分高兴。苏裕伯夫人樊氏一边操持府中大小事情，一边也为他添了两个儿子。他年轻时候向往做个"豪杰英雄"，于是给孩子依次取名"孟仲、季仲、清仲"后，再依次给孩子取字"俊豪、俊杰、俊英"。

　　苏裕伯一家住在岳州的十八年中，他带着弟弟去了附近很多地方。平江是他们内心最为仰慕，也去的最多的地方。几乎每年的清明节，他们都会去平江石湖为先祖苏符扫墓。（据舒大刚著、巴蜀书社 1995 年 12 月出版的《三苏后代研究》附录记载，苏山：苏符行状，苏符应该埋葬在四川眉山。这里引用的是江西平江苏氏族谱上的记载，平江苏符墓应当为苏轼后代子孙思念先人所建的衣冠冢。）距离平江石湖大约六十里有个平江三墩，在那里居住了许多苏氏宗亲。从他们叙述的源流来看，他们是苏峤的弟弟苏岘的后代。当地苏姓人家知道苏裕伯兄弟是苏峤的后裔之后，他们显得格外热情，杀鸡煮酒，招待远道而来的亲戚。这让苏裕伯兄弟感激涕零，隐遁之后孤寂多年的内心倍感温暖。每次来平江，他们一住就是十几天，每天与众宗亲喝得酩酊大醉。苏裕伯兄弟俩几次想在当地置办产业，把全家迁移过来。但自己是戴罪之身，万一被元朝廷发现，肯定会牵连到这些热情好客的叔伯兄弟。想到这里，他每次都是热泪盈眶，长吁短叹，带着深深地遗憾离开这里。但是从此以后，苏裕伯一家与这里的苏氏宗亲一直保持着联系，血脉深情，几百年得以延续，历经明代、清代、民国、一直到现在。

　　岳州城虽然不小，但是苏姓不多。苏裕伯一家住久了，周边的民众总喜欢问他们一家的家世，并且不自觉地把他们与前朝大文豪苏轼联系在一起。久而久之，也引起了官府注意。州府几次派人上门询问，好在家里众人口风甚严，又加上没有确凿的证据，官府也只好作罢。苏裕伯早就发现了这个隐患，一直在谋划再次搬迁，只是总没有找到合适的地方。

"大隐于市，小隐于山"，苏裕伯熟悉诸子百家，自然通晓这个道理。既然南昌回不去，何不就去附近的长沙。再说他崇拜的贾谊曾经担任过长沙王太傅，那里还一直保留着贾谊祠，这也许是上天冥冥之中早有安排。这个主意一定，他马上安排人去那边打探情况，购买房产。岳州去往长沙路途不远，不到一月，便传来消息。长沙南门附近有一条偏僻的小路，路东头有一栋宅子，原也是官宦人家所住，因为主人易地为官，家眷迁徙回乡，正要出售。不仅如此，房子对面还有一些空地，也可以随同房屋一起相赠。苏裕伯听说有这等好事，更加认为是天意，向父亲禀报后马上定了下来。

元贞元年（1295 年），过了正月十五，苏裕伯一家租了一条大船，朝长沙出发了。

贰 | 卜居浏北
BU JU LIU BEI

1. 再迁苏家巷

湘江经过一路奔腾，到长沙已经没有了起先的桀骜不驯，宛如一个中年汉子，显得更加成熟与安静。江中沙洲像一艘巨大的船，将江从中间分成两半。站在天心阁城楼，远远望去，沙洲绿草如茵，油光发亮；江中波光潋滟，船帆如梭，一派繁华的景象。

苏裕伯一家购买的宅子在长沙南门附近，由于远离了城市中心，并不繁华。不过在苏裕伯看来这倒是个好地方。他本是为逃避元朝廷而来，性格上又一贯不喜张扬，此处正好适宜隐居生活。为了避免不必要的麻烦，他再次将名字由"清伯"改为了"钦伯"，清读"qīng"，钦读"qīn"，不过用当地的话读起来倒是没有什么区别。城门之外，往北有西汉长沙王太傅贾谊故居与贾谊祠，往江边有杜甫江阁，往南有一座叫作百果园的小山。这些地方成了苏裕伯闲暇时的好去处。白果山山势不高，以银杏树居多，除此之外松树挺拔，灌木秀丽，一年四季，风景怡人。

一家人住下来不久，大家发现房子不够住。大儿子苏孟仲早已成家，要不是因为家庭原因，他也应该读书赶考，求取功名，事业有成了。二儿子苏季仲都长出胡子，长大成人了。全家男女老少挤居一处，房子又不够大，着实有很多不便。苏裕伯与父亲商量，准备在路对面的土地上再建一栋房子，把弟弟全家搬过去住。这样一来可以缓解住房紧张；二来也完成了苏如日老爷子的心愿。老人家三个儿子，最不让他放心的就是这个小儿子。大儿子元臣宋朝时就在外地为官，朝廷投降之后，他辞去官职，明哲保身，在吉州乡里买下房子，过起了默默无闻的渔樵生活。虽然没有以前那样风光，倒也家庭殷实，自由自在。老人家一直与二儿子苏裕伯生活在一起，最放心的就是他了。他知道裕伯聪明勤奋、善良孝顺，无论是在朝为官，还是隐遁湖湘，一直以来既尊重父母，又有自己主见，好像没有他解决不了的问题。只有三儿子崇侯，长大后先是遇到金兵骚扰，后来又碰到蒙古军队入侵，无法安心学习，更谈不上考取功名。宋朝廷投降后，他跟着家庭迁徙，四处奔波，也没有什么事业。虽成了家，但是一直在哥哥嫂嫂的护佑之下，不知道世道艰难，也没有什么主见。苏裕伯与父母几次交流，老人家都透露出对小儿子的爱护与担忧。这次他主张建房子，既是想让弟弟有一份自己的家业，也是想看着弟弟一家人在他的眼皮子底子慢慢走向独立，更好地发展。

元成宗是个温和守成的皇帝。他不像他父亲忽必烈那般热衷于攻城略地，即位后立即停止了在亚欧各国的战争。他也没有整顿朝纲，改革时弊的志向与信心，朝廷政策几乎是照搬原来的。此时，远在欧洲的英国正迎来了她颇具特色的"模范国会"，开始了民主统治。元元贞元年（1295年），爱德华一世为了筹措对苏格兰开战的经费，召集国会代表400多人，并且首次邀请骑士代表与平民代表参加。虽然国会依然为大贵族、教士利益代言，但是首次给了骑士与市民代表为自己利益呼吁的机会。元朝的统治者很像一座孤岛上独裁的剑客，依然霸道、专制地统治着自己的领地。国家政策没有什么大的改变，老百姓还是艰难地过着自己的日子。

苏裕伯家房子建好的时候已经是元贞二年（1296 年）三月。按照当地的习俗，苏家放了鞭炮，请了工匠，办了一场简单的完工酒。端午节前十来天，三弟崇侯一家十多口人全部搬进了新家。自此，苏裕伯三兄弟各自分住，有了对未来更多的期待与向往。

"一段好春藏不住，粉墙斜露杏花梢"。淳熙年间张良臣写下这两句后，名声大振。后来叶绍翁借鉴这两句，写下"满园春色关不住，一枝红杏出墙来"，一时之间轰动诗坛。白果山之美，不仅有明媚的春光，秀丽的夏色，也有秋冬的韵味。一年四季，它总能给人不同的美感与慰藉。苏裕伯用青石板在屋后修了一条小道，通往山中几棵最古老的银杏树下。空闲或者心烦的时候，他就会步行至此，或长啸，或吟诗，或沉思。周边的人们也渐渐地喜欢上这个小山头，喜欢上这条小道。苏裕伯一家迁出此地后，周边的百姓知道了他们是"三苏"后代，便给这条小道取了个名字叫作"老泉别径"，"老泉"是苏轼苏辙的父亲苏洵的名号，如此取名正是为了纪念"三苏"，同时铭记苏洵的后代为地方做出的贡献。

过了一段时间，城里不少人家，仿照苏裕伯家新房子的风格，开始在街道两边空地建房子。为了街道整齐美观，苏裕伯带头拿出一些钱粮，组织左邻右舍一起帮忙，把原来的泥泞小道铺上了麻石。不到一年时间，原来简陋不堪的小道变得宽敞平整，两边高楼林立，自然而然地形成了一条巷子。巷子起初没有名字。周边的人觉得苏家在这里人口最多，房子最为豪华，又加上是苏裕伯组织铺筑了道路，人们便把这里叫作苏家巷。

喊得人多了，习惯成自然，苏家巷就成了远近闻名的地方。一些达官显贵到附近游玩，也特意来这里看看，甚至还有一些人爱上这里的清净、秀丽，便特意在附近置地建起了院子。

苏家巷的繁华热闹并没有给苏裕伯带来多少惊喜。相反，他越来越担心这个地方会引起官府的注意，给家庭带来无妄之灾。现在离宋王朝灭亡已经快二十年，家里人与苏家的管家、下人也不再像刚刚离开南昌时那么小心谨慎，噤若寒蝉。他们与人争吵或酩酊大醉之际，偶尔以苏轼后裔自居，以此博得更多的赞赏与虚荣。苏裕伯经常在街上听到议论，说他们苏家是前朝苏洵苏轼父子的后代，是了不起的大文豪的嫡系后裔。逢年过节的时候，甚至有一些书生模样的人找到这里，只为见一眼苏文忠公的后人。祖先的荣耀让苏裕伯内心十分自豪，也让他感受到扑面而来的危机。他必须为自己，也为家庭留一条后路，万不得已时的退路。

2. 初访洞阳山

元贞二年（1296 年）八月，朝廷迫害前朝遗老的消息偶有传来。苏裕伯觉得迁徙乡间，躲避灾难的事情刻不容缓了。最近十多天来，他每天和弟弟崇侯带着子侄在长沙附近寻找合适的居住地，去了周边很多村落，还是没有找到中意的。只有崇侯在善化（今湖南省长沙县）南塘看中了一块地方，前有水塘，后有青山，算是个比较理想的居住之所。转眼中秋节已过去月余，苏裕伯还是没有找到理想的地方。

苏裕伯的船沿着湘江往北，右转直入捞刀河，朝着浏阳的方向驶去。浏阳，隶属长沙，古属荆州，因县城位于浏水之阳而得名。东汉建安十四年（209年），孙权拜周瑜为偏将军领南郡太守，析临湘县始置刘阳县，以浏阳为其四俸邑之一，迄今有一千多年历史。浏阳境内，大围山、道吾山、天马山峻岭逶迤，山色秀丽；浏阳河九曲十八弯，风光旖旎，田地肥沃。元朝建立后，随着众多北方民众南迁，浏阳人口猛烈增加。朝廷已于元贞元年（1295年）将其升格为州。

"旧日仙成处，荒林客到稀。白云将犬去，芳草任人归。空谷无行径，深山少落晖。桃园几家住，谁为扫荆扉。"苏裕伯记得曾经读唐代刘长卿《湘中纪行十首》的时候，读过他的一首《洞阳山》，里面描写的幽静、清新的景象让他印象十分深刻。洞阳山位于浏阳市北部，是道教三十六洞天的第二十四洞天。苏裕伯在南昌时，常与铁柱宫住持谈经论道，就听他讲过道教的三十六洞天，七十二福地。住持告诉苏裕伯"洞天福地"一般人迹罕至，景色宜人，是修道成仙的好地方。苏裕伯刚到长沙，就对洞阳山充满了向往。只是路途遥远，诸多不便，快两年的时间他都来不及拜谒名山。这次下定了决心要远离嘈杂，远离是非，去乡间隐居，洞阳山自然也成了他非去不可的地方了。

捞刀河是浏阳境内的第二大河流，发源于浏阳石柱峰北麓，流经浏阳北乡与善化，在长沙城北汇入湘江。传说三国时关羽率兵攻打长沙，当船行至一条河的湘江入口时，一个大浪冲来，关公来猝不及防，手中的青龙偃月刀落入河中。宝刀上镶嵌的青龙，入水而活，带着宝刀逆水而上。幸得周仓逆水追了七里，才将宝刀捞上来。从此，关公落刀之处就叫落刀嘴，周仓捞刀的这条河，就叫捞刀河。此时已是深秋，河水干涸了不少，两岸也显得有点萧瑟。不过，捞刀河是浏阳，甚至是江西一带出入长沙的主干道，河道得到了比较好的修理。船行驶在捞刀河中间，倒也顺畅平稳。苏裕伯和儿子几个坐在船中，一边喝茶饮酒，一边高谈阔论。他们在善化停靠码头吃了中餐，继续沿河而入。等到船行至潦浒铺（今浏阳市永安镇），已是日暮西山。苏裕伯命船家停靠码头，一行人寻找店铺，吃饭住宿了。

潦浒铺是长沙过往浏阳，官道在浏阳境内的起点，从这里到洞阳山还有约三十里路程，要依次经过枫浆铺，洞阳铺。这条路路面宽阔平坦，时不时能遇到马车、行人。第二天早晨起来，管家已经备好轿子，等待着他们出发。上午九点光景，他们路过一个地方。此地绿树成荫，阡陌井然，几间茅草矮房点缀官道两旁。苏裕伯拉开轿帘不觉多看了两眼，正好看到路边几只不同颜色的鸡相互嬉闹，一只小狗冲过来朝鸡群叫了两声，胆子小的鸡跳上了旁边的大树上，胆子大一点儿地张开翅膀朝小狗扑过去。好一派田园风光！苏裕伯不禁拍手称好，连忙命轿夫停了下来。一群人围着小山头转了一圈，果然是个好地方。土地平整，庄稼茂盛，景色优美，环境喜人。正值秋高气爽，站在稍高处，可看到十里之外，捞刀河像一条飘带，系在万顷良田之中。苏裕伯欣喜地向人打听这块地的情况。路边的人告诉他这块地还没有名字，是官道旁李家巷李姓人家的土地。由于要赶路，苏裕伯只好安排管家留下来找李家商讨购买一事，自己几个继续上路，前往洞阳山。

过了李家巷，走半个小时便是横山，从横山转弯，沿着洞阳溪朝东南方向直行约三里就到了枫浆铺。枫浆铺在一大垄农田之中，一条小溪在街道蜿蜒曲折，各家因为取水方便，又挖出很多河道直通门前，衍生出很多条支流。房屋依溪流而建，主街道之外，又有众多小巷，颇有江南水乡的特点。苏裕伯一行在枫浆铺吃了中餐，便沿着官道继续前行。

周围是山，把中间田地围成一个大圈。田野上刚刚收割完的稻草被庄稼人捆成了一把一把的，竖立在太阳底下像一个个精神抖擞的士兵。左边依山势建了不少房子，右边是一条清澈的小溪，溪水流淌着经过水藻、卵石，露出一片生机。快到洞阳铺的时候，右手边出现了一座较高的山，九座山峰连在一起，像一扇巨大的屏风，又像一条就要腾空飞去的巨龙。路上的人们告诉他们，这就是九龙山，也叫作九圣仙。这时太阳快要下山了，苏裕伯一行只好先找旅馆住了下来。

洞阳铺在牛头岭下，是长沙府去往浏阳县城的必经之道。街道在路两边摆开，一直延伸到山脚。夜晚各家店铺亮了灯火，整条街就像一个顽皮的小孩手中举着的一串烟花。因为洞阳山附近寺庙、道观众多，街道上很多卖香烛的店铺。若沿着溪边走走，还可以看见一排打磨香粉的木台房。木头做成的水道，引导流水流过来。房子外面是一座很大的水车，依靠流水缓慢转动，带动屋里的木桩打击香叶成粉。夜越深，街上就越安静。过了子时，远处山上便会不时传来两声猿啼鸟鸣或野猪号叫的声音。

△洞阳铺旧址。这是一个三岔路口，曾经的繁华之地

　　第二天，苏裕伯一行起了个大早，吃了早餐，便开始向洞阳山步行过去。爬上牛头岭最高的山头便是领上庙，大家都有点气喘吁吁，于是坐着歇了一口气，喝了杯茶。洞阳山就在山的对面，看上去很近，实际上还有相当一段距离。熟悉山路的人都知道，一座山和一座山之间，看上去不远，甚至可以呼应对答，但是要真正走起来却要花费不少时间。山路的右边是昨天看到的九龙山的最后一座山峰，左边的山峰与牛头岭相连，不过要比它高出几倍，高山相对形成了一个天然的大峡谷。路的边上就是昨天在枫浆铺就能看到的小溪，不过这里是上游，狭窄了许多，水也显得比较急。峡谷湿冷，有水的地方生了苔藓，路比较滑。苏裕伯一行小心翼翼地朝前走去，一边对灵山秀水、古树异石发出赞叹；一边为坡陡路窄，茅深草乱唏嘘感慨。大约走了半个小时，他们来到一处比

△洞阳山龙头坑的龙井飞瀑

较开阔的地方。原来刚才看到的小溪是在这里由两条更小的溪流汇聚而成，当地人把这个地方叫作双江口。左边小溪旁边也有一条小路，听说是去往九溪洞，通往浏阳西乡的葛家。

苏裕伯他们沿着右边的一条山路往前又走了十来分钟，突然眼前一亮，前面豁然开朗，田舍井然，俨然是一个繁华的小村庄。这个地方叫作观前，四周是山，中间是一块平地，因为处于隐真观前而得名。

隐真观位于山口左边的山坡上，在唐朝一代道教宗师司马承祯所著的《天地宫府图》中这样描述隐真观与众不同的历史印记与身份特征，"第二十四洞阳山洞，周回一百五十里，名曰洞阳隐观天。在潭州长沙县，刘真人治之"。隐真观始建于隋炀帝大业年间（569—618 年）。相传隋时宁、刘二真人在此得道，此地遂被隋炀帝敕封为道教法门圣地，洞阳山被封为全国第二十四洞天。

自隋朝以来，这里一直都是道教圣地，既有许多道长来求仙问道，也有众多名人雅士拜谒古观。唐代神医孙思邈曾在此观中归隐，山脚的洗药井、洗药桥一直还在那里。他为九溪崖病龙治病的传说更是流传不衰。说的是洞阳山附近九溪崖有

一条龙得了病，龙体疼痛，鳞下化脓。龙听说药圣孙思邈在此，于是化身老妪，前来求医。孙思邈医者仁心，对症下药，药到病除。龙康复之后，腾飞之时感念药圣恩德，不忍伤害周边百姓，于是化身为九只鸡各自飞升。龙升天之所便被称为九鸡洞，也就是今天的九溪洞。

"圣童去后水云闲，陈迹难寻草木间。独有微信传逸史，洞天寂寂在人寰。"这是杨时写的《浏阳五咏 洞阳》。杨时，号龟山，宋朝著名理学家。他从小聪明伶俐，4 岁入村学学习，7 岁能写诗，8 岁能作赋，人称神童。15 岁时攻读经史，熙宁九年（1076 年）登进士榜。他一生立志著书立说，曾在许多地方讲学，很受欢迎。居家时，长期在含云寺和龟山书院，潜

洞陽山一作洞陽洞一名龍洞俗訛九溪洞在縣北六十里【舊志】隋嵩劉二眞人開山樓隱大業中勅賜洞陽隱眞觀又賜洞陽書潭之府今額皆不存洞中冥暗洞水流入牛里許石竇引光沙石朗然洞中有石雞高數丈又有子午水環滴石上因時而移洞尾懸石心脈日夜滴水不竭【府志】山間有潭神龍居之【一統志】周廻一百里上有仙壇仙羽嶺為洞陽山第一高峯巔有廟廟個井泉

△《湖南通志》（清 同治）中关于洞阳山的记载

心攻读，写作教学。有一年，杨时赴浏阳任县令途中，不辞劳苦，绕道洛阳，拜师程颐，以求学问上进一步深造。有一天，杨时与他的学友游酢，因对某问题有不同看法，为了求得一个正确答案，他俩一起去老师家请教。时值隆冬，天寒地冻，浓云密布。二人行至半途，朔风凛凛，瑞雪霏霏，冷飕飕的寒风肆无忌惮地灌进他们的领口。他们把衣服裹得紧紧的，匆匆赶路。来到程颐家时，适逢先生坐在炉旁打坐养神。杨时二人不敢惊动打扰老师，就恭恭敬敬地侍立在门外，等候先生醒来。这时，远山如玉簇，树林似银妆，房屋也披上了洁白的素装。杨时的一只脚冻僵了，冷得发抖，但他依然恭敬侍立。过了良久，程颐一觉醒来，从窗口发现侍立在风雪中的杨时，只见他通身披雪，脚下的积雪已一尺多厚了，赶忙起身迎他俩进屋。"程门立雪"的故事遂成为尊师重道的美谈。杨时后来在浏阳担任知县时，被洞阳优美的自然风光与神秘的道家文化所吸引，多次前来洞阳山参观游玩，写了这首诗歌。像他这样为洞阳山名声所吸引的地方官员和文人雅士还有很多。在他们的吟咏推介之下，洞阳山名声大振，隐真观也成为全国有名的道教圣地，成为道教正一派的祖庭。全国寻仙访古的官宦，求神问卜的信士，闻经悟道的真人聚集此地者众多，最盛时道观占地数百亩，聚众几千人。

"隐山有濯，真道无私"，苏裕伯怀着崇敬的心情瞻仰完道观门口的对联，径直进入了正殿。正殿由 16 根朱漆大木柱撑起，当中供奉了玉皇大帝，神像有 8 米多高。任是苏裕伯见多识广，也是颇为惊叹。他恭敬地跪拜在地，向玉皇大帝磕了头。然后起身拿起神龛上的卜卦，报了自已的生辰八字，特意就全家是否迁徙到浏阳问了卦。两片卦扔到地上，一阳爻，一阴爻，当地叫作"胜卦"，也就是吉卦。苏裕伯接连打了三个"胜卦"，他暗自高兴，却不露声色。毕竟潦浒李家巷的土地还没有着落，现在谈迁徙还为时过早。

道观有东、西两个厅，还有包公、关公、药王等三圣五殿，几十间信士厢房。苏裕伯一行在隐真观吃完午饭，下午又拜谒了附近的资寿寺、杉木岭、杉木庵等地，赶回洞阳铺的时候已是傍晚，街上灯火通明。尽管游玩的时间不长，但洞阳山的幽深谷地，俊秀山林，淳朴民风都已经给他留下了难以忘怀的印象。

回长沙的路上，他们又得到了一个好消息。潦浒铺李家巷那块他们中意的土地，经过管家的甜言蜜语与重金诱惑，主家终于答应连同一栋已经建好的房子一起卖给苏裕伯家。归途中，船在捞刀河里行驶，宛如一名悠闲的男子在自家花园里散步。购置了家业，拜谒了名山，欣赏了美景，苏裕伯有一种说不出的痛快，禁不住哼起了曲调，唱起了苏轼的《念奴娇·赤壁怀古》，"大江东去，浪淘尽，千古风流人物……"

3. 三迁李家巷

大德元年（1297 年）四月，苏裕伯选择吉日，带领一家人从杜甫江阁旁边的码头上船，举家迁往浏阳北乡。父亲苏如日，已经八十高龄，母亲聂夫人比苏老爷子小一岁。两位老人年岁虽高，但身子骨还算好，一路上安安静静，除了吃饭就是睡觉。船上最苦的要算樊夫人。她正怀着孩子，不到两个月就要生产。船虽算平稳，但空间狭小，她只能坐一会儿，站一会儿，睡一会儿，才觉得舒服一点儿。长沙去潦浒约一天的航程，下午四点多他们的船才到潦浒铺码头。好在管家能干，前些日子已经把大批的家具及日常用品分批搬运了过来。这次船上除了人，只有少量的随身物品。苏裕伯安排父母妻儿坐上轿子，管家分头雇了挑夫搬运物品。不到一个小时，他们就搬进了李家巷那栋收拾一新的宅院。至此，苏裕伯一家从南昌迁出之后，前后经过三次迁徙，终于找到了自己理想的隐居之所了。为此，他特意给自己取号"宸北"，

△永安镇缎牌兵马大道，现已是宽敞的水泥路

寓意以后再不搬家，像北斗星一样永远居住在浏阳北乡。他拿出一些银两，打点了一下地方关系，在登记户口的时候，直接以平民的身份入籍浏阳，

成了一个地地道道的浏阳人。

六月，天气已经热了起来。不过相比苏家巷，乡间的夏天凉爽多了。47 岁的樊夫人十月怀胎，瓜熟蒂落，为丈夫生下了第四个儿子。苏裕伯已经 57 岁，还得一子，自然是十分高兴。他给第四个儿子取名才仲，字俊雄。这正满足了他当初的愿望"豪杰英雄"。全家人正处于添丁进口的喜悦之中，不料老爷子却病倒了。苏如日首先是有点咳嗽，不久便开始呼吸急促。接下来几个月，苏裕伯四处请名医为老人家医治，均不见好转。过了大德二年（1298 年）春节，老人家咳嗽越来越厉害，整夜不能睡觉。到了二月，身体每况愈下，已经不能吃饭，呼吸极为微弱。二月底，老人家去世了。苏裕伯担心丧事排场太大，会节外生枝。等大哥元臣来到李家巷之后，三兄弟率子孙为老人举行了入殓仪式。又请方士在官道右侧自己买的那块土地里选了一个吉穴。然后按照当地的风俗，请道士做了三天道场，便出丧安葬了。

日月如梭，转眼已是大德四年，苏裕伯兄弟为父守孝三年期满。苏裕伯家又呈现出嬉闹的场面。苏裕伯平易近人，与人为善，是个豁达直爽之人。附近的官绅、百姓都喜欢与他交往。虽然大家不知道他来自何方，但看他的言行举止，也觉得他不是一般人物。交往中多了几分尊重，当地有什么大事也喜欢听听他的意见。孟仲、季仲已经结婚生子，享受着初为人父的快乐。清仲开始跟着父亲与老师读书写字，沉浸在学习的乐趣里。才仲满了 4 岁，每天跟着哥哥和几个侄儿，在外面跑来跑去。家里只有聂老夫人孤子一人，每天对着丈夫苏如日的遗像暗自神伤，一直心情抑郁，情绪低沉。一家人四世同堂，人口众多，家务繁重，但在樊夫人的精心主持下，倒也和睦相处，平安温馨。苏裕伯看着渐渐长大的几个儿子，很快个个都要另立门户，觉得有必要再置办些田地。趁着天气好的时候，他就带着孟仲、季仲在附近的村庄转悠，寻找合适的地方。经过再三商讨，父子下定决心在李家巷附近的耕塘买了几十亩山林、十多亩田地。

大德六年（1302年）五月，85岁的聂老夫人突然病倒了，先是手脚浮肿，后来是全身都肿了，身上用手一按，便破了皮，全是脓血。四处请来的名医也束手无策。老人家只能躺在床上，靠吃些稀饭维持着一口气。这样又过了半个月，老人家咽了气。有了前几年操办苏老爷子丧礼的经验，苏裕伯轻松多了。他把家里的具体事宜交给管家打理，自己除了接待亲朋好友，就负责老夫人选择墓穴一事。苏裕伯首先与兄弟商量，是准备让父母合墓安葬，但是老爷子坟墓旁边由于官道加宽，已不便安放老夫人的墓穴，所以他得另外寻觅一个地方。几个方士选来选去，最终选定了耕塘新买山林的一个小山坡上。

大德九年（1305年），66岁的苏裕伯走出了为母守孝的三年之期。三年来，他按照宋朝旧制，摒弃了与外界的一切交往，在家中过着粗衣淡食的生活。好在他崇尚道教，习惯了清心寡欲，宁静淡泊，每天除了一日三餐，就是诵读《道德经》《南华经》之类，倒也过得自在充实。为了让独自埋葬在耕塘山林的母亲不孤单，苏裕伯又在墓庐附近新盖了一栋院子。房子北倚青山，前临池塘，放眼望去，视野开阔，碧天万里。

他取名为"茅坪堂"，平时作为闲暇之余的去处。每年清明或母亲诞辰之际，他就带着妻儿来此居住数日，一边祭祀打扫，一边享受天伦之乐。

　　苏崇侯虽说在长沙苏家巷就与哥哥一家分开住，但是他一直对哥哥有着很大的依赖。无论是成家之前，还是这次搬迁到浏阳李家巷之后，家里的大事小事基本都是哥哥做主。这时候他的儿子苏才兴也慢慢长大，以前的小屁孩，现在已经玉树临风，一表人才。可是好景不长，在至大三年（1310年），65岁的苏崇侯突然染病，医治无效竟然一命呜呼。好在苏裕伯为人好，能力强，在街坊邻居的帮忙下处理完弟弟的丧事，又为弟弟一家做了妥善安排。等侄儿苏才兴成年之后，苏裕伯一边帮他张罗婚事，一边为他新建了房屋。苏才兴先后生育了三个儿子，分别取名应举、应行、应洙，依次取字淮、河、泗。苏才兴比他父亲更能干、更刚强、更果断。他和夫人精心养育着三个孩子，同时打理着父亲当年在南塘置办的田产。孩子成年之后，他便在南塘新建了一栋四合院，带着苏淮、苏河迁徙到了善化（现长沙县）南塘新宅。小儿子苏泗则选择了迁往江西吉州，去那边依附家业庞大的大伯苏元臣一家。自此，苏崇侯的后裔就在善化南塘与江西吉州开枝散叶，人文蔚起。

4. 置业洞阳铺

　　洞阳始终是苏裕伯魂牵梦萦的地方。尤其是最近研习经书，洞阳山对他来说更是神一样的存在，一种信仰，一种追求。自从元贞二年（1296年）第一次拜谒名山，他后来又与友人和儿子们去过洞阳山几次。每次都有不同的感受，不同的收获。现在虽然年事已高，但想去洞阳，想去洞阳山的愿望却与日俱增。大德十年（1306年），苏裕伯携四子同往洞阳山。才仲刚满10岁，是第一次随父亲去往洞阳。

过了枫浆铺，只见路两边，山水清幽，田地肥沃。田野之中禾苗青翠，

△枫浆铺的铺路石现在做了居民围墙的基石

生机盎然。苏才仲何时见过这样优美的景色，连忙对父亲说，以后要住到这里来，每天在这里玩耍。苏裕伯看着憨态可掬的儿子，摸着胡子若有所思。洞阳在楚地的南边，吴地的西边，上连九溪洞，下有枫浆桥，是交通要道，人烟聚集之地；又田地肥沃，崇山叠嶂，苍翠挺拔，是难得的道教圣地。自己怎么就没有想到在这里置办些产业，以后可以常来

常往呀。他是一个性格开朗，坚毅果断的人，心里有了想法就付诸实行。他立即派人在洞阳铺附近寻找地方，准备先买些田地，再建些房屋。

洞阳的田地最终买在了离洞阳铺一里之余的小溪边上。靠近官道，背后是一丛山丘，前面是大片田野。虽然离集市尚有两里多路程，但山地平坦，屋基宽阔，也是个风水宝地。苏裕伯在这里建了一座房屋，作为自己来洞阳游览的临时住所，平时就给管理田地的下人居住。有了歇

△九龙山。老屋苏视角拍摄

脚的地方，他隔三岔五就带着几个儿子往这边跑。一日，父子几个穿过观前垄中间，沿着前往杉木庵的山路一直爬了上去，最后登上了九龙山的第一座高峰"仙羽峰"，站在峰顶自有一览众山小的感慨。站在山岭的石头之上，苏裕伯极目远眺。往西北看到的是一望无际的田野，远处的山脚下一栋栋青瓦白墙的房子间或有几间茅草搭成的房屋。他连忙喊

来儿子，大家顺着他指的方向看过去，你一言，我一语，相互争辩，终于形成了统一意见，找出了自家房子的轮廓。东南是隐真观、九溪洞方向，群山拥簇，青山如玉，看上去煞是让人喜欢。山岭天然一个草坪，附近为石块与灌木，往下皆为杉木，树木挺拔茂盛，苍老遒劲。"咚咚，咚咚咚"，峡谷中传来杉木庵比丘尼清脆的木鱼声。苏裕伯顿觉神清气爽，心旷神怡。他于是与儿子们商量，要在这里建一栋茅屋，学道参禅，修身养性。

大德十一年（1307年）农历六月，苏裕伯位于杉木岭的茅屋竣工了。他迫不及待地计划着六月初六的天贶节就搬过去住几晚。儿子们看父亲如此高兴，纷纷要他为茅屋取个名字，再写点儿文字。苏裕伯坐在洞阳自家的房子里，望着窗外官道上来来往往的行人，想起了前几天他去九溪洞看到和听到的一些事情，心中有许多疑惑与思索。为什么这个地方叫洞阳呢？是因为位于九溪洞的南面。那为什么又有九溪洞呢？是因为孙思邈曾经隐居于此，医治蛰龙而得名。洞中有石乳，当地人都认为是孙思邈炼制的神丹，可以医治百病，然而洞千万年前就应该有了，孙思邈生活的唐代距今才几百年。那么到底这个洞此前叫什么名字？没有了洞名，又哪里来的洞阳呢？山不会与世争名，就像庄子所说"呼我为马者，应之以为马；呼我为牛者，应之以为牛"。既然这样，仙人可以隐居在这里，龙可以蛰居在这里，渔樵可以生活在这里。这里可以采药，这里可以炼丹，这里可以吟诗，那我也可以在这里建茅屋，并为之命名呀。我有了这栋茅屋，就可以按照我的性情，居住生活在这里，去追念眉山祖先的恩德，

△洞阳山仙人下棋石

去回顾南昌的往事。那是多么愉快的事呀！我的房屋就是几根木头搭成的，像一片羽毛一样悬浮在空中，却可以给我如此多的用处与快乐。那我就用仙羽来命名它吧。这有什么不可以呢，就像这里到底是叫洞阳，还是洞天，不是都可以吗？苏裕伯很像他的祖先，前面的思绪颇有点苏轼写《石钟山记》的考证与反思，后面则有点《赤壁赋》中对人生与宇宙的思考。六月四日，他思虑既定，命人准备纸笔，为茅屋正式命名仙羽庵，并一气呵成，写就了《洞阳山茅庵记》。

洞阳山茅庵记

山曷名洞阳？谓其当九溪之冲，而峙于洞口之阳也。洞之名何自昉乎？相传九溪之涯，老龙蛰焉。龙病而孙思邈为之疗治，久乃腾去，遗穴于山，深邃若洞，九溪因而以洞名也。

予始闻而疑之。及考之舆图记云："洞阳山系第二十四洞天，唐孙思邈炼丹于此。"传记固有征焉。予又邀游龙洞中，穴空数里，旷若宫室，峭壁巉岩，不可具状。岩之上，空石如臼，常有数丸，服之可以已百疾，恒取恒得，不取亦无增损。乡人告予曰："此孙仙炼丹臼也。"予悚然异之，始信传言之非诬矣。独是思邈生于唐，唐距今六百余岁耳。忆自鸿蒙开辟山之峙，不知几万万年月矣。信如传言，则唐以前九溪且无龙之穴，又何有洞之名？何有阳之称？邈焉！窅焉！亦安知此山之何所名焉？虽然，山岂与世争名乎？敦艮之基，与天地为终始；虚受之度，历常变而不更。

漆园云："呼我为牛者，应之以为牛；呼我为马者，应之以为马。"山亦何独不然哉？是故可名之为洞天，亦可名之为洞阳。由是推之焉，往而不可，仙可隐，龙可蛰，药可采于斯，丹可炼于斯，樵夫牧竖可往来于斯，迁客骚人可笑傲于斯。然则予之茅庵，亦胡不可立于斯哉？自有此庵，予将高卧于斯，求适吾性耳。岂谓是山即东山耶？啸歌于斯，欲抒吾怀耳。敢云洞阳亦首阳乎？仰而观，确然者如故，可以覆吾之庵也；俯而察，陨然者不改，可以载吾之庵也。西顾蚕丛，眉山之宗风可念，亦坐吾庵以念之；东瞻吴会，宗伯之世泽堪怀，亦居吾庵以怀之。庵以外，物皆吾与木石可同居，樵牧可同游，何必臣哉邻哉？协恭着美也。庵以内，与古为徒，善者吾褒之，恶者吾讥之，奚必职铨与衡，始可黜陟耶噫？

庵仅茅屋数椽耳，而吾之全体大用，悉备于斯，是不可不有以记之。使数世而下，读其记，即知其人也。记毕。复缀以名曰仙羽庵。岂徒诩其超然高举,可附于思邈之俦乎？抑谓洞阳、洞天之外,别有仙羽一号云？

元大德十一年丁未岁天贶节之前二日,逸民苏宸北图南氏撰记。

5.分居四仲堂

仙羽庵修成之后,苏裕伯就往返于潦浒、洞阳之间,过着愉悦、轻松的日子。转眼到了延祐三年（1316年）,这时元成宗、元武宗相继过世,已经是元朝第四个皇帝元仁宗即位后的第六年。从1307年仙羽庵建成,到现在已经过去了十多年。苏裕伯当然不会知道在西方的意大利,正有一位叫作但丁的诗人,同样从1307年开始流浪,用十多年的时间与心血写出了一部伟大的史诗《神曲》,在世界文学史上形成了巨大的影响。如同屈原的《离骚》影响了整个中国文学史。他也不会知道,他自己的这些行动也将像他的祖先苏轼一样深深影响自己的家族。

元仁宗提倡以儒治国,恢复科举取士。76岁的苏裕伯已经感觉身体大不如从前,每次攀登杉木岭,需要休息几次才能到达仙羽庵中。他一个人的时候常常会想起理宗封赏他吏部侍郎,南昌府第高朋满座,迁徙湖湘颠沛流离的各种场景。这么多年,三次迁徙,多少艰辛在其中,但毕竟现在过得安逸闲适,他觉得上天对他还是比较好。只是觉得有一点儿对不起自己的儿孙,因为自己是前朝旧臣,隐遁这么多年,纵然儿孙们勤学苦读,诗书满腹,但也不能赴试应举,求取功名。如今朝廷昏暗,听信谗言，苛捐杂税，又实施了一些民族歧视政策，全国上下较为混乱，一片怨言。想至此他又为自己没有入朝为官的子孙有一丝丝庆幸。苏裕伯想着自己时日不多，不禁有点为后代子孙何去何从担心了。"儿孙自有儿孙福"，他是个比较豁达的人，想到这里又释怀了很多。只是苏氏族谱在家庭搬迁的时候全部焚烧，现在能证明自己世系的物件所剩无几。如果没有族谱，不知源流，子孙后代又怎么知道自己来自何方，有何亲人？又怎么铭记恩德，追慕先贤？他趁由夏入秋的凉爽时节，凭着记忆手抄了《武功源流》西汉苏建到唐代苏荣定共 21 代；又写下《眉山源流引》，记录了从唐代苏味道到洪都始祖苏符的繁衍过程。全部写完，担心有误，他又仔细地在脑中琢磨了一遍，方才放下心来。

眉山源流引

眉山苏氏始自赵州荣定公。生味道公，九岁能文，与李峤齐名，时号苏李，唐武后朝拜凤阁舍人，检校侍郎，居相位。政尚宽和，神龙初为眉州刺史，卒于官。一子留眉，因有眉山之裔。至祐公，幼颖悟过人，生子杲公，乐施济名显于时。杲生序公，读书通大义，为诗务达志，教其子澹、涣、洵，俱成大器。洵公字明允，号老泉，年二十七，始发愤力学。夫人程氏，亦博通经史，课二子轼、辙甚严。嘉祐间，公偕二子至京师，除校书郎，文名擅天下，卒葬眉州城东老翁泉傍，谥文公。轼公，字子瞻，号东坡，举制科，累官翰林学士，兵部尚书，以正道忤时，屡遭贬斥，年六十六，卒于常州，卜葬汝州小峨眉山。宋高宗朝，赠资政殿学士。宋孝宗时，又崇赠太师，谥文忠公。辙公，字子由，号颍滨，又号栾城，与兄轼同登进士，又同举制科，累官翰林学士，门下侍郎，亦屡被谪，退居许州多载，卒年七十四，葬祔兄墓。故汝州有二苏墓之名。淳熙中，追复端明殿学士，谥文定公。轼公长子迈公，字伯达，文章政事绰有父风，知安仁县，以政最迁雄州防御推官终驾部员外郎。后以熙丰余熖避居山东，遂成望族。次子迨公，亦有文名。幼子过公，字叔党，天性纯孝。轼公谪英廉永诸州，独过公随侍，凡晨昏寒暑，所需悉以身任，常作志隐赋，轼公览之曰，吾可安于岛夷矣。历官郾城令，通判中山府，皆有政绩。子符公，为南宋礼部尚书。轼公之孙，共十有五。箪公，官太府乡。符公，礼部尚书。葵、篃、籍、節、笈、箪、篓、箭、箕、筹、筌、籁、笙十三公俱以文名重。曾孙岘、峤。岘官给事中。峤官右奉议郎。辙公之子迟、适、逊共三公，孙简、籀、谔、诩、林、麓、森共七。眉山一脉，繁衍四方。难以具述。第以我祖符公与其子峤公，均官于吴。符公遂由蜀迁吴，而为吴之始祖。余今略述源流，昭兹来许，庶后之子孙，得以溯厥渊源耳。

洪都嗣孙裕伯图南氏谨撰

八月，李家巷的乡亲们都忙着采购中秋节货物。苏裕伯时不时地站在门口，望着门前路上车来人往，内心突生一阵节日的喜悦。八月十四日上午，吃了早餐，几个儿子媳妇按照惯例来向父母请安。苏裕伯吩咐管家把孩子们都留了下来。他先带着孩子们拜完祖先，然后在厅堂里依

△长寿山庙。现永安镇坪头山小学附近

次坐下。几个儿子知道父亲如此庄重，必定是有要事宣布，就在座位上安静地等着。"从南昌府来到荆楚大地，已经三十多年了。我以弹琴读书为乐，经常把酒话桑麻，吟风弄月，自认为是一个无忧无虑、生活闲适的人。只是事业未成，现在恐怕大限将至，今天有些事情需要讲给大家听。"苏裕伯喝了一口茶，清了清嗓子继续说。"我是眉山苏轼的后代，苏符的第七世孙，宋朝末年因为躲避元朝的追逐，奉养你们祖父如日公夫妇来到湖湘一带。大德年间来到现在这个地方，为了避人耳目，我改变了籍贯，甘心以一个普通人的身份做了浏阳人，担心以后我们的后代不知道家族的渊源，我特意手抄了《武功源流》《眉山源流引》，希望你们珍藏它。"说完苏裕伯用手指了指放在案几上的书籍。"前朝理宗皇帝曾经授予我吏部侍郎，赏赐我缎牌、笏圭。三次迁徙，几经颠覆，我均不敢遗弃。现在我把缎牌与这栋老宅及田地赐予孟仲，你可以以缎牌命名此地，希望你爱护并世代守护好它。把笏圭和茅坪锻田地赐予季仲，你可以将那座房子改名'笏圭堂'，世代守住家业。清仲、才仲你们曾经随我一起去洞阳，多次表示喜欢那里的山水，我也因此在那里置了些产业，修建了茅庵，你们两个就前去那里居住。我把家族源流与《洞阳山仙羽庵记》手稿，还有先世宗器天球河图、赤刀大训赐予你们，希望你们好好保管它们，不要丢弃。你们四位都是我的好儿子，希望你们和睦相处，互相帮助，共同将家族发扬光大。"苏裕伯一口气说完想要说的话，有点力不从心，用力深深地吸了几口气。儿子们听到这里，眼里早就含着泪水。才仲年纪小一点儿，才二十出头，忍不住哭出声来。一下子整个屋子哭声一片，过了好一阵儿才平静下来。苏裕伯平日里对子孙后代关爱有加，现在分家到户，考虑也极为周到、公允。儿子媳妇自然没有意见，只是一个劲儿地感恩父母，祝父母健康长寿。苏裕伯是经历过大风大浪的人，知道几个儿子兄弟情深，重情重义，肯定不会为了家产争吵，但时间久了子孙后代难免会有争议。于是，下午精神好一点儿的时候，他又将上午所说，命名为《图南公遗录》，用白纸黑字写了下来。

图南公遗录

余自吴来楚，历今三十余载矣。乐琴书，话桑麻，吟风弄月，自谓是羲皇上人。我生事业未遑，为儿辈言之，今大数将已矣。仰怀宗绪，俯念孙谋，有不能已于言者。余系洪都符公位下第八派孙，宋末隐名湖湘。元大德时，隶籍于斯，恐汝曹莫识其渊源，因手录《眉山洪都源流》，当珍藏之。昔余承乏铨曹时，所锡缎牌笏圭，皆先朝名器，几经颠覆，未敢遗弃，迨立业此境，即以缎牌名之，示不忘也。承重之义，厥惟冢嗣，缎牌之器与地应赐孟仲，承护而世守之。次孟曰季，余尚立别业，于茅坪段，创建堂宇，以为养闲之所。今赐季仲，以笏圭执此而往，可名其堂，以保其器，即以世居其业也。清才二仲，昔尝从予游洞阳，爱其山水之清幽，田地之沃饶，向予而言曰，当择此地而居之。余因置业于彼，又立庵于洞阳山头，作记志之，二子俟我服阕，可偕迁彼地，以成其素志耳。其庵记并源流引，即赐与清才二子。盖天球河图，赤刀大训，皆为先世之宗器。四子各得所分，俱当珍守，弗失庶名。器与图书并永，孟季与清才偕荣。宗绪之继，在于斯孙，谋之诒，亦于斯矣。

大元延祐三年丙辰岁桂月望前一日，宸北图南氏手录。

过了中秋节，天气转凉。十月，苏裕伯因为受了寒气，开始发烧，咳嗽。吃了一些中药，总是不见好。十一月，他开始呼吸急促，不能走路。几个儿子每天床前轮流服侍，一点也不敢耽搁。十二月，他只能靠吃点儿稀饭，喝点儿水维持生命。整个人瘦得只剩下了七十多斤。终于熬过了春节，可是没有熬过元宵。延祐四年（1317 年）正月十三日，苏裕伯在李家巷安详离世。四个儿子按照当地习俗，用心操办了丧事。尊重父亲生前愿望，将其安葬在了大冲口高椅岭。樊老夫人年岁已高，身体多病，又思念丈夫过度悲伤，第二年便也去世了。她出身豫章名族，操持家业，相夫教子，是很好的贤内助。尤其是随夫三迁，颠沛流离，含辛茹苦，让世人颇为赞赏。死后与丈夫苏裕伯合葬，也是对她最好的慰藉。满足了她生前死后都常伴夫君左右的愿望。三年守孝期满，四个儿子按照父亲当时的嘱咐，各自携带家眷与物品来了自己的土地上。自此，孟、季、清、才四兄弟，后代亲密往来，繁荣昌盛，常有分支迁出，散居在浏阳四乡，神州大地。

叁 | 初修族谱
CHU XIU ZU PU

1. 读谱教儿孙

乾隆四十一年（1776 年），清朝政权已经建立百年，其统治基础也已巩固。西方开始掀起了资产阶级启蒙运动。1768 年英国瓦特改良蒸汽机，第一次工业革命开始。1774 年北美第一届大陆会议在费城召开，1775 年独立战争在莱克星顿打响，1776 年 7 月 4 日大陆会议通过《独立宣言》，宣告了美国的诞生。1776 年英国著名经济学家亚当·斯密出版《国富论》，该书除了反对重商主义学派和重农主义学派的观点，还指出了"看不见的手"的作用，支持自由贸易政策，并提出税收四原则。《国富论》的发表，标志着现代经济学的正式诞生，成就了亚当·斯密作为"现代经济学之父"的不朽名声，也影响了全世界经济的发展。

十二月，乾隆皇帝为了进一步巩固皇族利益，缓和民族矛盾，瓦解民族意识，达成统一思想，在大力表彰明末清初因抗清遇难的明朝官员的同时，下令国史馆编纂《贰臣传》。《贰臣传》就是要为明末清初降清的明朝官员立传。乾隆皇帝在颁发的谕示里写道："为开创大一统规模，这些人不得不加以录用，以靖人心而明顺逆。不过事后平情而论，作为一个人，以胜国臣僚，遭际时艰，不能为其主临危授命，却畏死幸生，腼颜降附，也称不上是完人，即使稍有片长足录，其瑕疵也不能掩。此等大节有亏之人，不能念其建有勋绩，谅于生前；也不能因其尚有后人，原于既死。为准情酌理，自应于国史内，另立《贰臣传》一门，将诸臣仕明及仕本朝各事变，据实直书，使不能纤微隐饰。"清朝廷的意思就是降清的明朝臣子，对先朝不忠，不是完人，不足以成为现在官员的表率，所以要另外立传，以此作为对现在臣子的告诫。遵照谕示，国史馆总裁便查考姓名事实，逐一类推，编成十二卷，有一百二十五人，都是降清的明朝官吏。这当中有当时很有名气的洪承畴、钱谦益等。过了年，消息传出来。不仅朝廷上下议论纷纷，就是勾栏瓦肆也是众说纷纭。不高兴的当然是那些当初变节投降，偷享荣华富贵的官员。高兴的是明末清初的一些有节志士，他们不需要再隐姓埋名，可以慢慢以真面目示人。

洞阳溪安静地流淌在九龙山脚下，一群白鹅一会儿划着红色的脚掌在清澈的水里游荡，一会儿晃着脑袋在两边的草丛里寻找着食物。几个穿着破旧的小孩一边放着牛，一边聚在一起放风筝。河岸的大樟树旁边，一个穿着华丽的少年坐在翠绿的草丛里拿着一本书认真阅读。

"德筹哥，回家吃饭了。"弟弟德伟飞跑了过来，朝着看书的少年喊道。兄弟俩进了家门，全家已经坐好等着他们吃饭。父亲苏敬灿与母亲邓夫人坐在堂屋上面的第一桌，哥哥德垣、德璠、德纯依次坐在边上。两兄弟连忙跑过去，坐在哥哥旁边。苏德筹是家里的老四，今年16岁，弟弟德伟13岁。五兄弟除了他和弟弟德伟，三个哥哥都结了婚。几位嫂嫂带着孩子坐在另外一桌。吃完饭，不知道是谁提起朝廷编纂《贰臣传》的事来。苏德筹几兄弟便你一言我一语地争论起来，有的说这是树立"忠孝廉耻"的好事，有的说是朝廷"过河拆桥"，背信弃义。

△洞阳苏家大屋门前的洞阳河，洞阳水库未修建前称洞阳溪

　　苏敬灿静静地听着孩子们的争辩，一言不发。作为一个快60岁的老人，他自然比他的儿子们见多识广。他知道现在朝廷要编纂《贰臣传》，实际上还是为了满足汉族读书人对忠贞节操的认同，加强对官员的思想统治。他出生时正是康熙执政的最后一年，后又经历了雍正、乾隆，几位皇帝虽说是满族人，但善于向汉人学习，听取汉臣的谏言，实施了许多休养生息的好政策。他们自己也主动学习汉文化，加上天资聪颖，励精图治，全国一片太平。附近老人们拿现在社会秩序、经济状况与前朝末期相比都认为好了很多。尤其是乾隆皇帝即位以来，苏敬灿自己生活在其中更是深有感受，老百姓对皇帝的智慧与勇气也是赞不绝口。想到这里，

苏敬灿若有所思，微微点了点头，摸了摸自己的胡须。他想借儿子们谈论《贰臣传》的机会，说说祖先的忠勇刚正，盖世才华，以此教育孩子们做一个对国尽忠，在家尽孝的好男儿。

阳春三月，百花开遍，万木争荣，天朗气清。苏家宅院在暖暖的阳光照耀下，古朴中多了一丝清新。这是一栋明朝末年建成的木质结构三进四合院。房子坐北朝南，东南角上有一个大门，左边与倒座房相连，过一个小院子就是垂花门，垂花门两边有回廊与两边的厢房连接，中间是个院子，正对面就是正房两边各有一间耳房，后面是一排后罩房。苏德筹几个成了家的哥哥就住在厢房里，他和弟弟德伟则和父亲母亲住在正房及后面的后罩房中。

正房面朝院子，宽敞明亮，被苏家用作厅堂，接待一些重要的客人与亲戚。用过午饭，苏敬灿带着儿孙们在厅堂依次端坐。他的茶几上比往常多了一叠书，从外面刚打开的包装来看，必定是家里的贵重之物。

"孩子们，今天你们谈论《贰臣传》，都觉得不要做投降变节的小人，要做忠贞报国的君子。听了你们的想法，我非常高兴。我们苏家本来大有来历，我们的祖先就是忠勇刚正的榜样。出使西域，牧羊十九载的苏武；为人忠正，多次遭受贬谪的苏轼都是我们的祖先。按照源流算来，我应该是苏武的五十三世孙，苏轼的第二十一世孙。南宋末年，因为我们的祖先苏裕伯是宋朝旧臣，不愿意投降变节，才奉养父亲苏如日老爷子隐居湖湘，经三次迁徙，历万般艰辛，才来到浏阳北乡。现在我们浏阳北乡的苏姓全部是他四个儿子繁衍而来，我和你们敬胜、敬贤、敬惠三位伯父均是他第四个儿子苏才仲的后代，按派别算来我是苏如日的第十三世孙，苏才仲的第十一世孙。这些历史与源流在这部《苏氏初修族谱》里均有记载，今天我把它拿出来，你们要挤时间认真看看。好好地缅怀恩德，追思怀远，顺便以后见了附近同宗，也好有个尊卑长幼。"苏敬灿一边说，一边指着桌上的族谱。"这套族谱是我的族叔苏志燮倾尽一生心血编修而来，十分珍贵。你们不仅要好好保存，更要好好地读它。他是苏裕伯第三个儿子苏清仲的后人，比你们爷爷苏志嘉小了十三岁，按照辈分你们应该叫叔爷爷。他24岁以县学第一名考取秀才，是个了不起的人物，你们要好好向他学习。"

2.立志修族谱

康熙三十七年（1698年）正月，长沙府街道上的大门到处张贴着红色的对联，城市还沉浸在春节的喜庆祥和之中。此时的欧洲，牛顿已经于1687年发表《自然哲学的数学原理》，确定了牛顿力学体系，走进了科学时代。清朝最大的邻国俄罗斯进入到著名的彼得一世统治时期，并且大刀阔斧地实施改革，彼得一世"野蛮"的改革把俄罗斯从封建农奴制时代带入了一个崭新的时代。此前的二百年，哥伦布于1492年初次航行到了美洲，1519—1522年，麦哲伦已经开始了第一次环球航行，再次发现了美洲。康熙皇帝虽然对现代文明也表现出了极度的好奇与热心，但依然带着古老的中华民族按照既定的路线缓缓前进。

南方的天气湿冷，树木还没有抽绿，为了准备即将举行的郡试和庚辰（1700年）年的科举，妙高峰之下的城南书院与岳麓山下的岳麓书院早已经书声琅琅。学习了一天的苏志燮有点疲惫，感觉到前所未有的饥饿感。天空飘着点小雨，路上的麻石湿漉漉的，感觉滴了一层油。他和几个学子，一起出了城南书院，径直朝靠近江边的一个小旅馆走去。来长沙府游学的这些日子，他就一直居住在这里。旅馆是个两层楼的小院子，一楼是餐厅，二楼及后院是住房。他们进了旅馆，在一楼找了张桌子坐定，点了酒菜，便狼吞虎咽起来。大家一边喝酒吃饭，一边称兄道弟。

邻桌突然有个中年人端着酒杯朝苏志燮走来。"苏家老弟，我敬你一杯。"中年人用带着点长沙音的浏阳话朝苏志燮说道。中年人名叫苏虞臣，是浏阳北乡永安人（旧称潦浒），在长沙府做点生意，寓居在这个旅馆很久了。今天遇到浏阳老乡，又听他们喝酒时称呼知道是同宗，自然十分高兴，所以特意过去敬了酒。等苏志燮那边吃完，他又把苏志燮邀请到他那桌，两个人边吃边聊。既然都姓苏，便相互报了父辈祖辈姓名，都不熟悉。又报了同宗中自己知道的一些长辈姓名，倒是有几个认识的，参照算来，苏虞臣应该是叔辈。于是两人又报了彼此字辈，按照字辈算来，苏虞臣倒好像又比苏志燮小了几辈。"这都是不修族谱，不知长幼的缘故呀！"苏志燮重重地放下酒杯，痛心疾首地说道。"莫非贤侄有修谱的想法？"苏虞臣在年龄上大了苏志燮很多，谈话之间便自觉地换了称呼。"是呀！先祖苏洵自创谱例，编修族谱，为家族传承立下不朽功勋的盛举令人十分钦佩。家父也多次跟我讲起他曾祖通古公、通川公编修族谱的愿望与事迹，可惜这么多年还是没有人能来完成这件大事。""我说怎么贤侄青年才俊，一表人才，原来是通古公、通川公后代，失敬失敬！"听到苏志燮讲是苏通古的后代，苏虞臣连忙站起朝他作揖表达敬意。

苏通古，字伟齐，号文渊，世称文渊公。他是苏如日第八派孙，苏清仲的直系后裔。虽然离世将近百年，但是在浏阳北乡一带可以说是无人不知无人不晓。他幼年聪颖，勤俭好学，明朝嘉靖四十三年（1564年），12岁的他参加县试便获邑庠生，隆庆年间注补为廪膳生。万历二十二年（1594年），42岁的他参加科举高中进士，是浏阳苏姓的翘楚。苏通川是苏能署的第四个儿子，也是苏通古的弟弟。苏通川生于嘉靖三十六年（1557年）十二月，比第三个哥哥通古小了六岁，虽然在学业上没有哥哥那般优秀，但是他自小聪明伶俐，讨人喜欢，长大后擅长经营，积累了大量财富，家业殷实。现在虽然过去了几十年，但当地还流传着顺口溜"洞阳苏山塘，金银用斗量"，讲得就是苏通川，山塘是他的字。又由于他们父子长期居住在浏阳北乡，心地纯正，乐善好施。所以还留下了"桥梓良材""銮台毓秀"二块匾额，成为当地佳话。苏虞臣虽是缎牌苏孟仲的后代，但祖辈多次告诉他，他们与洞阳同属一宗，这些让苏姓引以为荣的故事他们从小就听说了。苏志燮听苏虞臣熟悉地讲述起自己先祖苏通古、苏通川的事迹，更清楚他们应该是一家人。

小时候的一件事，虽然过去了很多年，但是对他来讲记忆犹新。有一天，他在家里书箱翻检图书，意外翻到一叠以前从未见过的手抄旧书。他于是连忙拿去问他的父亲苏茂喜那是什么书。父亲慨然长叹，意味深长地对他说道："这本书是我的曾祖苏通古遗留下来的，通古公12岁进入县学，品学兼优，一直想延续家风。想到族谱遗失，文献缺少，仅存眉山洪都源流两张图，于是亲自到江右抄录世谱拿回来给他的弟弟苏通川。通川公与他的侄儿高安主簿苏永贤，堂侄邑庠生苏永泰、苏永祯一起谋修族谱。我的高祖苏能署捐出馆阁用来编修办公，一天失火，能署公不顾家中万贯家产，只从烟火中保存了谱书，想最终修成族谱。只是后来种种原因，通古公只能带着这个遗憾去世了。你小子如果将来有出息，希望你能继承祖先遗志，完成这件大事。"苏志燮边讲述自己小时候的经历，边唏嘘感叹。"现在族谱不修，辈分不分，实在是有愧于先祖的一番心血，来日我另当完成祖先这个夙愿。"苏志燮趁着酒兴，拍着胸脯朝苏虞臣表示。"如果你真有这样的志向，那我也可以拿出我先祖遗留下来的族谱供你查实。"苏虞臣听后也是激情满怀，不禁把自家尚有遗谱的秘密说了出来。等到苏志燮说起这族谱中写了什么，什么时候借来一读的时候，苏虞臣又支吾不语，答非所问。修谱毕竟是宗族大事，不是几句豪言壮语就能完成，苏虞臣看着还不到20岁的苏志燮，心里多了些许疑惑，点了点头，又摇了摇头。

3. 众人定谱例

雍正戊申年（1728 年）冬夜，天气格外寒冷，窗外北风呼啸，吹着路边的树都弯下了腰。洞阳山脚下南冲苏志燮家里，五六个人围着一炉炭火，激烈地讨论着修谱的事。他的夫人汤锤娘和二夫人朱贤英陪坐在内屋，时不时要下人送点儿吃的，加点儿茶水，生怕怠慢了客人。又是一阵慷慨激昂过后，苏志燮知道大家意见比较统一了。他用力往官帽椅靠背上挪动了一下，端坐身子。"各位叔伯，各位兄弟，既然大家都觉得族谱到了非修不可的地步，我也向大家讲讲我的想法。"全屋子的人一听苏志燮说话，顿时安静了下来，只听见木炭时不时爆出一点火星发出声音。"我从小听父亲说起先祖夙愿就是要编修族谱。只是年轻时不能看破世俗，追逐于名利之中，转眼已经过去三十多年。我其中七次参加乡试，竟一无所获，愧对祖宗与朝廷。现在即将年过半百，既然大家有此决心修谱，我一定竭尽全力，和大家一道为宗族做点儿事，尽点儿心。"苏志燮是远近闻名的秀才，不仅自己很有学问，也教出了像四川涪州知府朱汝璇那样的学生，在当地很有名气，就是知县陈梦文也敬他几分。他这一番话，说得实在，也十分谦虚，在座的人是一片叫好。"好呀！好呀！"80 多岁的苏虞臣一连喊了几声好。"既然渭滨贤侄有此决心，这是我这八十老头的幸事，也是我们苏家大好事，那我还有什么理由不把我家里的谱牒拿出来供大家查实。""那我也把先父抄录的家谱以及图南公《仙羽庵记》拿出来供大家一起考订。"邑庠生苏志光急忙接着说道。在座的其他几个人也纷纷表态。有愿意把家里收藏的谱书拿出来的；有说愿意全心全意修谱，绝不畏难退缩的；有愿意拿出一些银两支持走访交通伙食费用的。众人都表示有钱出钱，没钱出力，每个人都很兴奋，一副斗志昂扬的样子。这时候，两位夫人又派人送来了面条与点心，吃完宵夜喝完酒已经快到凌晨一点。家远的几个人就住在了这里。附近的人拿起火把上路，踩在结冰的黄土上，发出咯吱咯吱的响声，听起来自有一番喜悦的滋味。

雍正己酉年（1729 年），修谱的场所设在厚培屋苏志光家里。自从承担了修谱的任务，苏志燮每天早出晚归，忙得不亦乐乎。他先找同宗的一些长辈寻了一些老谱与修谱的谱式，尽管是一些断断续续的残谱，但对他来说却是如获至宝。他把高祖苏通古留下的图书以及苏虞臣的老谱、苏志光父亲留下的家谱和收到的一些老谱相互考订，发现这些资料记载的源流是一致的，从远处来说都是平陵候苏建，文忠公苏轼的后代，从近处来讲是图南公苏裕伯四个儿子孟仲、季仲、清仲、才仲的后裔。因此他将这部要修的谱书命名为四仲堂《苏氏初修族谱》。族谱最主要的部分是分支世系，他思考良久，决定按照四仲后裔分别排列，参考一些老谱中的惯例尊苏如日为来浏始祖，图南公苏裕伯为第一派（世孙），依次类推，不过从元朝初到现在已经过去了四百多年，四个分支字派有很多相同，但有一些不同。孟仲自伯仲派后以享、友、宗、茂、志、敬、德、胜、太、平、能、通为派次，季仲自伯仲派次后以祖、朝、万、友、宗、茂、志、敬、德、胜、太、平为派次，清仲公、才仲自伯仲派次后以享、元、再、万、能、通、永、继、茂、志、敬、德为派次。这样一来，很明显就乱了字辈，从伯仲派算起，茂字辈在孟仲公这支是第六派，在季仲公这支是第八派，在清仲公、才仲公这支成了第十一派，导致了同宗之间无法衡量尊卑长幼。这样已经过去的，只能尊重事实。为了将来同宗之间字辈不混乱，他和几个主事的同宗一起商量，议定了从十五辈往后的十个字辈"正学崇先达，文光启俊良"。

商定好了这些之后，他参照能看到的老谱式与其他姓氏的谱例定好了基本框架。首卷收集谱序、得姓本源、图南公遗录、文献等；次卷收集修谱名目、领谱字号、宗祠、家庙冬祭仪注、历代源流、前五代世系等；卷一为各支系祖先的祖墓图；卷二为服制图、服制、字辈谱、公议族规、支祠图序、履历表等；卷三开始为孟季清才四公后代世系。按照四个支系分派次排列，支系后代较多的再分支系。同为苏姓，为了尽显公平，无论贫富贵贱，每人均只收集生卒丧葬配偶子女情况，特别优异者加备注说明，不再占用其他篇幅。苏志燮和苏志光、苏平方几人按照商定的框架，分工合作，整个修谱工作进入了资料收集与入户勘查阶段。这是最重要，也是最累最烦心的时候。他们一群人踏着露水、寒霜出发，伴着星光、晚风归来，像一只勤劳的小蜜蜂，也像忙碌的夜归人，更像一群充满信仰、激情的宗教徒，为了苏姓这个古老的姓氏，为了浏北苏家这个伟大的家族，心甘情愿地付出他们最大的力量。

4. 增录人物志

春去秋来，又是一年冬天。苏志光家里修谱书桌上的资料一叠堆着一叠，俨然像个小图书馆。天道酬勤，一年多的时间终究没有白费。除了极个别远迁的家庭，四仲堂在长沙府境内的苏姓均登记收录完毕，能够收集到的一些文献与资料也基本收齐。接下来的工作，就是整理与抄录。这又是一个十分重要与烦琐的工作。

苏志燮已经记不清这是多少次开会了。自从编修族谱以来，只要遇到了重大的问题，他们就聚在一起开会商量。尽管有的已经是六七十岁高龄，有的居住在比较远的永安缎牌，但是没有人会讲困难。每次只要一到约定会议时间，大家都会准时参加。春节是修谱收集资料的最好时段。一方面在外经商、务工的宗族子弟这时候都会回家团圆；另一方面春节也是大家缅怀祖宗，铭记恩德的大好契机。今天已是腊月二十，本来到了在家准备过年物资的日子，但大家依然早早就来了。苏志光与先来的几个人围成一团，一起边看边读苏志燮刚刚抄写完的《洪都武功世谱旧序》。

洪都武功世谱旧序

读吾族世谱源流，而知祖功宗德，由来远矣。粤稽吴之有苏，自坡公之孙讳符,为孝宗礼部尚书。时宋都临安,符公以官为家,是为吴之始祖。溯始祖之所自出,则由眉山老泉,文公讳洵,字明允,生长子文忠公,讳轼,字子瞻;次子文定公,讳辙,字子由。辙之子三,讳迟、讳适、讳逊,俱居蜀。轼之子亦三,长讳迈,以熙丰余焰,避于山东衮州,依族叔子美居焉;次讳迨,世居眉山;三讳过,天性纯孝。其父坡公,守正不阿,屡遭贬斥,播迁靡定。惟过患难与居,不以功名富贵为心,惟以左右就养为志。事亲若过公者,可矣。是以大孝格天。生子符,克绳祖武,立朝大节凛凛,有乃祖风。当南宋中兴之初,而乃大正典,常修明礼乐者,皆公之任也。噫!世徒知苏氏以文章冠古今,孰知忠孝传家其渊源有自来哉。韩子云:膏之沃者,其光茂。是以我符公之子峤公,因官于吴,遂由蜀迁吴,大昌厥后,微特世居洪都,绵绵翼翼,科第蝉联。即由洪都而散处四方,如图南公,以吏部侍郎隐名湖湘间。明升公之徙居眷口,友胜公之徙居吉安者,迄今皆衍为名族,其丽不意诗书之泽,克绍三苏,岂非忠孝之报,万世不替也哉。虽然祖有功,而宗有德,固幸渊源之有自,光于前而裕于后,尤赖继起之有人。普望吾族常以坡公符公之忠为忠,以过公之孝为孝,则世德相承,家法不远,眉山之派欤,洪都之裔欤,与以及星处四方之子姓欤,莫非一家。机杼绳绳,未艾何分遐迩也哉。是为序。

清雍正八年庚戌岁仲冬月清浏嗣孙志燮渭滨氏抄录

这篇文章是遗留的老谱中仅存的一篇序言,交代了浏阳苏氏与眉山苏氏的嫡系血缘关系，尤其写到了洪都始祖苏符以及其父苏过的忠孝仁义，堪为整个苏氏家族的榜样。对于这次修谱的宗亲来说，是不可或缺的珍贵资料。读完这篇旧序，几位宗亲又从资料堆里找来了苏志燮高祖苏通古写的《洪都源流引》围坐在一起读了起来。

洪都源流引

洪都苏氏始自坡公之孙，符仕宋孝宗朝为礼部尚书。时值南渡之初，礼乐未兴。符公家学渊源，凤娴制作，故能得君宠任，荣及数世。先是坡公立朝时，每为小人忌恶，身后犹编名元祐党，毁其文集。至符公显荣，始得追赠资政殿学士，又取其文，宾左右亲制集赞，赠其曾孙峤，崇赠太师。眷顾之隆如此。符公因以官为家，遂居于吴，不远君也。生子桐城，城生青岩，岩生铨，铨生经、纶，纶生东阳，阳生如星、如日、如月，俱居洪都。日生元臣、裕伯、崇侯。元臣五世孙明升徙眷口。我祖裕伯，仕至吏部侍郎。值宋元鼎革，隐遁湖湘，是为清浏始祖。崇侯三世孙泗，迁吉安。月生裕谟，谟四世孙弦，居南昌。崇山后裔，又有徙居长沙，分枝湘潭、醴陵等处。是为洪源流云。

苏通古的《洪都源流引》虽然篇幅短小，但是意义重大。它记录了苏符来到洪都定居之后一直到入浏始祖苏如日，第一世祖苏裕伯的繁衍过程。在整个族谱里起到了承上启下的作用，也成为浏阳苏氏宗亲为苏轼嫡系后裔的有力佐证。这着实让参与修谱的宗亲内心荣耀爆棚，感觉虽累犹荣，价有所值。

"一年来，大家都辛苦了！接下来请各自利用春节这个机会找到线索，查漏补缺，尽量将遗漏的内容补上来，将有误的地方更改过来。我们这是积善行德的好事，但是一旦弄错了，祖宗们就会九泉之下不安，后辈们无所适从，责任重大呀！"苏志燮脸上布满了疲惫，用沙哑的声音打断了大家大声读《洪都源流引》的兴致，围在一起的宗亲慢慢散开，坐到了平常各自的位置上。苏志燮在今年的六月初四满了50岁，身体已经大不如从前。"接下来，请平方兄整理一下《图南公遗录》《仙羽庵记》，并组织好缎牌、笏圭、洞阳写好分支谱序，平方是缎牌后裔，缎牌的你来写，笏圭可以请国学生苏胜凤写，洞阳的我和志光负责，另外通古公的《洪都源流引》《眉山文公族谱引》《得姓本源》还有邀请作序就由我负责吧！"苏志燮言语坚定，但是自己也明显感觉有点力不从心。

"这个安排很好，不过我提个建议。我们苏氏家族人才济济，名人辈出，过去我们可以仿效眉山洪都诸位祖先。近年来，我们虽然书香相承，也有一些取得功名的同宗，但是整体不如从前，是不是可以从近年我们身边孝顺、仁义、贞节等事迹突出的宗亲中选一些作传，记入族谱。这样既可以让后世景仰，激励子孙；又利于后辈严格要求，以身作则。"苏平方说起话来抑扬顿挫，道出了自己的想法。"这个主意好！志燮兄可以写写你自己的先人通古公，位育公。还可以把彭太夫人八十寿诞您几位学生写的那份贺表也收录进去。"苏志光连忙接着说。接着这个话头，参与修谱会议的人纷纷表示赞同。每个人又列举了一些听到的事迹突出的宗亲。

会议快要结束的时候，苏志燮做了个总结。"大家都赞同平方的想法，我也很赞同。确实我们身边有很多优秀的典型，需要我们世世代代记住他们，子子孙孙学习他们。只是大家刚才提到的人比较多，相互之间事迹差异也大，还需要仔细甄别，认真收集。不过有两个人可以定下来。一个是清仲公后人茂明叔的夫人黄桥娘，她可以作为节孝的典范。想当初茂明叔32岁得了急病，临死前拉着身怀六甲的妻子嘱托。如果生女儿可以择人另嫁，如果生男孩希望她能养大成人，为他传宗接代。黄夫人当即哭着回答，无论生男生女都当苦守，一定不辜负彼此深情与所托之事。苍天有眼，她生得一男孩取名志穆，任生活困苦不堪，母子两人相依为命。苏志穆长大成人后，取周贤娘为妻，为母亲生下敬简、敬策、敬朝、敬位、敬趾五个孙子。茂明叔泉下有知，也当瞑目，这一切都有赖于他夫人的功劳。"说到这里，苏志燮想起了前几天晚上刚写的《洞阳清公音分黄娘节孝传》，不禁掉下眼泪来。

黄娘节孝传

节母讳桥娘，洞阳市黄左潜之女也。娴姆训习，内则幽闲贞静，夙备女德之纯。年十四适吾亚父实甫，讳茂明，情偕伉俪，柔顺克从，中馈修苹繁之职，正内璇辅相之功，盖诚得妇道之正者也。虽曰艰嗣息，屡育未成。方意夫妇皆妙龄，麟趾之呈祥，有待不谓。

年甫三旬，而良人遽仙逝，时节母有娠未娩。良人执其手泣诀曰："娠之男女未可卜，如生女听汝自为，或幸生男，当苦节抚养，以续我后，予九泉目亦瞑矣。"节母呜咽以应曰："生为苏妇，死为苏姒，或男或女，皆当苦守，必不负此永诀之言也。"良人点额而逝，节母擗踊哀痛，绝而复苏者数，归空之日，抢地呼天，见者皆感泣。嗣是水浆不入于口，哀哭不绝乎声，同室娣姒胥劝以保娠为重，勿负亡人之托。节母曰："吾岂不知此哉？顾男女未可卜，此身焉所依，虽欲忍情，胡可忍耶？"

既而勉从众劝，稍节其哀。未几，佳儿诞生矣。内外群相庆曰，实甫虽死而不死，寡妇无依而有依，视此呱呱之儿，不啻掌上之珠。无如嘉禾难植，贤子难育，儿零丁，常多疾，节母乃于儿病时，则哭祷夫灵，痊后则泣谢祖泽祇。为一孤雏，泪常湿衫襦。逮长成，忧怀甫释，而家徒壁立，四顾萧然。节母含愁忍饥，课儿以勤俭兼佐以纺织之功，重整先人旧业。由是家道复兴，克成夫志，娶媳择淑，以绵姒续，和丸教子，以绍书香，一柱底中流，焕然蓬户增辉。诸孙绕膝下允矣，兰阶挺秀。

过思良人永诀时，遗孤在娠未娩，岂意后裔之盛。若是乎，而且天赐遐龄，寿享七十有六，善终之际，服衰麻以临丧次者，男女三十余口，皆出自节母之一脉。以节食报，岂偶然哉。盖节母之心，一冰霜之心也；节母之操，一柏舟之操也。青灯孤幌，凛凛四十六年，天地亦将鉴其贞诚，鬼神亦将谅其坚白。宗祖在天之灵，有不为之默护者乎！兹值编修谱牒，通族父老，共述其事，嘱燮为之传。以谱其贞操，而闺闱之节于斯，励家乘之光于斯。增是为传。

阖族谨述

族侄廪膳生志燮渭滨氏盥手谨撰

男志穆，孙敬策、简、朝、位、止，曾孙德孔、容、瑜、璜、表、一、音，元孙正藩附梓

他咳嗽了两声，继续说道。"第二个就是通琴公，也就是永逵公与永迪公的父亲。通琴公是孝顺的楷模。他父亲去世后，为之守孝三年如一日。母亲得病，他每天不脱衣睡觉，一直在床前侍奉汤药。听说人肉作为药引可以医治母亲的疾病，他割下大腿上的肉让母亲吞下，母亲的病因此得以痊愈。这个事迹虽然久远一点，但是感人至深。"这两个人的事迹在场的每一个人都熟悉不过，苏志燮讲完之后没有人发表异议。大家一边为黄桥娘、苏通琴的感人事迹唏嘘感叹，一边又商议在族谱中再收集几篇名士为同宗老人写就的寿叙。编修族谱的重大问题终于在年前全部确定了，主修苏志燮与志光、平方两位副编修商议之后，再次分了任务，明确了完成的时间。

5. 释疑修谱期

秀美的春光里，斜阳倚着微风。苏德筹捧着《苏氏初修族谱》认真读了一遍又一遍。在他们五兄弟当中，他最有好奇心，也最爱好阅读。当他在族谱中看到爷爷苏志嘉的名字与他心中的偶像苏轼排列在一起的时候，他欣喜若狂，恍如梦中。想到父亲苏敬灿那天在客厅跟他们兄弟

讲起祖先的事情，照此推算，他是苏轼的二十二世孙了。不过现在他有个疑惑，把族谱翻来覆去还是找不到答案。他只能去问他的父亲。

"父亲，为什么志爕叔祖为谱写序是雍正八年庚戌岁（1730 年），志光叔祖写的族谱跋是雍正十一年癸丑岁（1733 年），敬典叔写的家谱告竣记又是乾隆七年壬戌岁（1742 年）？"苏敬灿望着眼前这比他还高的小大人，读家谱读得如此认真，内心一阵欢喜。"你志爕叔祖为修谱日夜操心，最终积劳成疾，卧病不起。他在雍正八年的冬天为他的先祖能署公、通古公，父亲位育公茂喜，宗亲俎堂公通琴，灵渊公茂跃以及黄桥娘做了传记，再倾尽最后一点力气写完谱序，第二年正月二十五就过世了。此时家谱基本编修完成，但是还没有最后定稿。"苏敬灿耐心地跟德筹做着解释。"你志光叔祖本来就是副编修，于是主动承担了主修的职责，继续完成了家谱的查漏补缺，定稿工作。但是修谱遇到了困难，志光叔祖考上了邑庠生，承担了在县学教书的任务，没有更多的精力与时间用来修谱，于是进展缓慢。再加上志光叔祖身体也不是很好，他于雍正十一年阳至后两日写完族谱跋，过了春节，正月十二就过世了。"苏敬灿发出一声长长的叹息。"他们两位为了修族谱真的是殚精竭虑，居功至伟呀！他们去世后，群龙无首，耽误了数年。最后还是你志光叔祖的儿子敬典叔与志晶叔祖、端人叔祖，鼎昌叔等人挺身而出，齐心协力，花了几个月时间，一边在原来的基础上完善了过去十多年间未上谱书宗亲的生死葬配等信息，一边组织宗亲捐钱印刷，最终完成了族谱。完成了这件利在千秋，惠及子孙万代的大好事呀！"苏敬灿说到这里，显然有点激动了。

苏德筹年纪不大，又沉浸在心中疑惑豁然开朗的喜悦之中，倒是没有觉察父亲的变化。"父亲，您认识志燮叔祖吗？您见过他吗？"苏德筹顿时感觉苏志燮成了他心中的英雄，连忙追着父亲问。"呵呵，我还真见过他。"苏敬灿看着儿子羡慕又敬佩的眼神，内心也感觉自豪。"只是那时候我还不到10岁，记不很清楚了。他们住在南冲，经常在厚培屋修谱，我们几个小孩没事的时候也跑过去看看热闹，只是我们一到那里就被赶跑了。"苏敬灿想起小时候的顽皮，不禁笑出声来。"不过你爷爷志嘉公跟他比较熟悉，他们是族兄弟，也是老朋友了。你爷爷跟我们讲过很多与他有关的事情，印象中有为志燮叔祖母亲祝寿，编修族谱等等故事。""是的，族谱里还有他母亲彭太夫人八十寿诞时，志燮叔祖学生为太夫人写的寿叙。"苏德筹连忙拿出族谱，找到那篇文章，指着给父亲看。"实授四川重庆府涪州知州门生朱汝璇顿首拜撰；门生岁贡朱汝璋；邑庠生黎中时，周必绶，李逢言，陈世焕，罗含英，周郁，彭金恒，罗显仁，国学生朱汝璜，李逢吉顿首拜祝。"苏德筹一边读，一边连声赞叹。"志燮叔祖真了不起，教出了这么多优秀的学生，还有担任涪州知州的。族谱中有一篇序言署名敕授文林郎知浏阳县事年家眷弟江都陈梦文。陈梦文是江都（现江苏扬州）人，在我们浏阳任知县，与志燮叔祖相识，特意为我们族谱写了这篇序言。"苏德筹一边说，一边读了起来。

雍正谱序（一）

从来国有史，而家有谱，史别善恶示劝惩，而谱则详源流宗派所自出，且实载夫生卒配葬而不使渐灭，至其据事直书并可以敦原本，定名分。苏老泉家谱云，观吾之谱者，孝弟之心可以油然而生。是谱，本苏氏所重。生其后者讵可视为具文乎。

余奉简命涖兹浏阳，簿书之暇，流览邑乘，簪缨巨族，更仆难数，而苏氏其最著焉。庚戌冬，北乡淳口段，四川涪州知州朱汝璇有子之丧，征余题主。而廪生苏志燧以姻戚好，相礼其家，宴饮之下，余语苏君曰，朱子迩日所举，洵有水源木本之思也。语毕，苏君避席揖曰，谨闻命矣。生亦有水源木本之思，今修族谱愿得名公椽笔弁首，以垂不朽。今遇太父师，窃幸请缨有路耳。余还署后，苏君率弟庠生志光出其谱问序于余。余披阅之余，乃知清浏苏氏，派衍眉山，东坡之孙符官于吴，家于吴，至八派而生图南公以吏部侍郎奉亲退隐，卜居浏北缎牌。浏之有苏氏皆始自图南之父环六也，嗣后人文蔚起，指不胜屈，信乎。源远者流长，本深者末茂。今苏君心乃祖老泉之心，而以修谱为己任。远溯眉山，近追洪都，手辑成谱，长幼有等，亲疏有辨，冠婚丧祭有典制，生殁葬配有记载。将见谱帙正，原本敦，名分定，子孙宝之。而家谱将兴，国史并垂，苏氏蕃衍昌炽岂有既乎？

读完知县陈梦文的谱记，苏德筹又翻过书页，指着一篇署名文林郎知荔浦县事充甲午科北直同考试官年家眷弟谭超生所写的谱记，充满自豪地读了起来。

雍正谱序（二）

余自解组后，自揣齿发日衰，不复有仕进之意，惟乐与四方贤士赋诗赠答，歌吟太平，以鸣国家之盛，是以锦句瑶章皆得罗而致之。雍正甲辰，吾邑有段生者，携其师苏君渭滨诗若干首与余观览，余久慕苏君，固清浏佳士也，今读其诗，益信名下无虚士，弗惭朽拙，谬为续貂，遂为神交之友。今季秋，段生复以苏君所修家谱问叙于余。

忆余自己卯科受知于陈苏两夫子，而苏夫子玮爱，才尤甚。余于谒见时，过蒙刮目，并叩余所学若何，楚俗士风若何，余一一衷对，蔼然如父子家人。后得常常晋谒，询及余之门第，余以式微为对。敢问夫子阀阅，自当与王谢并驱，乃具道为派衍眉山。坡公长子迈，以熙丰余熖避之山左，依其族叔苏舜钦君焉，自此繁衍成族，科第蝉联，历元至明，指不胜屈，近世是苏志皋，苏敬生诸先达皆登巍科，宦游四方。因知湖南苏氏亦系一脉，不知尚有存焉者乎。余起对日，苏氏在楚极亦蕃衍，但不敢拟夫子之门第簪缨代起，克绍眉山之绪耳。

夫子喟然曰，嗟乎！盛衰安足论哉，夫源远者流长，积德者后昌，大造乘除，盛衰转园，惟视其祖若宗之培植若何。苟其兢自凛，执玉奉盈，所谓一命而伛，再命而偻，三命则循墙而走，明德之后，必有达人。盛衰安足论哉！况湖南诸派皆我祖坡公之所自出，第以时远地隔未能一通谱帙耳，或有为尔所知者，望以我言告之。是以戊戌秋中湘苏氏重修族谱，余即述夫子之言以为之序。

今阅清浏苏君之谱，上溯渊源，下叙支系，则坡公第三子过（字叔党）之嫡脉也。由眉山而洪都，由洪都而清浏，世次井然，洵渊远而流长矣，且按其宗派有志敬排行，与夫子所述志皋，敬生者行派相同，若合符节。乃信黄河之水千支万派皆发源于星宿，苟能如夫子所云，冰兢自凛，执玉奉盈，以培植其根本，则支流所注亦成巨洋，明德之后有达人，夫子之言岂诬哉，余因复述之以为苏君赠，并为苏氏望焉。

"父亲，我仔细读了文字并查阅了一些书籍。谭超生，字麟度，是湖南祁阳人，唐朝谭宏智的后人，在广西荔浦当知县。苏志燮叔祖的学生段氏与他相识，因此曾读过志燮叔祖的诗词，十分佩服他的才华，两人成为神交之友。谭知县的老师苏玮爱才华出众，为苏轼大儿子苏迈的后人。苏玮爱也知道湖南苏氏为东坡一脉，曾经询问谭超生湖南苏氏的情况。并且告诉他一个道理，一个家族不能以一时的盛衰而论，应该形成良好的家风。家族各代务必谦虚谨慎、冰清玉洁，像春秋时期宋国大夫正考父一样'一命而伛，再命而偻，三命而俯，循墙而走'。正考父虽然是几朝元老，但他对自己要求严格，每逢有任命提拔时都越来越谨慎，一次提拔要低着头，再次提拔要曲背，三次提拔要弯腰，连走路都靠墙走。苏志燮叔祖正好委托自己的学生段氏向谭超生求序，于是谭超生就把他老师说的这些道理写在了序言当中。这也是我们必须世代恪守的美德，传承的家风呀！"

苏德筹一下子反过来为父亲做起了讲解。"父亲，族谱中还收录了

叁·初修族谱

乾隆六年辛酉进士候补儒林郎，年家眷弟辉藻罗彩章写的《鼎昌公寿叙》，就是您说的参与修谱的鼎昌叔，他又名敬大，手艺精湛，大公无私，带头修建枫浆桥，重修仙羽庵，于公于私都是乐于奉献的表率，值得我们学习。"苏敬灿看到孩子越来越懂事，心里很是高兴。"父亲，这里还有志光叔祖父亲茂浏公写的《题隐真观移星台》，这不就是写我们洞阳隐真观吗？"苏德筹追上刚起身离开的父亲，指着给他看。"移星台峻峙，和月照丹田，洞府乾坤大，应夸别有天"。"这里还有一首写洞庭湖的，写得真好。"苏德筹还要拖着父亲一起读诗词，母亲却在那边喊父亲有事，他只好一个人大声读起了诗歌。"云梦名楼接楚天，岳阳高耸势巍然。群游有客观唐碣，三醉无人识吕仙。比望紫垣星斗见，西瞻青草水云连。九重阊阖昂头近，仿佛身依化日边。"回味着茂浏公这首《次彭四英兄游岳阳楼韵》，他似乎想起了烟波浩渺的洞庭湖，想起了一身风骨的范仲淹，越读越有劲，越读越大声。夕阳伴着一路的晚霞，向着暮色奔跑，古朴的院子回荡着他洪亮的声音，显得那样清新、宁静；那样古朴、典雅。

6. 求佑祖宗庙

乾隆五十四年（1789 年）。这一年 4 月 30 日华盛顿就任美国第一任总统。6 月 20 日，法国国王路易十六因反对将三级会议改为国民会议，封闭了会场，激发了第三等级代表的抵制。7 月 14 日，手持武器的巴黎市民攻占巴士底狱，巴士底狱升起三色旗，拉开了法国大革命的序幕，颁布了《人权宣言》，宣布"人们生来而且始终是自由平等的"，建立了君主立宪制。1792年，巴黎人民第二次武装起义，建立法兰西第一共和国。此时的中国大地一片宁静，自称为"十全老人"的乾隆大帝依然我行我素，骄傲自大，陶醉于"天朝上国"的梦想里。

端午日，苏敬灿躺在洞阳江滨自家的床上，右手按着胸口不断咳嗽，看着眼前的德垣、德璠、德纯、德筹、德伟五兄弟以及掉着眼泪的儿媳。"你们不要哭，我死了也没有什么遗憾。以前最惦记的是德筹还没有生个儿子，今年二月正芊出生了，我也就放心了。"苏敬灿说起话来很吃力，但神志却很清醒。"我死之后，你们要好好孝顺你们娘。兄弟妯娌一定要和睦相处，教育好子孙后代，无愧我历代祖先，秉承书香，发扬光大。丧葬之事我原来已有安排，就安葬在小洞。路途遥远，发丧从简就好。"还没有说完，他又不断咳嗽起来，邓老夫人只好轻轻地扶他坐正，又给他喝了一小口水。苏敬灿想朝孩子们挥手，示意他们退下，可是手不听使唤，只有几个手指微微动了一下。苏德筹看到父亲病成这个样子，还一直在担心自己家的事，很是感动。他本来留下来想跟父亲说几句话，但是看到父亲很疲惫的样子，又忍住了没有说，眼里含着泪水退了出去。一个人躲在隔壁的房间放声大哭了一场才离开。六月初三，苏敬灿咽下了最后一口气，脸上一片宁静。丧事按照当地的习俗，办得很是隆重。五个儿子按照父亲生前的愿望，把他安葬在小洞灵官冲向阳的小山坡上。那里崇山峻岭，古树环绕。墓穴所在的山头像一只四脚扑地的猛虎，四

△苏敬灿（斐章）与邓夫人墓碑。现在洞阳村小洞片灵官冲

周是山，围成一个正方形的圈。在高山看去，活像一只猛虎关押在青山织就的铁笼。这就是风水中所说的上好阴穴"铁笼关虎"。苏敬灿就永远地在这里安静地躺着，最终与青山绿水融为了一体。

乾隆五十七年（1792年）六月，正是一年中最热的时节。火热的太阳照射在九龙山绿色的山体，整座九龙山像一把锋利的刀发出刺眼的光亮。狗伸长点缀着梅花的舌头蹲坐在家门口喘着粗气，鸡鸭奄拉着脑袋缩在草丛或树荫下。苏德筹手里快速地摇着扇子，褂子上的扣子从领子一直解到第三粒，额头上的汗还是不停地往外冒。他时不时地站起来，朝里屋看了看，然后又坐了下来。"哇哇，哇哇……"屋里传来几声孩子的哭声。这时一个穿着小马甲，看上去三岁左右的男孩朝苏德筹走来。"爸爸，爸爸，妈妈生了个弟弟。"他吐字很清晰，说起来很流畅，一看就是里屋的人们教他怎么说的。要不是当地有女人生孩子，男人看了运气不顺畅的旧俗，苏德筹就要冲进去抱抱他的儿子了。31岁的苏德筹抑制不住自己内心的喜悦，他抱起眼前的大儿子正芊一边逗一边亲。

六月初六，苏德筹二儿子生下来的第三天。苏家一大早就将里外打扫得干干净净，门口贴上了喜庆的对联。因为天气太热，张夫人娘家的人一早就出发到了苏家，还带来了各种各样的礼物。浏阳早就有洗三朝的习俗，就是在孩子生下来的第三天，家里人要用香艾煎水给孩子洗澡，据说可以洗去"前世"带来的污垢晦气，然后一生大吉大利，平平安安。水中还要放上香葱、鸡蛋等，寓意聪明伶俐，吉祥圆满。接生的人与张夫人娘家的女人们一起为孩子洗了澡。苏德筹就和夫人一起抱着孩子去了厅堂祖宗牌位前，上了香，磕了头，嘀嘀咕咕地说了一阵孩子的情况，算是向祖宗报了喜。苏德筹生性淡泊名利，喜好田园山水，总想着给孩子们取一个雅致、自然的名字。按照苏氏族谱商定的字辈，他给大儿子取名正芊，字青圃，号艺苑。这几天一直在为二儿子取名的事情伤透脑筋，经过再三考虑，他给孩子取名正薰，字乐陶，号惠南。昨天晚上，他在纸上写定之后，又拿起读了几遍，从音韵还是含义几个方面思虑再三，直到深夜时分才安然就寝。

洞阳铺往长冲铺的官道方向一里不到的地方，有一条分岔路朝向西北方向。两边山不是很高，但很多山峰。交错的山冈像一条条的青虫交杂在一起，中间隔出一个个小村庄。再走三五里，一条长长的山冈伸向一片田野，将田野分成两边，站在高处，远远看去很像一只天鹅伸出脖子在喝水。这里叫作克里，也叫作"天鹅饮水"，不过附近的人们更习惯叫这里上苏、下苏，主要是这个村庄几乎全部住着姓苏的人。在村落的中间有几间砖瓦结构的房子，白色的墙体，青色的瓦片，石头做成的大门柱上方是整堵墙，墙的边沿伸展出两只大大的檐角，自有一股气派。大门上方有"祖宗庙"三个大字，两边悬挂着"诗书起瑞，眉颖钟祥"的对联。庙里供奉着当地人的祖先，宋代的大文豪苏洵和苏轼、苏辙三父子。

按照当地苏姓人的习惯，凡是家里有什么大事，一般都会来祖宗庙禀明祖先。苏德筹和夫人张劝贞正是带着生下来已满一百天的儿子苏正薰前来祭拜。庙里面有一块碑记，记载着修建祖宗庙的经过。苏德筹原来听父亲讲过，生正芊之后他也看过，不过今天祭拜完毕，趁着时间还早，他又独自一人走到碑前，认真读了一遍。苏才仲的儿子苏享柔又有三个儿子分别叫元乾、元坤、元华。元华因子孙众多，洞阳江滨老宅过于狭小，于是举家迁往了这里。当时这里还没有名字，大家看着山的形状像一只天鹅伸出脖子喝水，就叫作天鹅饮水。后来苏元华子孙在这里繁衍生息，逐渐形成了一个村落。雍正戊申年（1728年），苏姓家族的一些长者与贤士为了更好地铭记祖先恩德，组织修建了祖宗庙。为了让祖宗庙香火不断，家族又置办了田地，凭借田产收入进行长期管理。六十多年，苏家的子孙后代用心守护着自家的庙宇，直至今天。

苏正薰尽管才三个多月，但是一直保持着安静，脸上还时不时露出点笑容。正当苏德筹一行将要离开的时候，正薰在奶妈怀里叫了几声，大家连忙停下来，以为他要哭了。跑过去一看，他却好像在笑，眼睛直盯着庙门上面的几个字。苏德筹不禁想起前几天去麻滩拜家庙的时候儿子高兴的样子。当时，他们都在磕头，儿子正薰却望着黑乎乎的一片祖宗牌位咧开嘴笑着，手舞足蹈的样子。或许这是血缘关系形成的一种自然气场，孩子肯定是不懂事的，却能感受到亲人之间的亲密、和谐与爱慕。

肆 续修族谱
XU XIU ZU PU

1. 读谱知源流

乾隆六十年（1795 年）九月初三日，乾隆帝在勤政殿召见皇子、皇孙以及王公大臣等，宣示立皇十五子嘉亲王颙琰为皇太子，以明年为嗣皇帝嘉庆元年，届期归政。嘉庆元年（1796 年），正月初一，嘉庆帝即位。不过，由于乾隆帝还活着，作为太上皇训政，嘉庆皇帝即位后并无实权。直到嘉庆四年（1799 年）乾隆驾崩后，嘉庆才有实权，杀死权臣和珅，搜出 8 亿银圆。朝野之间都流传着顺口溜"和珅跌倒，嘉庆吃饱"。此时的欧洲也经历着巨大的变革。1799 年 11 月 9 日，拿破仑以解除雅各宾派过激主义威胁法兰西第一共和国为借口，发动兵变，控制了督政府，接管了革命政府的一切事务，开始了为期 15 年的独裁统治。历史上称这一事件为"雾月政变"。1804 年 12 月 2 日，拿破仑在巴黎圣母院大教堂举行了隆重的加冕典礼，自称皇帝，将法兰西共和国改为法兰西第一帝国。之后，他又进行了一系列维护帝国统治的战争。这位铁血帝王，扭转了法国多年挨打的场面，以一个空前强大的法兰西帝国横扫欧洲，更把法国革命精神播撒欧洲。西方世界，真的发生了前有未有的改变。

虽是山高皇帝远，但苏家世代书香，不乏官宦人物。因此比其他家族更关注朝廷动态。苏德筹一边游山玩水，一边抚育儿女，日子过得较为闲适。大儿子正芊已经 10 岁，正薰满了 7 岁。第三个儿子出生后他命名为正丛，字挹芳，也已满了两岁。现在三个儿子承欢膝下，聪明乖巧，每次苏德筹看在眼里，便乐在心里。他幼时熟读家谱，知道自己血脉里流着苏武、苏轼的血液，便时刻以此教育自己的儿子以祖先为榜样，好学上进，忠勇刚正。

近日他又拿出族谱，细读自家源流，又是一番新的感受。在四仲堂中他是苏才仲之后，历苏享柔、苏元乾两位先祖。苏元乾生于明朝洪武三年（1370年），死于明正统四年（1439年），当时正值全国人丁入籍，他的后裔就编入了二十九都八甲苏元江。祖宗庙附近苏姓就是苏元乾嫡亲哥哥苏元华的后裔。这时候他才明白为什么他们家一直有祭拜家庙，同时祭拜祖宗庙的旧俗惯例。

苏元乾之后历苏再聪、苏万金、苏能昂、苏通珊、苏永科、苏继栋几位祖先。苏万金，苏能昂两位祖先族谱里特意加了备注。苏万金的是"聪公四子，唯金定二公之后有传，而金公一脉尤盛，其德之厚可知矣。"意思是苏再聪生育了万金、万定，万富，万贵四兄弟，有后人的只有万金、万定兄弟俩，又以万金这一脉尤为繁盛。苏能昂的是"世为长房，一德相继，是以贤嗣苗立，丕振家声，才公位下惟公一脉独盛矣"。意思是苏能昂是苏万金的长子，继承了德业，家声大振，贤能辈出，苏才仲的后人中他的这一脉又是最兴盛的。苏继栋生于明朝万历四十五年（1617年），死于康熙十八年（1679年），经历了明朝灭亡，清朝建立，他的优秀事迹曾被广为流传。族谱中也有记载，说他"以仁存心，以礼律己，特齐乐善，不枝求，故能屡经治乱，保家全身，阅历沧桑，创业垂统。

迄今贤嗣崛起，大展宏图，无愧先人之遗绪矣"，这与父亲所说如出一辙。他不禁对这位祖先陡增敬意，朝着西方打了个拱手。

苏继栋之后是他的曾祖苏茂繁，苏茂繁是苏继栋长子，生于清顺治三年（1646年），去世时年仅32岁。但他以勤劳为本，创立了自己家业，去世时两个儿子还在襁褓之中。正应了一句"没爹的孩子早当家"，祖父苏志嘉养成了独立自主，勤俭持家，敏而好学的品性，和妻子彭同英一起养育了四个儿子一个女儿。父亲苏敬灿就是他的第四个儿子。昔日他总是以自己是苏洵、苏轼后人倍感荣耀，今天拿着族谱重读，他觉得自己的祖先哪个都优秀。苏德筹放下手中的书卷，望着远处逶迤的山脉，眼睛一眨不眨，陷入沉思。他自幼聪颖，勤奋好学，但今天和祖先比起来是那样的渺小，那样没有成就。一直颇为自负的他心中弥漫着一种从未有过的孤独感与失败感。只到听到三个孩子在院子里打闹的声音，他才回过神，内心又充满了希望与信心。

嘉庆九年（1804年）十月十九日，一场突如其来的疾病无情夺去了苏德筹的生命，时年44岁。三个儿子尚年幼，最大的正芊15岁，最小的正丛才7岁，都不能主事。妻子张劝贞与女儿苏早英沉浸在巨大的悲痛中，每天只知道从早哭到晚。好在苏德筹兄弟五人一直和睦相处，并无嫌隙，遇到大事自然有人出来做主。加上他平时为人诚实，乐于助人，前来主动帮忙的邻居众多，丧事办得十分隆重。丧事办完之后，大哥苏德垣组织兄弟几个又妥善安排苏德筹一家的生活，好在多年积累，家境还算殷实，家里有钱，一切就好安排了。

张劝贞本性善良，遭遇中年丧夫，内心十分伤痛，但是她清楚自己的任务就是将几个孩子养育成人。她更知道，这也是丈夫在九泉之下最大的心愿。她把全部心思放在三个儿子身上，学习上严格要求，生活上细致入微。好在三个儿子很懂事，除了认真读书写字，还帮着母亲做一些力所能及的事情。在张劝贞的悉心养育下，苏德筹的三个孩子很快就长大成人了。他们三个走在外头，总能获得别人特别的称赞，夸他们懂事又有礼貌，夸他们书读得好，人也做得好。

时光荏苒，日月如梭。现在算来，苏德垣五兄弟生下来的儿子就有十九个，还有一众姐妹。以前显得空旷的房子，现在明显感觉到拥挤不堪了。苏德垣兄弟几个都在寻找合适的地方置办田产，准备着把成了家的儿子先分居出去。

2. 家庙拜祖先

道光十三年（1833 年），34 岁的法国著名作家巴尔扎克写作了《欧也妮·葛朗台》。那一年秋天，人类经历了有记载的最大的一场流星雨，狮子座流星雨，每小时下落的流星数达 35000 颗之多，在这场长达 9 小时的流星雨中，一个人可以看到 24 万多颗流星。当时很多看到的人都怀疑是神仙下凡，人们嘴上不说什么，但是心里都在揣摩着国家将有什么

△洞阳苏家大屋旧址。大屋已经荡然无存，上面建起了一栋栋小楼房

大事发生。

十月过后，洞阳江滨船形屋场后面的稻田已经收割完毕，偶尔可以看见几个农人在收拾稻草。苏学辙（1816年出生）和哥哥学轼（1813年出生），堂弟学冉（1820年出生）、学燮（1821年出生）、学璇（1824年出生）几个沿着田野中的道路走到家对面的山脚下。这里房屋密布，人员密集，多是苏姓人家，只有几户杂姓，杂姓也多是苏家女儿出嫁搬回居住的为多。当地人把这里称为老屋苏，与它对面河边上的江滨苏，新屋苏，还有祖宗庙的上苏、下苏相区别。

山脚下人声鼎沸，锣鼓喧天。今天是苏家重修家庙建成庆典的日子。说是重修家庙，那是因为乾隆丁亥年（1767年），宗族苏宋贤曾经在麻滩倡建了家庙，只是年久失修，木料腐朽，现在已经坍塌了。所以才重新选址，建在了老屋苏这里。这些天，苏学辙的父亲苏正薰与叔伯便在这里帮忙，张罗着祭祖仪式。苏正薰虽然没有像哥哥苏正芊与弟弟苏正丛授了登仕郎的官职，但是他为人低调淳朴，古道热肠，在苏氏宗亲中很有威望，远近只要提起苏乐陶几乎没有人不知道。这次合族重修家庙是由苏楚善牵头组织，但中间苏正薰兄弟也出力不少，尤其是今天的家庙祭祀大典，大家便公推苏正薰来主持。苏学辙兄弟前一天晚上就被父亲叮嘱今天务必要去参加祭祖仪式。只是兄弟几个不想过来太早，就一起约了踏着祭祖的时间才过来。

沿着路边彩色的旗子，苏学辙兄弟一起到了家庙门口。门前是一个比较宽敞的地坪，站满了来自四面八方的苏姓长辈，也有一些年纪相仿的人。他们只跟认识的人打了招呼，不敢随便去跟陌生人交谈，怕乱了辈分。崭新的家庙看起来庄严壮观。大门上面正中间是一块竖匾，书写着"苏氏家庙"，左右是两块式样相同的匾，一边写着"光禄大夫"，一边写着"资政大夫"。大门两边是两个侧门，门上画着太极阴阳八卦图，左边门上方写着"钦点翰林"，右边写着"提督军门"。苏学辙虽然只有 17 岁，但是他从小就喜欢听父亲苏正薰讲家族的故事，自己也把家里的族谱拿来读过，知道这些都是祖先获得过的官职名。从大门进去是一间大厅，上面挂着"忠厚贻谋"的横匾。穿过大厅有一个院子，院子两边是东西厢房。再过去是一座亭子，亭子上书"许国遗徽"，左右分别是钟鼓亭。经过这个亭子才到了最后供奉祖先的主殿。厅堂里供奉着苏洵、苏轼、苏辙三位祖先，龛上从左到右依次挂着"元气弥纶""昭明高朗""穆他看上面的雕塑，露出了狡黠的微笑。原来雕塑的边上正好了放了苏轼、苏辙的牌位，两兄弟一个学轼、一个学辙，自然觉得有意思。从他们两兄弟的名字来看，就知道他们的父亲苏正薰对苏轼、苏辙兄弟十分膜拜，自然也知道他们一家对祖先事迹的了解与崇敬。苏学辙走到苏辙的坐像前，恭敬地跪下，哥哥苏学轼也跟着跪倒在苏轼的坐像前，其他几个兄弟都一股脑儿跪下了，恭敬地磕了头，才又回到家庙门口的大坪。

这时候祭祀祖先的仪式就要开始了。苏正薰三兄弟已经在前坪找了他们很久，还以为孩子们不懂事没有来，不想他们早已经进了家庙，还主动磕了头拜了祖先。这会儿苏学辙他们一出家庙大门就被苏正薰兄弟看见了。他们连忙从人群中挤过来，各自拉着自己孩子的手。正芊拉着学冉，正丛牵着学燮、学璇，学轼、学辙跟在正薰后面。他们又随着祭祀的队伍，按照规定的礼仪祭拜了一次祖先。学璇才9岁，一跪一拜，搞了一个多小时，他有点受不了，吵着要回家。学辙几个兄弟帮着做了些工作，答应等会儿出去买炸油条给他，才勉强跟着完成了所有的仪程，然后瘪着嘴，哭丧着脸跟着哥哥们回了家。

3. 道光次修谱

道光二十年（1840年），因林则徐于1839年在广东强行销烟，中英矛盾逐次升级，英国与清朝之间发生战争，最后战争以清政府失败告终。道光二十二年（1842年）清政府签订丧权辱国的《南京条约》，除赔款外，将香港岛永久让予英国，并使英国得到领事裁判权。西方殖民者对国家的侵略，没有唤醒昏庸无能的满清政府，但昂扬了爱国士子为国分忧，建功立业的激情与决心。道光二十四年（1844年）秋天甲辰科举，文武两个考场上全国士子云集，纷纷想一试身手，金榜题名，借此为国家做贡献。

老屋苏的苏氏家庙，苏家各支各房的代表人物相聚一堂，商讨续修族谱大事。大家议论纷纷，意见不一。有的说应该马上续修，理由是四仲堂《苏氏初修族谱》从雍正庚戌年编修之后到现在已经一百多年，一些熟悉祖辈父辈情况的长者将不久于人世，如果还不续修，这一百多年宗亲丧葬婚配将很难收集齐全。有的说还应该等几年再说，等到国家安定，经济富裕，方能筹措资金，付梓印刷。有消极一点儿的宗亲，干脆认为中间已经出现字辈不符等现象，修谱没有什么用处，还不如不修。尽管大家意见不一，但是主张续修的代表还是占了与会代表的五分之四还多。苏正薰是才仲公敬灿一支的代表。他静静地坐在那里，没有参与议论。等到全场议论声小了下来，他才站起身，用沉缓的声音向大家提议请苏学杞说话。

苏学杞，字如桂，号少泉，是才仲公苏敬熹一支的代表，也是在场的代表中少有的几个身负功名的苏家子弟。他出生于嘉庆八年（1803年），聪慧睿智，谦虚好学，道光十三年（1833年），30岁的他参加癸巳科试经古被定为副学生。回家后埋首苦学，道光十九年（1839年）己亥岁参加府试获前几名，后又参加院试取得邑庠生。上个月刚参加完甲辰科科举，急匆匆从京城赶回家乡。所以他虽然年纪不大，辈分不高，但是在当地人心目中很有威望。

苏正薰请他说话，也就是想让他最后定个主意。"各位长辈，各位宗亲，正所谓水有源，树有根，雍正庚戌年志燮公与志光公克服千辛万苦，编修族谱，为我们溯源衍派，凝聚人心。到今天已经一百多年，我们苏家子孙繁衍生息，现有迁徙小洞、祖宗庙，甚至东乡、南乡等地，如果再不续修族谱，我们子孙后代无所依从，将会自家人不识自家人。"苏学杞尽量将话讲得浅显、明白一点儿。"我们这些人生逢其时，如果不做好族谱的续修工作，就成为宗族的罪人，对不起志燮公、志光公各位长辈，更对不起列祖列宗呀！大家把这件事做好，承前启后，继往开来，子孙后代将感激不尽，这是莫大的功德，也是对祖宗最大的告慰吧！"在场的宗亲，本来主张续修族谱的人就占了绝大部分。苏学杞的一番话过后，全场寂静无声，算是默认了。最后大家推举苏学杞担任主修，又推举了苏乐陶（即苏正薰）、苏维藩（即苏崇价，号景垣。苏万硕后裔）作为副修，主持续修事宜，在场的宗亲代表没有特殊情况的均明确参与续修族谱具体工作。秋去冬来，气温骤降。诸位宗亲为了早日完成续修任务，每天踏着寒霜出发，打着灯笼归来，夜间还要抄录收集到的资料。苏氏家族又一次大规模的修谱工作按照计划有序推进，一部新的族谱在大家的通力合作下渐显雏形。

道光二十五年（1845 年）三月，在雍正八年《苏氏初修族谱》的基础上，前期布置收集宗亲信息的工作已经完毕，续修族谱基本完成。苏学杞与苏正薰、苏维藩再次商议，进一步分工合作，明确续修族谱任务。苏学杞负责邀请名人撰写谱序；苏正薰负责抄录文献，丰富家族资料；苏维藩负责进一步收集信息，查漏补缺。分工之后，他们几人分头行动。当年五月，苏学杞借在长沙府城南书院参加考试之机邀请了湖南正三品臬台苏彰阿为族谱作序，消息传来，族人精神为之振奋，备受鼓舞。

道光谱序

圣天子统驭群生，登民数于图籍，天下一家之道也。后世士君子，仿用明允六一两先生谱例，合子姓而书之，谱亦一族，如一家云尔。夫谱牒之修，亦甚伙矣，大都攀援华胄，牵附贤达，罕见有典则详明，体用兼具。信者信，疑者疑，可以验世道人心，更可以征国家郅治之盛。

如吾宗家乘者，自眉山发源而后仕宦儒家，指不胜屈，若洵公，若轼公，若辙公，若符公，皆属吾宗一脉相传。承承继继岂曰远而难稽。乃雍正戊申，吾宗廪生渭滨及庠生庭煌等初修秉笔。时饮水穷源，垂颖顾本，则断自环六公。始六公由洪都偕子隐居楚湘，初传一派为图南公。图南公者，宋理宗时，追念功臣后裔，赐授吏部侍郎也。戊申以来，迄今百有余年矣。继先志而续修者，则有若庠生荣桂等也。胪列五代于前，是干也；分纪数十代于后，是枝也。由缎牌而笏圭，而洞阳，而上下苏，则干中有枝枝中有干也。提纲汇目，条次井然，彼生终葬配不一，字谬载误撰，独其小焉者也。其敦孝弟也，而天伦普乐焉。其录律例也，而国宪普怀焉。其重丧祭也，而议节普明焉。其引服制也，而情义普伸焉。其正嫁娶也，而礼教普昭焉。其辨承祧也，而宗法普严焉。其赞孝士节妇也，而德行普仰焉。其训士农工商也，而职业普勤焉。况复由本及末，崇大德而谨细行，炳炳烺烺不一而足也哉。夫以人烟辐辏，士气熏蒸，焜耀清浏，茂矣！灿矣！斯不独为吾宗幸，且为凡有姓者幸。仰见朝廷厚泽深仁，休养生息，虽海噬山陬，靡不道一。风同笃宗谊而厚习俗，如此其隆也，如此其美也，独吾宗也欤哉。余奉简命莅任星沙，适吾宗荣桂茂才应城南课试，呈艺之余，兼以合族谱卷求序于余。余披阅之，嘉同宗之为是举也善，故序之。

钦命湖南等处提刑按察使司按察使，统辖全省驿传事务陞授河南等处承宣布政使司布政使，加五级纪录五次满州年家宗弟苏彰阿介堂氏拜撰并书于星沙官廨

道光二十五年岁在乙巳夏五月榖旦

苏维藩负责的信息整理也在七月基本结束，先期付梓。苏正薰安排儿子苏学辙与后辈苏先梯抄录《眉山源流行述纪略》（见附录），族侄学煌抄录《眉山文公名二子说》，族孙崇定抄录《眉山文公族谱亭记》。苏学杞为了表达对祖先的崇敬仰慕之情，他亲自重抄雍正八年仲冬月苏志燮抄录的《眉山文公族谱引》。

道光二十六年（1846年）春，《苏氏次修族谱》一切准备就绪，只待全部印刷。心思细腻，行事谨慎的苏学杞发现修谱中反映的一个重要

问题还没有解决。庚戌年的族谱中议定四仲堂十四派前按照各自字辈命名，通族从十五派起合派用"正学崇先达"，但是笏圭一分支未领取到初修族谱又因为临近缎牌，十五派按照缎牌十四派"通"字取名，十六派"正"，十七派"学"想改过来，但已成事实很久不便更改，所以到十八派才能与全族十八派"先"字派吻合。为了明确以后的派别，避免出现顺序混乱的情况，他与大家一起议定了新派字"正学崇先达，文光启俊良。书香传世远，国泽润民长。立本敦伦道，承家秉义方。有基培益厚，自必发其祥"。

最后他又亲自写了谱序，交代了修谱的缘由经过，并嘱苏崇定写了谱跋。新谱出来后，依惯例，将四十套谱书以新定的四十个字派编号，分由各支系收藏。全族历时三载轰轰烈烈的修谱工作全面完成。苏学杞、苏正薰、苏维藩几位主修如释重负，其他四十七位修编人员也松了口气。此时已是仲春，艳阳高照，青山繁茂，大家举杯庆祝，欣喜之情溢于言表。

他们谁也没有想到，在这两年之后的欧洲，将发生翻天覆地的变化。1848 年，欧洲革命爆发。马克思、恩格斯发表了《共产党宣言》，标志着马克思主义的诞生。他们更不会知道，这本看似不起眼的小册子，将会改变整个世界的格局，尤其会使中华民族这片古老的大地在未来的几十年间发生着翻天覆地的变化。

4. 团总苏学辙

满清政府为了更好地清查登记户口，维护社会治安，围捕匪徒，在各县设立了保卫团。县保卫团参照各个地方习惯划分区团，每团置团总一人，由县知事遴选委任。苏学辙例授了登仕郎，又为人神武，喜欢主持公平正义，成了当地团总的不二人选。

苏正薰家自从苏学辙当了团总之后，每天迎来送往，高朋满座，十分热闹。好在老夫人张九贞与夫人王清贞两位温柔贤淑，待人接物热忱有加，是远近闻名的贤内助。说起这两位夫人，还有些故事。苏正薰原配名叫张淑贞，与继配张九贞是同宗姐妹，一起居住在洞阳张家滩。苏正薰是名门之后，家底殷实，年轻时又是当地有名的大才子和美男子。张家滩与洞阳江滨船形屋隔得不远，顺着小溪往枫浆桥方向走两里就到了。苏正薰与张淑贞结婚之时，张九贞才几岁，但是她清楚地记得姐姐与姐夫结婚的热闹场面，也对姐夫的英俊帅气印象深刻。后来张淑贞生完苏学轼、苏学辙兄弟不久便不幸染病去世。两个孩子还未成年，苏正薰也才30多岁，自然需要再娶妻妾。张九贞主动跟父母提出要嫁给苏正薰，后经人撮合，明媒正娶成了正薰的继室。她嫁过来后对学轼、学辙兄弟视为己出，对正薰照顾细致入微，待人接物热情大方。她本来就是学轼、学辙的姨娘，来这里后对两兄弟又好，母子之间相互关心，比一般的亲生母子关系还要亲密。

苏学辙的原配叫周孪贞，佳人薄命，19 岁就去世了。继配王清贞的情况跟婆婆张九贞有点类似，但又不完全相同。她是长邑飘塘人，之前两人并不认识，是通过媒妁之言才牵了红线。她嫁过来的时候，张淑贞已经不在人世，所以她一直把张九贞当亲生婆婆侍奉。她孝顺公婆，顺从丈夫，并为学辙生下了两个儿子崇瀛、崇苞。自从学辙当上了团总，她是既高兴，又辛苦。这时候，崇苞出生还不到三个月。她经常一手抱着儿子，一边还要招待客人。不过她天生福相，看着谁都是一副笑容，给人满面春风的感觉，见过她的人没有不说她的好。嫁个好男人是女人一生的福气，娶个好女人又何尝不是男人一生的福气。

洞阳江滨的夏天比一般的地方清凉了许多。苏家院子坐北朝南，四周十分空旷，利于风的流动。前面一条小溪从东往西流去，清澈的河水，看着也给人多了几许凉意。苏学辙今天起来得格外早，脸色一片苍白，漱口洗脸之后，一个人坐在厅堂里陷入了沉思。

太平军就要打来了！这是他近日听到最多的消息。洪秀全、杨秀清组成的太平军于道光三十年（1850 年）在广西金田村起兵反抗朝廷。1851 年秋天，太平军占领了广西永安州（今蒙山县）。十二月在永安城分封诸王。咸丰二年（1852 年），太平军自永安突围，北上围攻省城桂林，没有取得胜利，继续北上，在全州蓑衣渡遭遇清军江忠源部拦截，冯云山被清军炮火击中后伤重死亡。五月十九日离开广西进入湖南省，现在已经攻克了道州、郴州，直逼长沙而来。

太平军要来的消息是千真万确，作为当地的团总，如果敌军到了浏阳，他势必会与敌军有一番苦战。他个人已经做好了与敌军决一死战的决定，但是刀枪不长眼睛，自己为国捐躯，死不足惜，父母怎么办，两个尚未成年的儿子怎么办。苏学辙突然想起父亲苏正薰一直催着他置办田地的事。老人家一生为人谨慎，社会经验丰富，知道儿子大大咧咧，一心为公的性格，生怕以后孙子长大需要另立门户时，家里还没有一丝一毫的准备。想到这里，苏学辙想起前些日子去小洞的情景，那可是一个隐蔽安全之所，去那里置办些家业，真有战事，也可以把家里的女人孩子安排过去躲避些时日。

小洞，是一个最佳的避世之所。它宛如世外桃源，只有崎岖的山道与外界相通。从洞阳山隐真观进去，经杉木庵，再走五六里山路，便可以看见一片空旷的地方，这便是小洞。沿着山脚的小路，往东南方向前行，两边的田野、菜地会越来越宽阔。四周全部是高山，东南方向的白石峰是浏阳北乡与西乡的最高峰，有近千米之高。西边与善化交界，中间崇山峻岭，古木苍天。一条狭长小溪从中穿过，溪水沿着山石往外流出，一直流经隐真观门前。胆子大一点的行人，沿着小溪，也有一条弯弯曲曲的小路从隐真观旁边通往小洞。只是路途凶险，多是悬崖峭壁，又渺无人烟，偶尔还有野猪豹子出没，走这条路出入小洞的人并不多。

小洞青山绿水，风景秀丽，与有道家二十四洞天之称的洞阳山自然连成一体，是一块风水宝地。民间曾有传闻，说这里将来要出大富大贵之人。顺口溜这样说道"湖南龙脉白石尖，摇摇摆摆到河田，走到长沙

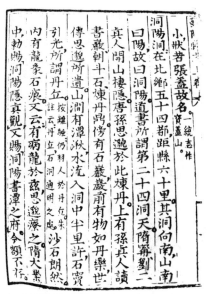

△《一统志》（明朝）中关于洞阳山的记载

落批纱，走到汉口结个瓜"，虽然不知道真正寓意，但是听来也可知此地非同凡响。正因为如此，苏家历来就有将祖先埋葬于此地的惯例。苏学辙记得《苏氏初修族谱里》有一篇苏志燮与苏志兴写的《洞阳清公署分灵峰公纪略》。里面记载了小洞原是长沙善邑人的山地，明朝早期苏再先最早买来作为家业传世。苏再先就是苏清仲儿子苏享刚的孙子，苏元荣的儿子。后来苏万硕等就得以入葬小洞，文章里面还称赞苏能署宽容善良，死后不与他人争夺小洞这个好地方，这也足以说明小洞是很多苏姓长辈百年之后的理想之所。苏学辙也听父亲讲过，自己曾祖父苏敬灿就长眠在小洞灵官冲的一处山坡。不仅如此，在这之前，他的叔祖父苏德伟一家也全部搬到了小洞桥下居住，将来到了那边，相互也有个照应。置业建房毕竟是大事，谨慎起见，苏学辙准备特意去一趟隐真观，找住持张达汉帮忙向玉皇大帝问一卦。张达汉是很有名的道长，参透"道德""南华"诸经，擅长诗词歌赋。早些年，苏学辙就读过他写的《洞阳山赋》。

洞阳山赋

浏邑洞阳，神人门第。山近云端，峰垂天际。真清净之仙乡，异喧哗之尘世。四里五里，亭边之泉石清奇；三椽两椽，屋角之园林秀丽。可步屐以登临，亦携琴而徙诣。第见洞里幽深，岩前奇异。仙龙洞口，金鸡彩凤；苔封古寺，台前丹灶。灵丸火至，看他七级楼上一方玉枕；无双坐向，千重壁间几丈银梁寨二。盖唐代之遗踪，而真人之留记。

维时九溪水静，但听泉鸣；三径云深，唯闻鹤唳。望白石兮千寻，隔红尘兮三十。鳌头高兮孰登？仙羽耸兮谁及？双江鱼密，钓叟频来；九圣仙多，山僧共集。予乃忘世情，蠲尘累，乐清闲，弃名利，寄怀于悟道。名山托迹尘。隐真福地，卓尔象岩狮岭。两边烟罩霞蒙，居然蓬莱方壶；左右松青竹翠。三庚九夏，何人洞口乘凉；万紫千红，几辈观前快意。步崎路兮百零，列洞天兮廿四。尔其礼拜大罗，遨游小洞。碧嶂晴岚，欲收青山。春色相送，望苍松而白云绕树，老鹤犹眠；穿绿柳而红日在林，新莺巧喉。洞中药异，采药炼壶公之丹；山上花多，折花惊庄生之梦。龙潭悠悠绿水，将养心田；牛岭挺挺碧梧，能充国栋。客乃闻斯胜地，寻别有天。值暖日熏风之候，到空山流水之边。或抱膝而坐，或伴云而眠。或拂石而安棋局，或扳林而上峰巅。秋到篱东采菊，过黄马桥上；春来岭北寻梅，由白烟洞前。盖莫不登高而作赋，问道而参玄。

《洞阳山赋》以洞阳山为中心，辐射周边九溪、双江、牛岭、小洞、黄马桥、白烟洞等地，从空间写洞阳山地理位置、历史遗迹，文化传承，写出了名山秀丽之美，让人心生羡慕，心向往之。苏学辙想着这次是要去隐真观卜卦，于是又翻箱倒柜，找出前些日子朋友抄录张达汉写的《隐真观赋》读了一遍。

隐真观赋

唯此隐真，恍如蓬岛。气象维新，风光恰好。临福区之清净，最足逍遥；睹法宇以辉煌，频加创造。紫气千重环洞里，便是仙乡；红云一朵拥殿前，微遮瑶草。亭边风暖，鸟啼满院初晴；林外春深，花落盈阶未扫。参元胜地，元之又元；问道名山，道非常道。则有八景堪夸，千秋可羡。惟世上之难寻，亦人间而罕见。龙潭泉石，凉生玉宇之檐；狮岭丹霞，光照琼花之面。

△隐真观。1994 年在原址后背岭上重建

△观前。这个地方因处隐真观前而得名

　　茂林苍翠，阴拂半空；修竹幽深，客留满院。指点铅铜，白石灵药生成；看来雪霁，洞山瑶光绕遍。曲水时逢，雨过响连朝暮金钟；双峰晓望，云蒸瑞霭通明宝殿。维时三秋气爽，几树蝉鸣。鸾翔鹤舞，月白风清。石床兮尘净，竹径兮寒生。云洞空虚，信是神仙之境；蓬壶自尘，不闻车马之声。静里而赓歌道德，闲时而检点棋枰。采将篱下菊花，延庚酒熟；识得炉中火色，却老丹成。天外天边，望青牛而下降；观前观后，跨白鹤以相迎。第见两三官殿，廿四洞天。横峰侧岭之间，琼楼百尺；紫气丹霞之处，珠树千年。槛外枫林，夜静频闻叶落；庭前松柏，岁寒才识心坚。晴开爱日之窗，欣然对弈；雨熟黄粱之梦，乐矣安眠。宝鸭香残，犹腾瑞气；玉坛醮罢，仍护丹田。三百几本梅花，早占壶中之景；五千余言道德，长为洞里之仙。

是盖隋代留踪，真人遗迹；福地清幽，灵神濯赫。景以集而愈新，观以修而胜昔。钟声隐隐，依稀阆苑风光；霞彩纷纷，恍惚蓬莱第宅。隔尘世之喧哗，慕道心而虚白。错认乌衣巷口，一庭松竹之青；原非白玉楼头，满苑杏林之赤。开筵而坐，谈笑却有仙翁；下榻相延，往来浑无俗客。

《洞阳山赋》与《隐真观赋》各有所长，读后让人惊叹不已。《隐真观赋》以隐真观为中心，写出了不同时节隐真观不同的风景。意境清新悠远，联想丰富广博，透射一种道教圣地的威严神秘。读完之后让人仿佛置身其间，感受到迎面而来的仙风灵气。

张达汉不仅才华横溢，也是挖掘地方文化，继承优良传统的有心之人。他住持隐真观后，在前人的基础上将隐真观周边古迹概括总结，归纳为隐真八景，并写下了很多诗歌予以赞美。

洞阳山古迹总叙

粤稽隐真迹有由，开山始自宁与刘。

烧丹济世孙思邈，卖药度人韩伯休。

羽化当年桥宛在，垂名后代井犹留。

云封石臼常如故，唯有镛钟空自幽。

这首《洞阳山古迹总叙》是隐真古迹八首的一个序言，写到了开山

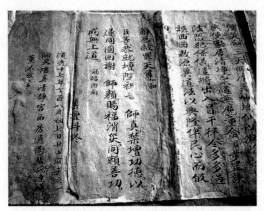

△道光十七年（1837年）隐真观住持张达汉所书经文

的宁刘两真人，以及后世的神医孙思邈与道士韩伯休，并记载了前人留下的洗药桥、洗药井、碾药的石臼和道观的古钟。围绕这些古迹，他写下了一系列古诗词，被周边的有学之士抄录并传播开来。

张达汉有一副慈悲心肠，亲自抄录了各种破旧的签书与药方，做了很多便民利民的好事。闲暇之余，他与附近庙宇、道观的僧道们一起参禅悟道，过着自己想要的生活。

赠斐堂周先生（帐设小洞龙图庙守制将禪）　张达汉

馆居灵境，地隔红尘，谈经论道，温故知新，扳仙桂，步青云，修俚句，达寸衷

帐设龙图小洞天，陶情养性最悠然。

白云将去青云近，应带烟霞泮水边。

和达汉张羽士（原韵）　周代嘉

君骑青牛，我住红尘，儒经道经，相间亦新，彼饮雾，此乘云，殊劳逸，叙幽衷

相逢旧雨日长天，悟道年年信谽然。

借问前程消息事，几时飞上彩云边。

赠徐堂周先生　浪淘沙二首　张达汉

论道似南州，意兴横秋，凝神炼质最悠悠。拈笔古心生篆刻，气共曹刘。

价重鸡林俦，犹造凤楼，磨就坚锋射斗牛。谩道青云程路远，指日腾浮。

和原韵二首（徐堂）　周盛隋

道德冠中州，气爽千秋，纸驴代步兴悠悠。隐逸三径人莫觅，知者龚刘。

秘旨得同俦，冲炼云楼，艖泛穷源旁斗牛。武当诵经词滚滚，缥缈神游。

　　这几首诗歌是张达汉与洞阳山白石峰附近老殿岭的龙图庙住持的日常唱和。诗歌意境清幽，境界高远，读来让人浮想联翩，如登仙境。隐真观本是全国知名的道观，加上张达汉本身的才华与悟性，隐真观名声大振，一时之间恢复了昔日盛况。每逢节会，车水马龙，人声鼎沸，热闹非凡。

　　张达汉听说苏团总想去小洞购地建房，一边朝他竖起大拇指，一边吟唱起诗来。"帐设龙图小洞天，陶情养性最悠然，白云将去青云近，应带烟霞泮水边。"好地方，好地方，好地方！张达汉一连赞了三个好地方，方才点燃香烛，敲响了钟鼓。待苏学辙叩拜完毕，才不急不慢地帮助他问了卦。卦象上好。苏学辙心中悬着的一块石头才真正放了下来。

他听从了张达汉的建议，将田地就置办在白石峰下的一个小山冲，并马上安排了人员大兴土木，修建住宅。那里本还没有名字，因有一个小庙，供奉了主管田神、渔神、灾害神的地方神鄱官，于是苏学辙就把这里命名为鄱官冲。

咸丰二年（1852年），太平军西王萧朝贵在连克安仁、攸县和茶陵后，攻克醴陵，兵锋直指长沙。七月二十八日，萧朝贵部进抵长沙南门外妙高峰、鳌山庙等地，围攻长沙。次日，萧中炮负重伤，不久身亡，葬城外老龙潭。太平军停止进攻。九月，洪秀全、杨秀清闻讯后急率主力来到长沙城下，但此时清方已重兵云集，太平军攻长沙近三个月仍未能成功，撤围北上攻克了岳州，又转战湖北，攻克了武昌，一路往江宁（今南京）而去。苏学辙一直深信会来的太平军最终没有来，家里不该发生的事情却发生了。

咸丰三年（1853）正月二十八日，苏学轼终究没有抵抗住疾病的侵入，在家人的哭声中溘然长逝，时年仅四十。儿子崇史、崇宇、崇宙、崇奎与女儿福秀均还年幼，大儿子崇史不到10岁，小儿子崇奎还在襁褓之中。妻子熊玉贞更是哭得死去活来。其实最伤心的莫过于父亲苏正薰，此时他已经年过花甲，六十有二。白发人送黑发人，老年丧子在苏正薰的心中留下了深沉地伤痛。他开始身心憔悴，无精打采，已经完全没有了昔日修谱时的精气神。农历九月二十五日，他带着想去小洞看看儿子新宅却终未成行的遗憾永远离开了人世。

5. 同治三修谱

　　咸丰六年（1856年），太平天国遭遇天京事变，三王被杀，翼王远走。天京事变成为太平天国的转折点。从此清军反击逐步占据上风，一些失陷的城池相继被收复，太平军犹如强弩之末，节节败退。眼看清政府剿匪就要胜利，朝廷上下转忧为喜。不想西方殖民者像饥饿的怪兽，一副凶神恶煞的样子，嘴里流着黏稠的涎水，迅猛地冲向中华大地。英国与法国为了进一步打开中国市场，扩大在华侵略利益、趁中国太平天国起兵之际，以亚罗号事件及马神父事件为借口，再次发动了侵华战争。咸丰十年（1860年），英法联军攻入了北京，清帝逃往承德，英法联军闯入圆明园并掠夺珠宝，将其焚毁。战争中沙俄出兵后以"调停有功"自居，并胁迫清政府割让150多万平方公里的领土，从而成为最大的赢家。清政府被迫先后签订《天津条约》《北京条约》以及中俄《瑷珲条约》等和约。一系列不平等条约的签订引起了国人的强烈不满，一时之间全国有识之士义愤填膺。对于清政府来讲，唯一值得庆幸的就是太平军在曾国藩带领的湘军反攻下，接连败退，至同治二年（1863年）年底，天京外围要塞尽失，太平天国政权危在旦夕。

　　清政府与太平天国以及西方殖民者多年战争，导致各地治理混乱，民不聊生。苏学杞自从道光二十六年（1846年）带头续修苏氏族谱后，便接到朝廷命令，远赴四川围剿当地贼匪。他为人勇武，身先士卒，带领军队解救了处于危难之中的井研（今乐山市井研县）。因为解围有功被推举为县丞。四川是天府之国，也是苏学杞祖先苏洵、苏轼的家乡。在四川任职，对他来讲，是朝廷的恩德，更是一种难得的缘分，可以把为国出力与建设家乡结合在一起，这不是每个人都有的机会。苏学杞治理地方格外用心，对当地民众分外体恤，受到了当地官民一致好评。同治元年（1862 年），他再次带领军民围剿匪贼，收复了眉山、青神等处，受到了朝廷嘉奖，提拔为知县仍留四川补用，加同知衔。只是他已年届花甲，眼看着全国局势大变，已经无心做官，只想着解甲归田，回到魂牵梦萦的洞阳山下。白天金戈铁马，奋勇杀敌，晚上他无数次想象着和家乡同宗一起攀登洞阳山，拜谒隐真观的悠闲场景。

同治二年（1863 年）春，洞阳溪边野花盛开，禾苗青翠，两边的圣柳树已经长满了新芽，几只喜鹊在树上不停地叫着。团总苏学辙带着苏氏宗亲几十人在家庙等了半天，县府派来的官员也到了将近一个小时。由于老屋苏的家庙缺少管理，咸丰九年（1859 年），也就是英国科学家达尔文发表《物种起源》的那年，苏学冉、苏学绅几个牵头把家庙移到了现在这个地方——珑冠岭。家庙建在路边一处山坡，山坡上平整的土地不大，家庙规模比老屋苏的那栋建筑小了很多，显得比较狭窄。这时远处来了一群人，排了很长的队伍，有轿子还有马车。荣桂回来了！县太爷回来了！不知道是哪位在人群里喊了一声。大家会心一笑，懂得同宗之间没有太多拘束，连忙整理衣襟到了官道旁边，准备迎接苏学杞荣归故里。苏学杞和唐夫人各自乘坐了一抬轿子，一看路边的亲人与县里的官员，连忙停了轿，下来与各位打招呼。一阵客套过后，苏学辙带头把他们请到家庙。苏学杞先净手焚香，拜了祖先，才到大厅坐定。这时候县府官员完成了迎接致仕官员回乡的任务已经告辞，周边看热闹的人都逐渐散去。家庙大厅只剩下了十来个苏姓宗亲与苏学杞一家人。

大家拉了一阵家常后，又说起上次修谱的事情。宗亲聚在一起，修谱永远是一个共同的话题。大家自然而然要称赞苏学杞为修谱付出的艰辛，做出的贡献。一阵褒扬过后，有一位宗亲说起修谱中由于当时信息收集不到位和抄录印刷的错误，还是留下了未能修订的些许遗憾。这位宗亲本来也是随便说说，不想做事认真的苏学杞却较了真。马上表态要重修族谱，既要校正上次的差错，又要补充近二十年来宗亲的信息。有了这位昔日主修，今日县太爷的表态，大家自然是举双手赞成。一场迎接苏学杞回乡的聚会，不想又促成了苏氏编修族谱的大事。苏氏家族团结务实，真抓实干的家风就这样一代一代地传承了下来。

这次编修族谱是对道光二十五年（1845年）完成的《苏氏次修族谱》的完善与补充。只是时光流淌，物是人非，原来的副编修苏正薰等人均已不在人世，好在后人昌盛，血脉相连，伤感中有了一丝慰藉。当时参与修谱如今还健在的宗亲，这次又参与进来，熟门熟路，自然事半功倍。同治三年（1864年）春，新的苏氏族谱编修完成，考虑到整套族谱在《苏氏次修族谱》的基础上没有很大改动，这套谱书印刷的时候仍然命名为《苏氏次修族谱》。

根据《苏氏初修族谱》的记载，这次修谱时苏学杞特意派人去善化南塘寻访了苏裕伯弟弟苏崇侯一支的情况，并且收集了他三个孙子应举、应行、应洙后代信息。为了与整个族谱形成一致，苏学杞他们把收集到的苏崇侯前五代信息与苏裕伯这支的前五代信息统一放到卷一，把能收集到的后代信息放到了另外一本卷十七上。不过这就出现了一个新问题，以前所收录的都是苏裕伯四个儿子孟仲、季仲、清仲、才仲及后代的信息，宗亲之间简称为四仲堂，印刷的时候也在版心印上了"四仲堂"字样。现在出现了苏裕伯兄弟苏崇侯的后代，再印上"四仲堂"肯定是不行了，不收录进去大家又觉得于情于理都不合。一番考量后他们想出了一个好办法，就是把已经收集到的信息收录进去，族谱印刷的时候把版心的"四仲堂"改为"武功堂"。苏裕伯与苏崇侯是亲兄弟，郡望都是武功，其后代自然也都属于武功堂，这样就解决了编修族谱中宗亲的后代关系问题。

苏学杞又亲自为之写了序言，交代了修谱的缘由、经过和意义。同时，族谱也在次卷增录了《甲子续修族谱名录》，《甲子领谱字号》等内容，团总苏学辙大名赫然在目，算是对他父亲苏正薰的一丝告慰。他们一家的世系与具体信息则编入了第十五卷之中。

这时候也传来太平天国失败，清政府取得胜利的喜讯。苏氏宗亲沉浸在家事国事皆大欢喜的巨大喜悦之中，激荡着开创家族与社会大好局面的昂扬斗志。文能提笔安天下，武能上马定乾坤。这是罗贯中所著《三国演义》里对蜀汉将领姜维的评价。苏学杞两次在家乡带头修谱，多次在四川剿灭匪贼，虽然没有姜维的大功大德，但也算得上是苏姓家族的美谈，成为苏氏宗族，也成为世人学习仿效的榜样，势必传颂万代而不衰。

伍 | 迁居小洞
QIAN JU XIAO DONG

1. 小洞享天伦

小洞四周都是山，山兜里散布着的田野，像一只巨大的章鱼。肚皮上大的那块是小洞的中心，溪流从中穿过，因此建了石桥，当地人习惯称桥下。鄱官冲和其他狭长的山冲一起像章鱼众多的脚，不过鄱官冲是章鱼最长最有活力的那只脚。从桥下往白石峰方向有四条大一点儿的冲。从南到北依次是包家冲、鄱官冲、石子棚、黄泥塘。鄱官冲冲口紧锁，里面最为宽阔，还有一条小溪直通白石峰岭下的龙井。冲子最底部的山体像一把扇子，看似没有了路，实际上山里有小路可以通往最高峰白石尖，还可以通往浏阳西乡的葛家、邻县善邑的乌川等地。

苏学辙买下的田地在这条冲子中间最宽阔的地方。近山的那头连同莽莽的深山是九溪洞邓氏祖业。冲口那一段是枫浆铺李家大屋李氏的家业，苏学辙买下的田地原本也是属于他们的。山冲在苏学辙建房子之前只有几间茅屋，是几个替李家耕种田地的佃农寄居和存放粮食的地方。咸丰三年（1853 年），苏学辙本来就准备在这里建房子，后来由于父亲、哥哥去世耽搁了几年，直到咸丰十年（1860 年）才完全建好。不过因为他作为团总负责了民团的公务，后来又参与编修族谱，他们全家并没有真正住进去。苏崇瀛在结婚后，便和夫人王花贞先期住了过去。

族谱编修完毕后，苏学辙长长地松了一口气，不过没休息多久他又接到了新的任务。同治年间，因议修《湖南通志》，湖南巡抚令所属府厅州县续修新志。同治二年（1863年），浏阳知县王汝惺组织撰修新的《浏阳县志》。编修县志是个极大的文化工程，编修、采访、印刷需要巨额资金。因此从组织编修开始，县衙就组织发动全县富豪乡绅捐资修志。在洞阳方圆几十里这个任务自然就落到了团总苏学辙的身上。此时他已年近花甲，精力显然不如从前。不过好在他有很高威望，无论是乡贤富豪，还是平民百姓，对他均十分尊重。他积极动员家里带头捐资十千文。父辈中当时只有三叔苏挹芳仍健在，后来《浏阳县志》要登记收录捐款人的时候就用了三叔的名字，他自己只挂了个缘首苏心源的虚名。他还组织苏氏宗祠洞阳山仙羽庙捐资五千文。在他的带领下，浏北洞阳一片主动捐资，为同治《浏阳县志》的编修出版做出了应有的贡献。

现在修谱结束了，捐资修志的大事也差不多完成。苏学辙便申请卸任了团总，真正"无官一身轻"。为了就近照顾哥哥苏学轼的几个孩子，他帮着几个侄子在仙羽峰下观前杉木庵附近，也就是先祖苏裕伯建仙羽茅庵的周边，买了些田地，安了家。多年的名利场上，看惯了翻云覆雨，他有点厌倦了。另一方面，朝廷昏庸，战争不断，时局一直不很稳定。同治九年（1870年），他下定决心一家人全部搬到了小洞。

这一年，世界又发生了巨大的变革。随着资本主义经济的发展，自然科学研究取得重大进展，由此产生的各种新技术、新发明层出不穷，并被应用于各种工业生产领域，促进经济的进一步发展，第二次工业革命蓬勃兴起，人类进入了电气时代。也就在这一年，爆发了普法战争，完成了意大利的统一。不过工业革命也好，欧洲的战争也罢，对相对封闭的小洞并没有带来什么影响。小洞仿佛是一个自闭的孩子，始终生活在自己愉快的感知中。

前面是个跑马场，东西两头是稻田。沿着中间的路上坡，便是苏家新宅。两根大木柱撑起高大威严的门楼，门楼顶部是挑檐式建筑，中间门楣上挂着苏府字样，下面是两扇红漆大门。进了门楼是个小院子，过了院子是正门，坐北朝南，整栋房子全部用木头依地势而建，没有昔日官宦人家的讲究。院子东边是一排南北方向的杂屋。院子西边有一个侧门，进去后是一条露天的长弄，左手边是单独的一排房屋，门口朝着里弄；右手边的房屋与正厅相连。正厅里摆了祖宗牌位，放了几张太师椅，正厅后面往西有一条过道，每边有两间房子，再往西就是一个天井，天井北边是学堂，天井西边又是一内厅堂，这间厅堂有门与外面的那条露天长弄相连。厅堂再往西还有几间房子，再过去就是后门，后门出去是晒谷坪。房子受了地基的限制，看上去有点杂乱无章，不过很实用。苏学辙自己居住在靠近正厅的两间上房，崇瀛和夫人带着孩子先鉴、先鋆居住在靠近正厅的两间下房。这时候二儿子崇苞，三儿子崇范也都长大。最小的崇范，生于咸丰五年（1855 年），现在也已经十多岁了，他们就住在内厅的西边。

冬夜，山村早早地入眠。清冷的月光孤独地洒落在山坡上，与阴暗的角落形成大块大块的斑驳。没有虫鸣鸟叫的大地一点儿声息也没有，苏家宅子灯火通明，进进出出的人比平时多了不少。突然几声孩子的哭声响起，打破了沉静的夜。接着响起一阵鞭炮，一阵烟雾从院子里升起，渐渐向村子中间飘去。放鞭炮是当地的习俗，用来迎接孩子来到世上，为他驱灾辟邪。苏先鉴，字炳焯，号粲邨（梅村），同治五年（1866 年）十一月十五日亥时出生于小洞鄱官冲。他是苏崇瀛的第三个儿子，也是苏家新宅第一个出生的孩子，给苏家，也给整个村子带来了喜气与生机。

"久在樊笼里，复得返自然"。小洞地方偏僻，交通不便，但风景秀丽，清幽寂静。苏学辙本是生性淡泊，爱好宁静的人，很快就发自内心地喜欢上了这个地方。他每天带着儿子登高眺远，吟诗作对，好不痛快。一个人寂寞之时，偶尔去隐真观、龙图庙与众道士谈经论道，或者与三两个亲朋好友饮酒为乐，过的是自在逍遥的神仙日子。闲暇之余逗着孙子玩耍，又是另一番乐趣。光绪元年（1875 年）正月，同治皇帝驾崩，光绪帝即位，年仅 4 岁，两宫皇太后继续垂帘听政。消息传到山冲里时，外面已经是议论纷纷。皇帝年幼，内忧外患，朝廷已经到了生死存亡的关头，这是谁都知道的道理。苏学辙能怎么办呢？他已经年届花甲，心有余而力不足，只能面对群山万壑，仰天长啸。光绪四年（1878 年）正月，传来左宗棠率领的清军歼灭和驱逐阿古柏侵略军，收复南疆的消息，给国人带来了近年少有的振奋。

六月，苏学辙大热天突然感冒，一病不起，二十二日与世长辞。一众儿孙在一盏微弱的桐油灯下，共同商议着苏学辙的后事。此时他们怎么也不会想到在美国，爱迪生已经为制作电灯先后用了 6000 多种材料，试验了 7000 多次。很快人类就要产生一项改变世界的伟大发明——电灯。

这项发明要照亮全世界。

2. 家庙显才华

　　1894 年（光绪二十年）丰岛海战爆发，甲午战争开始，由于日本蓄谋已久，而清政府仓皇迎战，这场战争以北洋水师全军覆灭，中国战败告终。九月十日，任职五年之久的湖广总督张之洞被召入觐，其职由谭继洵署理，谭继洵也就是后来戊戌变法中谭嗣同的父亲。甲午战争失败后，清政府迫于日本军国主义的军事压力，1895 年（光绪二十一年）四月签订了《马关条约》。条约规定，中国割让辽东半岛、台湾岛及其附属各岛屿、澎湖列岛给日本，赔偿日本 2 亿两白银。中国还增开沙市、重庆、苏州、杭州为商埠，并允许日本在中国的通商口岸投资办厂。《马关条约》使日本获得巨大利益，刺激其侵略野心。与此同时，条约也使中国民族危机空前严重，半殖民地化程度大大加深，随后列强掀起了瓜分中国的狂潮。

　　不过无论外面怎么变化，小洞似乎永远都是平静的。苏学辙死后，苏崇瀛和他的两个弟弟便是这栋宅子的主人。十多年来，他们一家子像往常一样地生活、劳作，并没有因为外界的变化而有所改变。这段时间对苏崇瀛来说是有喜有悲。喜的是自己四个儿子孝顺仁义，继承了苏家良好的家风，在村里村外均受到了称赞。悲的是三弟崇范在光绪十三年（1887 年）因病离世，留下了夫人张旦贞与未成年的儿子先鏊、女儿方秀。

让他更悲伤的是，大儿子先銮在光绪十七年（1891年）不幸去世，死的时候还不满30岁。好在先銮留下了儿子达莹传宗接代，算来也是不幸中的万幸。

人生不如意之事，十有八九，那就不如常想一二。有一件事对他来说，是比较满意的。那就是他眼看着弟弟崇苞婚后那么多年，夫人张见英生下女儿辞秀后，便再也不见怀孕，心里有点干着急。"不孝有三，无后为大"，传宗接代的思想牢牢地占据着他的脑海。苏崇瀛想起父亲临死前嘱托他一定要好好照顾两个弟弟，照顾好这个家庭。于是便和夫人王华贞商议，把自己的三儿子先鉴过继给崇苞为子，也算尽了他这个哥哥的义务，帮助崇苞实现了最大的心愿。光绪二十一年（1895年）五月十三日，刚过了端午不到十天的苏崇瀛因病去世，永远地离开了他心爱的小洞。

苏先鉴天资聪颖，勤学苦练，读得一肚子文章，写得一手好字。同时他是苏崇苞的继子，又是苏崇瀛的三子，相比他的二哥先銮更知书达礼，能言善道。苏崇瀛死后，苏家一切大事均落到了他的身上。接到开会重修家庙的消息，苏先鉴先禀明了父亲苏崇苞，然后把哥哥和几个弟弟请到内厅，一起商议出资出力的事情。全家推举他作为代表参会，全权代表一家人。苏先鉴开始走出小洞，参与到大家族的重大活动中。

洞阳珑冠岭苏家家庙。门口墙上的泥被雨水冲洗，留下了一道又一道痕迹。两边的檐角早已褪了颜色，显得有点破败不堪。房间的木板年久失修，有的已经破了洞。房间里的光线看上去很暗，黑色的神龛上排满了祖宗的牌位，除了中间几个牌位上面的字迹还比较清楚，周边牌位上的字迹已经有点模糊，有的甚至一点儿都看不清楚了。苏学海站在前排中间，两边站着苏崇果与苏崇蔺，领着一群宗亲向祖宗行礼。行完了礼，大家找位子在厅里坐好。苏学海向在座的人讲了重修家庙的原因与具体任务。

苏学海，字添福，又号咸理，鸦片战争那年出生的，今年已经五十有六。不过他身体健康，声音洪亮，看不出一点衰老的迹象。苏先鉴认真地听着这位叔祖的讲话，条理清晰，理由充分，不由地心生几分敬意。苏学海说了很久，其实只有两层意思。一是现在这个家庙建筑破旧，地方局促，需要重建却又不适宜在此重建，经过向祖先问卦，决定迁回原来大路边老屋苏的老家庙旧址。二是按照每家人丁数，有钱出钱无钱出力。对于重修家庙，大家早就有共识，会上没有什么议论。

苏学海出于对已故团总苏学辙的尊重，会上还特意介绍了苏先鉴，并请他表达自己的意见。苏先鉴首先没有想到会让自己讲话，好在他胸有成竹，三言两语便表达了自己的赞同与感谢。他的意见正是牵头的几位长辈所需要的，也是在座宗亲代表深深认同的。大家不禁为苏学辙后代中有这么优秀的孙子唏嘘赞叹。苏先鉴自己也没有想到，就这样一次简单的即席讲话，让他的才华与言行被同宗长辈欣然接受。后来一连串的事实也证明，他没有辜负大家的期望，慢慢成长为这支队伍的核心，为自己的家族贡献着自己强劲的力量。

合族推举苏学海、苏崇果、苏崇蔺作为主事，主持家庙修建。前后历时五年，先建中栋，后建前栋，占地数十丈长，有大小二十几间房子。规模宏大，气象一新。屋檐钩心斗角，廊道迂回婉转，门窗墙壁雕绘了各种各样的图案，细致精美。这次修建的家庙相比乾隆年间麻滩的家庙基地大了两倍不止，相比珑冠岭的家庙结构更加完善，就是比以前这里的家庙也更加绚丽多姿，庄严肃穆。虽然花费不少，好在家族人丁兴旺，分支众多，聚沙成塔，集腋成裘，大家也没有怨言。仅仙羽庙就捐钱一千，足以说明重修家庙是人心所向。

3. 光绪四修谱

19世纪末，西方列强趁机掀起侵略中国的狂潮，偌大的中国被分割成了一块块列强的"势力范围"，整个国家已呈豆剖瓜分之势。中国边疆地区出现了新危机。割地、赔款，主权丧失，亡国灭种的危急形势迫使一些先进的中国人开始寻找新的救国救民道路。1898年（光绪二十四年）6月，以康有为、梁启超为代表的维新派人士通过光绪帝推行维新变法，倡导学习西方，提倡科学文化，改革政治、教育制度，发展农、工、商业等。变法因损害到以慈禧太后为首的守旧派的利益而遭到强烈抵制与反对。1898年9月慈禧太后等发动戊戌政变，光绪帝被囚，康有为、梁启超分别逃往法国、日本，谭嗣同等戊戌六君子被杀，历时103天的变法失败了。

朝廷的争斗，时局的动荡似乎不足以影响苏氏家族续修族谱的热情与干劲。"祠者，神之所栖敬宗者也。谱者，丁之所纪收族者也。无祠则无以妥先祖，无谱则无以聚族人。二者固并重而不可偏废欤。"或许正如后来苏艾卿在他写的《光绪谱序》中这样写到的。建祠、修谱，始终是子孙后代不能偏废的事情。在苏氏家庙竣工之后，苏氏宗亲多位代表又重提了续修族谱一事，得到了大多数人的赞同。同治三年（1864年）的《苏氏次修族谱》如今也四十年了。这四十年中，战争相连，死伤无数，宗亲迁徙频繁，如果再不续修，很多现在还能弄清楚的线索就会断了，以后要再续修将没有了依据。苏清仲一支系有位后人还举起了苏学明的例子，强调再不修谱，像苏学明这样事迹优秀的宗亲都不会再被人提起，慢慢消失在尘世当中。

苏学明，字辉照。道光十三年（1833年）十二月初一出生，年轻的时候进入军营，多次担任重要职务，1871年因为剿灭匪贼有功，被晋升为提督，赏赐一品封典，是苏氏家族中近代官职最高的一位宗亲了。可惜天妒英才，同治十一年（1872年）十一月，这位清朝廷的中兴良将不幸染病去世，时年仅40岁。他的事迹十分突出，是要写入史册的人物。同治修谱的时候他刚进入军营不久，还没有脱颖而出，因此谱中并没有详细的记载。他全心全意辅国勤王，还来不及养育后代，只有一个兼祧子崇经，而崇经也没有留下嫡系后裔。如果时间久远，他们的信息更容易被人遗漏。他的事例一经说出，大家唏嘘感叹，续修族谱的思想更加统一。

光绪三十三年（1907）五月，大家基于续修族谱的共识推举了苏学海、苏崇果、苏崇蔺作为主修副修，选臣、济吾、艾卿、礼门、峰岚、桂泉、懋昌、祭邨、馥秋等六十二位宗亲组成修谱委员会。家庙特意腾出房子作为修谱委员会办公的地方，比较远的宗亲还在厢房安排了食宿。苏先鉴在重修家庙中的谦和、才学、稳重获得了大家的一致认可。尤其是他的小楷字更是苏氏一绝，几乎没有人能写得那么整齐美观。无论是工作态度，还是工作能力，他在众人中都是数一数二的。两位副主修苏崇果，苏崇蔺对他更是赞不绝口。

苏崇果，号育吾，是国学生，参加过府试。两个儿子先麒、先迟都是当时的青年才俊。苏先迟更是被五品官员孙子美看中，把女儿许给他为妻。苏崇蔺，号玉田，是远近闻名，学富五车的先生。苏先鉴知道这两位副主修既是宗亲中的长辈，也是当地很有威望的人物，得到他们的赞许是很多人梦寐以求的事情。除他们之外，修谱的人当中还有像苏崇富（字桂泉）、苏元首（字致诚）等也是国学生，苏家三（字济吾）等则授了登仕郎等功名，他们对苏先鉴也敬佩有加，不敢轻慢。苏先鉴虽然没有什么功名，但祭邨先生之名随着修谱的进展家喻户晓。同时传遍苏家上下的还有一个叫作苏先著的年轻人。他名季洵，号艾卿，才华横溢，出口成章。既擅长骈散，又能写诗词。

有了同治《苏氏次修族谱》作为基础，这次修谱的主要任务就是核查清楚四十年来苏氏宗亲的情况。考虑到苏裕伯弟弟苏崇候南塘一支久未与浏阳宗亲联系，又路途遥远，交通不便，苏学海与其他几位编修多次商量之后只能忍痛割爱，做了本次修谱只收录苏裕伯四个儿子后裔的决定，也就是把范围定在"四仲堂"。主修苏学海最擅长的就是广纳良言，知人善用。他和两位副主修商议定下这个基调后，就按照四仲堂各支各房做了人事分工，每人负责自己这块信息的收集整理。苏先鉴擅长协调与书写，就安排修谱办公室的工作，负责书稿统筹。苏先鉴和他的家人世系被编入了第十九卷之中。苏艾卿擅长写作，特意安排了他写作一系列文章。苏艾卿最终没有辜负主修的一番苦心与重托。用他的生花妙笔写下了《书文公族谱引后》《家庙记》《洞阳清分万文公仙师傅》等文章。尤其是写苏万文仙师傅的文章文笔流畅，记叙翔实，将他的事迹写得活灵活现，赢得了大家的高度赞许。

苏万文，是苏家入浏之后的第六代，明朝正统年间人，距离此次修族谱已经四百多年了。他生于八月初一，年轻的时候不重钱财，只喜岐黄修道之术，后上茅山学道。四十年后回到家乡洞阳，妻子儿子已经过世。他便和侄儿一起居住，免费为当地人接骨疗伤、治疗癫狂疾病，没有治不好的。某一天，他突然对侄儿说，有道友招他而去。嘱咐侄儿将他掩埋在五魁山巨石之间，并说务必如此，将来会有效验，说完便倒下停止了呼吸。侄儿按照叔叔的要求做了，也没有发现有什么异样，只是安葬他的地方从来没有出现蝼蚁之类。光绪二十八年（1902年），突然醴陵有位李先生来到五魁山，口口声声要寻找苏医生。并称苏医生说自己住在五魁山巨石之间，在他们那里行医治病，十分灵验。大家听说后十分惊讶，因为五魁山巨石之间一片荆棘，没有房屋，更没有什么苏医生。附近的人认为是苏万文在那里显灵，便在他坐化的巨石之间供奉食物，祈祷保佑，往往百求百应，甚至起死回生。随后这样的事例越来越多，苏万文被更多的人尊称为仙师。

洞阳清分万文公仙师传

万文（万红）仙师，明正统时人，殁已四佰余岁矣。俄而现身说法，能以药茗丹饵救人，使远近男女缙绅大夫咸稽首拜于坏土之前，此其人甚异，其事亦甚奇。殆所谓骨换三生，丹成九转，历十数世销磨之劫，结五百年香火之缘者乎。否则其灵异之昭，何以至今始显也。然余闻之，传言尝言仙师之生，相家恒称有异骨，性空淡。家巨万不以介怀，惟喜赤松黄石之术，遂弃家就学于茅山，及得道归，则已阅四十余年矣。妻若子皆物故，倚居于侄家。精岐黄通法秘，凡祛邪逐怪，续骨疗伤，以及颠狂疯瘰者，求之无不效，亦不名一钱。乡党之称为法师者。

又有年矣，一日谓侄曰：某时吾道友见招，行当去，其瘗（埋）我于五魁山巨石之间，此地无甚荫家，将来当有效验，果及期无疾坐化。侄如其教礼而葬之。既葬高冢隆然，从无他异，唯坟无蝼蚁，家乘迭载笔焉，每往亲视之，亦验。越光绪壬寅春（1902年），忽有李姓从醴陵来者，觅苏医求更方，据称苏医住五魁山舍后，有巨石者即是，闻者群讶然曰：苏姓并无医，五魁山亦无屋，惟荆棘丛生，垒垒巨石之间有仙师之坟，在其人曰：平空而来，投饵即苏，谢资不纳，延餐不食，出门不见，殆神仙也。随备香楮，诣坟前掷筊以卜，果不谬。由是而声灵丕震，祈祷者络绎山前。述其神奇，往往多活现，歌功颂德，至无地可容，起死回生，于今不少间，父老告余曰：其灵验若是，是预知后世之必有今日者。岂寻常妖妄所同日语哉。请书其事于谱。余谓仙师真神人也。方其以葬骨之地，嘱诸其侄也，与罗池柳侯驿亭饮酒时，语无以异。及其降灵于李姓家也，又类乎柳侯之降于州之后堂者焉。古之人已犹是也。又何奇与异之，足骇哉。且其生终能为民捍患御灾，尤无愧于礼所称。有功于民则祀之者，旗常钟鼓，庙食千秋亦宜也欤。

虽然仙师于吾族，为六世祔食祖，自当以祖称。其不称祖，而称仙师者，盖见乎乡邻之颂祷者，交口而祝之，若是且既已仙矣，岂族人所得而私哉，此余所以因其公称而为之传。

清光绪戊申岁夏月沐恩十八派孙艾卿季洵氏叩撰，族众公梓

苏轼第廿八派孙苏哲元整理

伍·迁居小洞

五魁山，也叫莲花山，在当地的风水大师眼里，是上好的风水宝地。据说龙脉从白石尖辞楼下殿，朝沸子岭奔去，顺着第一支山脉而下，到白茅冲过峡谷，再顺着瓦渣园奇箕岭右边出山脉，辗转摆拨至五魁山结成莲花，形成了真吉地。人们于是在这里建了庙宇，将他与天符大帝，中皇天尊一起供奉，保佑世人平安健康。后来同乡袁继枚依据传说为正殿做了一副对联：茅山得道，梓里承恩，法雨频施三界境；列圣同班，群黎敬祀，仙身安坐五魁山。

这些文章与各族写的《洞阳清分甫公祠》《洞阳清分支祖元甫公传》《仙羽庙事纪》等成为这次修谱的一个亮点。苏艾卿与苏家三又分别为族谱写了序言。这时候他们邀请同宗苏舆写的序言也正好完稿，寄了过来。

△五魁山。纪念苏万文所建，曾为家庙

　　苏舆，号厚菴。平江县童市镇人，是苏峤弟弟苏岷的后裔。幼年随父苏渊泉读书，补县学生员，后入长沙湘水校经堂肄习，又拜王先谦为师学习，是王氏得意门生。戊戌变法期间，他顽固守旧，肆意攻击康有为所撰《新学伪经考》《孔子改制考》等著作。以卫道士自居，成为湖南当时反对新政最力者之一。后光绪三十年（1904年）中进士，入翰林，游历英国、日本，归国后补邮传部郎中。他是当时著名的经学大师，所著的《春秋繁露义证》被认为是董仲舒著作最完整的解说，在当时的朝廷以及士子中有很高的声誉。他能为即将告竣的苏氏族谱写序，轰动了当时的浏阳。

光绪三十四年（1908年）夏天，编修工作全面完成，苏学海和众位宗亲为了铭记武功先祖，感激前人修谱功绩，为第四次新修的族谱取名《苏氏武功续修族谱》。同时他们一起核定四仲堂各支系派次，最后从先字起另续新派"先达文光启俊良，书香百代后贤昌，传家有道芳声远，华国宏才世泽长，孝义明伦增显耀，善祥锡庆定安康"，四十二字按次叙明，以免昭穆难分。

4. 鄱官新邻居

光绪三十四年（1908年）十月二十一日，光绪皇帝驾崩，次日实际统治中国达半个世纪的慈禧太后去世。农历十二月二日，年仅三岁的宣统帝爱新觉罗溥仪即位，改年号为宣统。皇帝的更迭并没有能改变清朝政府的命运。清政府就像一艘巨大的船从当初的豪华富丽、气势非凡到现在的百孔千疮，破败不堪，最后摇摇欲坠，搁浅在退潮的沙滩之上。1911年10月10日，辛亥革命爆发，清朝统治土崩瓦解。1912年1月1日，"中华民国"于南京宣布成立，孙中山就任临时大总统。2月12日，袁世凯迫使宣统帝溥仪颁布退位诏书，将权力交给袁世凯政府，清朝灭亡，中国两千多年来的君主制度正式结束。

朝代的更替，革命的发生，带来最直接灾难的却是战争。自然灾害给

△白石峰顶远眺小洞桥下苏家大屋（远）与鄱官冲苏家大屋（近）

人的伤害是最直接也是危险的，但是往往突发，容不下人们有很多的疑惑与犹豫。战争虽然是看得见，摸得着的东西，但有很多不确定因素，在未知的时间里带来的恐惧是巨大的。战争的本质是征服，最直接的表现就是攻城略地，自古至今如此。辛亥革命之后，1914—1918 年之间又发生了第一次世界大战，大城市的人们就在揣测与彷徨里向往乡间，小集镇的人们就逃离到山村乡野。一时之间，最偏僻的地方成了最安全的地方，也成了最令人向往的地方。小洞自然而然地成为附近人们逃难避难的理想之所。只是大部分人安土重迁，又抱着侥幸心理，真正迁徙的并不多。

小洞的山山水水开始迎来了一批又一批新主人。首先搬进鄱官冲的是杨家与杜家。牛泸路一头连接着捞刀河上繁华的泸渚湾码头，一头连着西乡去往浏阳县城的必经之道牛车台。杨家原来就住在牛车台附近的杨家庄，家境颇为富裕，手头有一些余钱。杨茂枝带着儿子杨大有、杨庆莲、杨干田一家上十口人，找到九溪洞邓氏买下了鄱官冲苏家宅子旁边一块地，跟苏家做了邻居。后来又趁苏家经济不宽裕，从苏家手中买下窑坪前垄中一些田地。

杜家倒不是因为兵荒马乱才住进来。他们原来住的大坡杜从隐真观沿着一条山道进去，本来就十分隐蔽。那里缺少田地，由于人口增加，缺衣少食成了常事，才被逼迫着搬迁。因为战乱，他们没有往山外搬，最后选在鄱官冲冲口李家那块地上，正好那里也有一条山路经黄泥塘可以到原来住的大坡杜与田家湾。从桥下往白石峰方向要爬上个大岭，大岭之后是个三岔路口，分别通往鄱官冲、石子棚、黄泥塘三个山冲。沿着路口往鄱官冲方向走不到五十米，有一个很大的坳弯。杜权贵带着儿子杜汉成就选了右手边的空地建了房子。房子是木头建筑，坐东南朝西北方向，三间正房左手边带了一边的偏房。房子虽不多，但是杜家就是两小口带个孩子，住着还算宽敞。不过后来杜汉成夫妇生下阳初、春初、迎初、保初、运初五兄弟之后，房子就显得有点小了。阳初与春初住在老房子。运初还没有成家就夭折了，保初搬回了原来的大坡杜，迎初自己在对面建了三间房子。

谢圣成一家来自善化与浏阳交界的地方。当地有的讲长沙话，有的讲浏阳话，便形成了他们与众不同的口音。他们最开始住在苏家宅子对面李家巷李玉生家存放粮食的房子里。后来随着谢仁有、谢仁福、谢仁兴三兄弟出生，人口增加，没地方安身，自己挨着边上开始建了一些低矮的茅房。李玉生是洞阳枫浆桥附近李家巷的大户人家，在小洞有不少田产。谢家人快言快语，十分直率，做事勤勉。尽管自己没有田地却也靠日夜不停的劳动免受饥饿，过着节俭的生活。谢家的房子是依地形而建，坐东南朝西北方向。最东边的房子住了黄春生两夫妇，夫妻两人生了八九个孩子，竟然一个都没有养活，最后相依为伴终老，算是鄱官冲最苦命的一家人。谢家房子靠右手边有一条山路直通蘑菇冲，再顺着山脊一直往东南走可以直达浏阳西乡葛家柯家岭。

蘑菇冲山坡有个吴家坪，住着吴祥发、吴绍基等人。在他们之前住着石匠张三张玉父子。他们是当地有名的石匠，丈家坪有一座豪华的墓葬，是九溪洞邓有袍夫妇的坟墓，墓葬周边的石刻与墓碑便都出自他们之手。邓有袍被授予从五品的奉直大夫，其夫人苏氏按照明清官场惯例被封为安人。邓有袍夫妇墓葬前有门楼，石雕石刻，附近还修建了几间房子，供守孝的子孙居住，后来做了守墓人居住的地方。

张三父子俩在小洞还留下了很多有趣的事。张三做寿是大家茶余饭后经常谈论的故事。他们因为常年做石匠，积累了些财富，家庭条件很不错，但是他们为人吝啬，平时很少与别人有人情往来。张三师傅上 60 岁（当地习俗满 59 岁，称为上 60 岁）生日的时候，儿子张玉早早准备了十多桌酒席。生日当天，附近人家听说了，还是准备前往贺寿。但是由于他家平时太不注意人情交往，有些年轻人特意要跟他家开开玩笑。

村里几个调皮的后生守在各个路口，见有人来祝寿，连忙上前告诉他们张三家没有做任何准备，劝阻他人返回。结果到了午饭的时候，张三父子一个客人也没有等到。这时候鄱官冲有个刘奶奶在寻猪菜，他们便请了刘奶奶一起吃中饭。刘奶奶家里比较穷，很少吃到这样的大餐，自然是逢人就说。张三父子本来是一片好心，结果刘奶奶还成了这个笑话的传播者。故事并没有这样就结束了。张三后来跟别人谈起这件事，心里是一片愤怒。他特别提起谢家生日的时候他还去送了礼，不知道为什么谢家也不来。旁边的人知道他也不会送什么贵重之物，故意问他送了什么。他桌子一拍，大声说道，送了半边南瓜呀！周边的人一听说只是半边南瓜，顿时哈哈大笑。

第二年，张三满60岁，村子里的人又想着捉弄他们一番。于是预先告知，今年一定要去祝寿。60岁正好一甲子，庆祝六十大寿是当地的一件大事。张三家里听说乡亲们要来，特意算了又算，把家里养的六头猪杀了三头，做成丰盛的寿宴。这次乡亲们扶老携幼，来的很多，寿宴十分热闹。张家父子整整高兴了一天，等到晚上父子俩坐在灯下拆红包算账，脑子一下子蒙了。每个红包都是出奇得小，所有礼金加起来还抵不上三头猪的价钱，更不要说还有其他的菜。他们知道又被村民戏弄了。这之后，他们比较注意与乡亲们的交往，遇到丧葬婚配之事经常来往。父子二人与周边人们的关系更加融洽，日子也过得更有滋有味了。他们父子过世后，房子经久失修，过了十来年就倒塌了，后来的人不是听老人述说也没有人知道这片荒野之地还出过这么有名的石匠。人于社会十分渺小，但毕竟还是社会的一分子。人与自然相比就更加微不足道，大自然稍微用点时光便可以把你生活的痕迹抹得一点儿也不剩。即使你在当地是个名人，是个人物，那也只是稍微多用几年时光的问题。几年，几十年，相对于亿万年的自然来讲，几乎可以忽略不计。我们可以自由地生活，在阳光下寻求自我，在月光下释放自我，但人人都只是一粒尘埃，最终要回归于尘土。

丈家坪往上走还有冬木匠坪。陶家岭、齐家坪、李家冲等地名，估计之前也住过人。只是到了民国后早已是一块空地，偶尔还可以找到一两块破损的陶瓷片，应该是昔日主人用过的家具。丈家坪倒还保留了三间房子，是替奉直大夫邓有袍守墓之人居住的地方，随着时间推移渐渐荒废了。1949年新中国成立前后，胡菊钦因为在外面日子艰难，傍亲谢家住到了鄱官冲，看这里没人居住，就暂借住在那几间守墓的房子。直到20世纪60年代才在丈家坪下面山脚建了三大间两偏房的土木建筑。他们也成了迄今为止最后一家住进鄱官冲的人。

整个鄱官冲住得最偏远的要数李祥保、李祥林、李祥萃三兄弟与苏先文、苏先开两兄弟家，还有彭润泉家。站在丈家岭远眺崇山，山体再往上像一把打开扇子的扇面，由一个一个山铺与山脊交错组成。从左到右是弯铺、方铺、黄泥铺、长铺、窑铺、炭铺。李家与苏家两家紧紧相连，就住在最右边的炭铺之中。他们下一趟山很不容易，需要横过窑铺，再经过枣树排到丈家坪，再下了坡才到山脚。

彭润泉家住在龙井，相对于李家与苏家要方便很多。龙井是山冲最高的水源地，也是去往最高峰白石尖与龙图庙的必经之地。从这里可以经白石尖去浏阳西乡葛家的白烟洞与砰山的龙洞。

　　白烟洞有一座杨泗庙，闻名远近。庙始建于宋，主殿祀杨泗将军，偏殿供奉观音等。清末民国初年，浏阳文人李紫轩曾写过一副对联：云峰曲水自东来，回绕楼台，有韵有声成绝调；九圣诸山皆北向，蔚萝锦绣，亦幽亦雅是奇观。对联联系了当地两大名山云峰台、九龙山，写出了杨泗庙环境之静美、幽雅。

△云峰台

　　云峰台位于洞阳镇中源村，海拔561米。据说明朝太祖朱元璋曾在此挂牌宣旨"浏阳以后永无大灾"，故此又名挂榜山。乾隆皇帝南巡经过此地，对优美的自然风景赞不绝口，题诗道："奇山胜景，天然仙境，真为概赏，岂不美哉！"山巅之上有一云峰台庙，始建于唐朝武则天天授二年（691年），宋朝开宝四年（971年）改建为石砖铁瓦殿宇。明朝洪武、清朝乾隆年间屡有修缮扩建。庙里以祀观音菩萨为主，求拜子孙后代十分灵验。女人怀孕来此，如果怀孕是女孩，则问卦后发一面小红旗；如果是男孩，则问卦后发一只小孩穿的鞋子。传说几百年来，未有丝毫差错，不得不说十分神奇。

九龙山就是苏裕伯建茅庵的地方，仙羽峰是九龙山的第一个山峰。据说药王孙思邈为龙治疗老疾，摘樟树叶夹在龙鳞片内，病龙承诺病好后变成九只鸡向北飞向大地，绝不伤害百姓。此后洞阳山北面这座九鸡飞过的山就是九龙山。

在鄱官冲还没有人居住的时候，龙井就一直住着人家，不过大部分是道士与和尚，或是有意隐居的高雅之士。龙井，顾名思义是一口长期不干涸的泉眼，旁边生长了些圣柳树。居住的人们还开发了几丘稻田与几块菜地。龙井往下可以走龚家坪石子棚出入，龚家坪那边住着龚长兴一家，路边还有李昌友、陈菊田等。龙井进出也可以从方铺沿着溪水往下到丈家坪，只是路途陡峭一些。山里人不怕累，吃得了苦。虽然住进去的时候他们都因为缺钱只买了东家一些山地，但住久了便在附近开挖了不少菜地甚至稻田，平时种一些番薯与水稻，解决了自己的粮食问题。

外面的人断断续续地住了进来，小山冲变得越来越热闹了。晚上，年轻人耐不住寂寞。常常会趁着月光或者打着火把来鄱官冲苏家宅院聊天玩耍。火把用藤做绳子捆着杉树皮做成，点燃后不会一下子就烧掉。

点燃的火把像一根巨大的香，只要用手摇晃，就会划出星星火光照亮本已熟悉的道路，带着他们去寻找无穷的乐趣。任外界怎么混乱，鄱官冲依然是世外桃源，大家相安无事，过着简朴而宁静的日子。

陆 五修族谱
WU XIU ZU PU

1. 长沙访主修

中华民国二十五年（1936 年），苏学古从南华税局调任长沙税局任主任，苏氏家族为之欢欣鼓舞。苏学古一家在周围几十里是相当有名气的。父亲苏正煌是国学生，当地人习惯称他为致诚先生。致诚先生名不虚传，他一生为人正直，只要有关公益，便倡导力行；自己却勤俭节约，忠诚待人，教子有方，深得族人信任赞赏。母亲彭氏，和蔼可亲，孝顺仁义，相夫教子，贤淑好客，是远近闻名的贤内助。

苏学古字耀光，号懋昌，年少时英俊潇洒，才华出众，本想金榜题名，光宗耀祖，实现强国富民的理想。不料 1905 年清朝政府突然做出了一项非常重大的举措，废除了延续 1000 多年的科举制度，断了他一举成名天下闻的念想。他继承了父亲古道热肠、正直无私的基因，喜欢公平正义，热衷公益。光绪四修族谱时他 23 岁，在父亲的要求下他积极参与进来，做了很多工作。修谱后有感于祖先荣耀，他更加勤奋好学，考取了湖南第一法政专门学校政治经济科政治研究所，中华民国四年（1915 年）他毕业的时候，学校也经过多次合并组建成了新的湖南公立法政专门学校。他成为浏阳苏氏家族第一个考上新式学校并毕业的人。毕业后历任湖南公立茶叶讲习所、湖南私立育才中学教师，浏阳、平江、常宁、湘潭各县公署科科长，湖南省会戒严司令部书记，湖南陆军第三司令部参议等职。

人在官场，身不由己。他转辗三湘四水，虽历任要职，却一直谦虚谨慎，有着深厚的家乡情谊。上次回乡，光绪年一起修谱的苏先蔚来看他，提起重修家谱之事，他一直记挂在心。

"光绪丁未修谱至今又有三十多年了，生齿日繁，迁徙靡定，现在是同姓路上相遇不相识，老一辈埋葬在哪里也不知道，修谱到了刻不容缓的时候。"苏先蔚说起话来语速快，显得比较急躁。他又号馥秋，是清朝廷最后一批例授登仕郎，没有获过什么实惠。说话快这一点倒有点像他那个由国学入贡，加捐布照磨州同职的父亲崇嵩（字翰丞，捐名俊卿）。

在长沙税局附近的餐馆里，苏学古专程设宴招待苏达澹、苏学程这几位远道而来的族人。他们不辞辛苦从浏阳赶来长沙，一来是为了祝贺苏学古荣任新职；二来是为了商量五修族谱的事。"馥秋叔您不要太急！我们今天来主要是祝贺学古老爷荣升，先敬他。"苏达澹岔开话题，举起酒杯带头向苏学古敬酒，然后头一仰一口喝干了。苏达澹，字洗成，原来是浏阳市第八区教育委员，现在刚当了永安镇镇长兼中队长。他虽然辈分不高，但苏学古世代居住在笏圭，也算他的地方父母官。另外，他几个儿子、侄儿都在民国军事委员会下属部队任职，地方官员都对他家敬畏三分。他们彼此之间口头上随意，心里还是彼此有几分私下的掂量。苏学古是何等人物，哪里会不知道他们这几个人真正的来意。只是他们既然嘴上说是专程来祝贺的，自然不能扫了他们的兴。大家都是多年熟识，喝起酒来很容易放开。吃了个把小时，几人都有点酒意。

"刚才馥秋说起修谱之事，我也觉得势在必行。"苏学程不紧不慢地说。

苏学程也是苏家几个能够和苏学古在学历、仕途上相提并论的人。族内多称他瑞栽先生，他当过南华卷烟税梅田湖分局局长，永安镇高小的校长，礼耕乡的乡长。"修谱是要修，关键看学古主任能不能支持点儿银两？"快言快语的苏先蔚，喝了酒之后更是口无遮拦了。话说到这个份儿上，苏学古也不能不表个态。"各位长辈，各位宗亲，修谱本就是为了序昭穆，辨长幼，联亲疏，敦雍睦，这是好事。父亲经常以此教导我，要我为通族公益多尽点心出点力，我是一刻也不能忘记。"苏学古拿出一根雪茄，点燃后猛吸了一口，好像在深深回忆父亲的教诲。"光绪年间，我和馥秋几个都参与了修谱。当时各位宗亲众志成城，默默奉献的场景，犹历历在目。只是时光无情，主修学海老兄，副修崇海、崇蔺都已经不在人世，尤其是艾卿、槑邨两位先生，才华横溢，众人瞩目，后竟染上顽疾，寿年不高就离开了人世。遗憾呀！才三十年的光景，如今健在的也只有十来位了。"苏学古说起来语调低沉，热闹的场面一下子陷入了悲伤的氛围中。

"来！为我们都是苏轼的后代，图南公的后代，一起干一杯！"苏学古也发现经他那么一说有点冷场的感觉，于是站起身子，举起酒杯，高呼喝酒。随着碰杯之声，桌上的气氛又活跃了。"请各位放心，修谱一事所需资金巨大，虽然不是我一人所能承担，但我一定尽力支持。""好！好！好！干杯！"终于等来了苏学古的表态，几位宗亲一起站了起来，接连举杯，又各自喝了二三两。大家边喝酒边聊族谱的事。本来几个人是准备推举苏学古来担任主修，可是苏学古死活不答应。觉得应该把主修这个重任交给苏崇浩。一来是苏崇浩 70 多岁了，又是过去的营保，可以说是年长位尊。昔日苏学古等人都没少受他照顾。二来苏学古毕竟长期在长沙，也没有多少时间来做具体工作。苏学古说得在理，大家就顺了他的意思。不过大家觉得他德高望重，又愿意捐献大笔资金，还是一致推举他和馥秋做了副主修。

2. 中华民国五修谱

民国七年（1918 年）十一月十五日正午，苏先鉴在自己生日当天与世长辞，时年 52 岁。大儿子苏达赏 16 岁，二儿子苏达鑫 14 岁。苏先鉴四兄弟中大哥苏先鋆 31 岁早逝，留下了儿子达莹。二哥先鋈、四弟先銮都没有结婚，不过先鋈 43 岁就过世了。苏先鉴最牵挂的还是四弟，去世之前将大儿子达赏做了先銮的兼祧子。兼祧是当地过去的旧习俗，就是一个男子同时继承两家宗祧的习俗。兼祧人不脱离原来家庭的裔系，兼做所继承家庭的嗣子。这样弟弟先銮有达赏照顾，父亲崇苞有达鑫照顾，他才算放下了心。

苏达赏和苏达鑫两兄弟，母亲早逝，跟着家里几个男性长辈一起长大，年龄虽相差不大，性格却迥然不同。父亲死后，兄弟俩更加团结友爱，相互帮助，不知不觉中就长大了。苏达赏性格温和，乖巧懂事，喜欢读书写字。他又是长子，宗亲之间有什么喜庆丧葬都是他出面帮忙。与外界交往多，认识的人也多，后经人做媒，与伍家村刘湛恩的女儿刘嗣徽结了婚。他不仅书读得好，字也写得好，为人又谦和稳重，热心直肠，渐渐地有了些名气，被称为俊克先生。

苏达鑫就为人直率，正直仗义，喜欢舞刀弄枪。父亲死后，他更是个性张扬，经常和一些年轻人聚在一起好打抱不平，渐渐地成了这群人的头，被当地人取了个诨号"洞大王"。好在他娶了个贤内助周发贞。周发贞是隔壁包家冲周名根的女儿，从小善良贤惠，勤劳朴实。她嫁过来后，对父亲崇苞孝顺有加，对丈夫言听计从，几乎全包了家里大大小小的事。更让人兴奋的是，她接连为苏达鑫生下文坤、文会、文交三个儿子，还生了女儿冬喜。苏冬喜长大后，嫁给了中洞邓羽槐，为邓家生下了众多儿女。这时候，先鏊儿子达炽只有 21 岁就去世了，不过留下了妻子汪元贞带着儿子文昌、女儿陶适。只是先鉴儿子达莹婚后不久妻子便去世，之后也没有再娶，现在还是孑然一身。苏达鑫是率性之人，等自己第三个儿子文交出生后，便过继了给堂兄达莹，免除了他的忧患。有了孩子的啼哭声与吵闹声，苏家宅院又恢复了往日的青春与活力。

中华民国二十六年（1937 年）春，山花依次开了，首先开花的是梓树。苏达赏带着怀孕的妻子走在大路上，看着近处、远处一树树的梓树露出黄色的花蕊，满树繁花，煞有生气。心情很是高兴。现在虽然不需要养蚕抽丝，但是那桑梓之情，讲的就是桑树、梓树。这是跟我们人类最有关联的两种树吧。想到这里，他觉得看着家乡的一景一物更加亲切。梓树花之后便有桃花、杜鹃、木瓜花。小洞的桃花和杜鹃有点特别。山上的野桃花开得早，站在家门口看过去，这里几树那里几树，就像孩子的头上插着几把鲜花。山冲里面的桃树多经过了嫁接，开花迟一点儿。桃花本来花期不长，但野桃花、家桃花依次开放，倒给了山里人很长一段赏花的时光。杜鹃花多以红色为主，但小洞却有很多野生的紫杜鹃、蓝杜鹃。花开之时，红蓝绿相间，更加明媚鲜艳。布谷鸟开始在屋前的几棵大稠树上不停地叫了，山村像往年一样开始耕地播种。从去年年底到现在，苏家五修族谱的消息陆续传来。前两天，苏达赏接到了通知，他的肩膀上多了一份五修族谱的任务。命运总是神奇的，他此时还不知道，他一生的命运将会因为这次修谱而彻底改变。

老屋苏的苏氏家庙，远看还是以前的模样，庄严壮观。近看你会发现大门口墙壁的泥巴有些脱落，门窗的油漆褪了颜色，黑底金粉的牌匾显得陈旧了很多。一群人坐在进门的大厅里，相互谈论着不同的话题。苏达赏和观前几位熟识的宗亲坐在厅堂右边，一直认真地听着大家的谈论，没有发表自己的见解。几位穿着豪华的人走进家庙，径直朝厅堂上方的两排座椅走过去，房子里的吵闹声慢慢平息了下来。会议由苏先蔚主持，他首先带领大家拜了祖先，然后依次介绍了那几个穿着豪华的人。他们是苏崇浩、苏学古、苏达澹、苏学珍等。

修谱虽是宗族大事，但是在苏氏家族来讲，已经是第五次修谱，很多程序都是可以免掉的。比如谱例，宋朝时两位大文学家苏洵与欧阳修各创造了一种修谱体例。有些家族修谱围绕用哪种体例都要争论很久，但是浏阳苏氏家族本来是苏洵的后代，从雍正八年以来的历次修谱用的

△洞阳老屋苏，城市已经将触角伸进了这片古老的土地

都是苏洵谱例，所以在这上面就没有争议。再如，修谱收录的范围与内容，因为第一次修谱已经明确了只收录孟、仲、季、才四公后人，所以尽管地方已经有不同支系的苏姓迁入，但修谱的时候也不录入。这样的话，整个修谱工作实际上很多是在原来基础上的修正与补充。由于思想比较统一，又有十多人在三十多年前就参与过光绪年间的四修族谱，会议开得很成功。推举苏崇浩做了主修，苏学古与苏先蔚做了副主修，明确了各房支系的负责人，商议了各家出资的数目。由于苏学古和几个牵头的人拿出了一大笔资金，摊派到各户人丁身上的资金已经少之又少，大家也没有什么异议。苏达赏作为才仲公这支苏敬灿的后人，负责敬灿公筹房的续谱工作，筹房也就是苏敬灿五位儿子中苏德筹后人信息的收集与整理。三位主修在四修族谱的时候都与达赏父亲苏先鉴共过事，暗地里

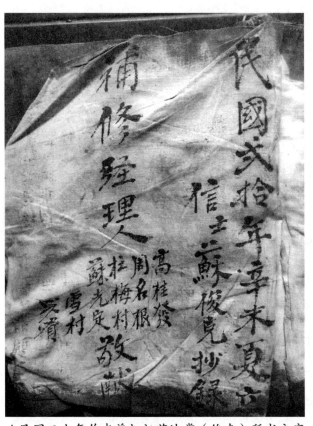

△民国二十年作者曾叔祖苏达赏（俊克）所书文字

十分佩服他的才华与品行。现在知道苏达赏是他的儿子，又听说他书读得好，字写得好，于是就商议着把他留在家庙协助统筹修谱工作。

1937 年（民国二十六年）7 月 7 日夜，卢沟桥的日寇驻军在未通知中国地方当局的情况下，径自在中国驻军阵地附近举行所谓军事演习，并称有一名日军士兵于演习时失踪，要求进入北平西南的宛平县城搜查。中国守军拒绝了这一要求。日军向卢沟桥一带开火，向城内的中国守军进攻。中国守军予以还击，驻守在卢沟桥北面的一个连仅余 4 人生还，余者全部壮烈牺牲。这次战争标志着日本全面侵华的开始，也掀开了中国全面抗日战争的序幕。抗日战争的硝烟并没有阻止苏氏家族修谱的决心，相反战争带来的恐惧与危机更加速了他们修谱的进程。考虑到战争破坏性强，战火有可能损毁宗祠、家庙等建筑，让后代子孙没有了敬畏与感恩的地方。苏学古提议这次将四仲堂现有的各支系宗祠、家庙撰文并绘图记载于族谱当中。

中华民国二十七年（1938年）夏，各支系增补的材料全部收悉。三位主修与苏达澹、苏达赏等主要成员便开始了夜以继日地整理。他们考证旧谱存在的疑惑，补充原来的遗漏之处，修正其中的错误，删除了不符合国体的内容。最难的是催交各支系祠堂、家庙的绘图与文档。经过苏达澹、苏达赏几位的细心核对，最后定稿《家庙旧图说》《缎牌敦睦支祠叙》《缎牌敦睦祠旧图说》《笏圭长寿山旧图说并重修碑记》《五魁山庙图说》《洞阳清分音公祠图说并旧序》《洞阳才分金公祠序》等十五篇。三位主修又主持完善了履历表与五修宗派辈次，议定"先达文光启俊良，书香百代后贤昌。传家有道芳声远，华国宏献世泽长。孝义明伦增显耀，善祥锡庆定安康"四十二字作为字辈，让子孙后代有序可循。续修仍遵照四修族谱所定字辈为标准，只是考虑到四修族谱所定的字辈中有一个才字与才仲公不合法度，所以将"才"字改为了"献"字。一切准备妥当，便是印刷。此次族谱采用通常的木活字印刷，共印刷四十八套，每套含首卷次卷各一本，其余三十一本。苏达赏一家的信息按照族谱编修计划编入了第二十八卷。为了保存好这份珍贵的家族文献，苏学古决定用忠、孝、仁、爱、信、义、和、平八个字，每个字计陆号进行编号，然后标注后代哪个支系谁领取了某字某号。

3.先生苏俊克

苏达赏做梦也想不到自己会成为一名军人，成为一名无线电通讯员。因为修族谱他结识了苏达澹、苏达琳两兄弟，深受他们的赏识与照顾。苏达琳儿子苏文珍在国民革命军事委员会第七预备师第二十五团担任少尉无线电通讯员，他那里正好需要一个擅长文字的工作人员。苏达赏在他父亲与叔叔的推荐下，去那里上了班。也是他运气好，正好苏文珍的一个同学在国民革命军联勤司令部工作，急着找个助手，苏达赏就在那里做了一名正式的无线电通讯员。苏达赏自此和弟弟苏达鑫分开，自己带着妻子刘嗣辉、儿子苏贵华居住在南京。后来随着抗日战争越来越艰巨，他和家人又随部队到了徐州。他的第二个儿子苏灿元就在徐州出生，当时抗日战争局势紧张，后来又是解放战争。苏灿元出生后不像他哥哥接受了一段比较好的学校教育，他几乎没有进过学堂门，也没有学到什么真本领。

1949年10月1日，中华人民共和国成立。下午2时，中央人民政府委员会第一次会议在北京召开，中央人民政府委员会主席、副主席、委员全体出席并宣布就职，宣告中华人民共和国中央人民政府成立。会议还接受中国人民政治协商会议《共同纲领》为本政府的施政纲领。下午3时，北京30万人聚集在天安门广场，隆重举行开国大典。新中国的成立，开辟了中国历史的新纪元，从此，中国结束了一百多年来被侵略被奴役的屈辱历史，真正成为独立自主的国家，中国人民从此站起来了，成为国家的主人。

新中国成立前夕，苏达赏像其他国民党军官一样面临着艰难的选择。经过再三犹豫，苏达赏还是选择不去台湾岛，回到了家乡。祖国始终是他难以割舍的地方，小洞也始终是他魂牵梦萦之所。他携妻带子回到了阔别十多年的故乡，家乡以秀美的风光、熟悉的乡音和温暖的亲情接纳了这位远行已久的游子。

出于安全考虑，回乡后的苏达赏隐瞒了他在国民党军队的具体工作经历，又做回了"俊克先生"。很多年没有在农村生活，他干不了农活。白天偶尔为附近人家的婚丧嫁娶做做礼仪，赚点小钱维持生计。晚上就在苏家宅子天井边设了个简易教室教书。那时候刚建国，学校还很少，穷人家的孩子也读不起书，为了以后工作生活，能认识几个字就够了。苏达赏就教他们一些便音杂字，包具杂字。大部分的时间，苏达赏就在家看书写字，跟着家人做点力所能及的事。他知识广博，阅历丰富，又善于言谈，喜欢讲些逸闻趣事。鄯官冲，甚至小洞的很多年轻人都来苏家，听他讲这些外面的故事。李乾刚是居住在鄯官冲炭铺李忠义的儿子，那时候正值十多岁的年纪，晚上和白天下雨没事的时候就跑上十里山路来这里学识字，听故事。

苏达赏最擅长的是讲诗词对联。"城陵踞全楚上游，来百工，柔远人，互市通商开重镇；洞庭为三湘巨浸，东长江，南衡岳，关澜锁钥束中流。"

湖南出入外省市，走水路必经岳阳城陵矶，这首气势非凡的对联当时就挂在岳州城门之上。长沙是三国时期吴国的属地，也是兵家必争之地。至今流经浏阳北乡的捞刀河以及北乡沙市的吴王庙还与三国人物关羽、孙权相关。当年三国战争，关羽率领的船队正是在湘阴一带停留，人们出于对他义薄云天的认同，建了不少关帝庙。最威武气派的关帝庙在湘阴城南十公里处，里面有副很有名的对联，上联是"生蒲州事豫州守徐州战荆州万古神州有赫"，下联起初是"兄玄德弟翼德释孟德擒庞德千秋至德无双"。据说木匠师傅在制作对联的时候，突然停住手艺不做了。经人细问方才得知，是木匠觉得这副对联虽然对仗工整，却有点美中不足。问题就出在最后一个字"双"，"无双"还是有的意思，与上联"有赫"在意思上就不对了，所以木匠觉得应该将"双"改为"疆"，"无疆"是没有边的意思，与上联的"有"相对，也巧妙地表达了德望很高的意思。撰写对联的人听木匠讲完，觉得很有道理，就采纳了他的意见，现在我们能看到的就是"至德无疆"。天外有天，人外有人。一字师的故事听起来生动有趣，也让人反省深思。

吉大文的故事，就让这群年轻人跃跃欲试，想着放开手脚大干一番，为国家建功立业了。吉大文是清代崖州镜湖（今海南省乐东县九所镇镜湖村）人，出身书香门第，幼承庭训，刻苦学习，博览群书。20岁全琼应试，被称为"海滨之秀"。咸丰元年（1851年）恩科举于乡，开二百余年崖州文运之先河。他少年时曾赋诗述志"少年立志要登科，有甚文章奈我何？书读五车犹算少，诗吟万卷不嫌多。若将海水如砚视，愿把江山当墨磨。敕赐苍天为白纸，挥毫写出太平歌。"全诗虽然内容浅易，但激情澎湃，激发了年轻人的昂扬斗志。

回来一段时间之后，苏达赏与周边的亲朋好友交往渐渐多了。洞阳新利（现长东村）的王环之，是他的姨夫，两人兴趣相投，爱好诗词文学。王环之便成了苏家的常客，他内向寡语，擅长书法。苏达赏直爽话多，擅长诗词。两人性格迥异，却正好互补，时常争论不休。某日，苏达赏邀请王环之一同寻访洞阳江滨旧居。两人行至洞阳老屋学校，正好遇到学校老师与工人聚在校门口议论怎么书写校名。苏达赏看此场景，主动参与进去，出起主意来。一会儿，只见他高谈阔论，说得天花乱坠，旁边的人听得很入神。不过说到最后，还是因为墙太高，笔太小，无法书写而告终。这时候，站在边上沉默不语的王环之对老屋学校的老师说，你们拿一块好一点儿的毛巾，多准备点儿墨水，我来写写看看。大家听得很惊讶，都抱着看热闹的心态按照他的要求做了准备。王环之用毛巾蘸着墨汁爬上楼梯，一下子就写好了老屋学校几个字。四个大字乌黑发亮，笔力遒劲，张力十足。在场的人拍手称好，连苏达赏也频频点头。老屋学校是当地唯一一所办有高小的学校，王环之、苏达赏为学校题写校名的事情很快就传开了，两个人一时之间成了当地的名人。

苏达赏像他父亲一样十分热心公益，后来又义务为隐真观、福龙山等庙宇、道观抄录谱签，书写对联，赢得了当地人的赞许。此时，他的大儿子苏贵华已经快20岁，虽然学历不高，但跟着父亲读书学习，肚子里的学问倒是不差。正好当时国家修建铁路招收工人，苏达赏找了熟人就让儿子去了邵阳铁路办做了文员。美中不足的是，他的夫人刘嗣辉因为受了些惊吓之后，神经错乱，一直处在疯疯癫癫之中。不久死于病患，埋葬在鄱官冲进冲口不远的山坡上。小儿子苏灿元因此没人照顾，每天跟着一些年轻人在外面玩耍，有时候几天难得回趟家。

与苏达赏比，苏达鑫过的是另一种生活。他虽然没有苏达赏风光，但也十分自由快乐。他的妻子为他支撑了整个家庭，三个儿子陆续长大，新中国成立前夕均已娶妻成家。只是苏文坤、苏文会结婚之后一直没有生育孩子，倒是出继给达莹的三儿子苏文交和他妻子易庆招争气，已经连续给他生了一个孙女苏新球，两个孙子苏光楚、苏光铁。苏达鑫勤劳聪明，种地耕田，掌厨做饭，白案红案无所不知；又擅长武术，喜欢结朋交友，打得一路好猴拳。身边也不乏一些追捧他，希望他传授一招半式的年轻人。只是他不喜欢约束，经常在外喝酒、聊天、打牌，过着"洞大王"的潇洒生活。

辛亥革命、北伐战争、抗日战争、解放战争，几十年的战乱，小洞从一个只有几十个人的世外之地慢慢变成了避难之所。新中国成立之后，已经有几百人居住在这块地方。地方偏僻，人员复杂，小洞成了爱好赌博人的天堂。相比于武术，苏达鑫更擅长的是赌博。他能够把赌博用的骰子藏在舌头下面，照常吃饭、说话，旁人浑然不知。在玩麻将的时候，他可以趁人不注意，把手中的牌和桌上的牌对调。玩跑胡子又是他的另一个长项，他几乎能猜到别人手中的每一个牌，还可以趁着抓牌的时机把手中不好的牌不动声色地插入墩子上，同桌的人发现不了一点破绽。

跟他一起参与赌博的人，甚至说他能听出骰子的点数，以至于周边熟悉他的人没有人敢和他一起赌。苏达鑫虽然生性好玩，但是内心善良正直。他看见不公正的事情，总喜欢打抱不平，那些受人欺负的弱势群体对他自是感激涕零，但是他也因此招惹了一些是非，为他以后受苦受难埋下了祸患。

4. 喜建新宅院

1955 年，中国人民解放军首次实行军衔制，颁授了 10 名元帅、10 名大将、55 名上将、175 名中将、798 名少将。苏鲁、苏鳌两位浏阳洞阳人均在少将之列，消息传来，整个苏姓家族为之骄傲自豪。外界以为苏鲁、苏鳌是两兄弟，实际上按照辈分他们是叔侄。

九龙山下，苏氏家庙后来做了苏氏学堂，老师名叫苏炳芬。他 1892 年出生于浏阳丰浆乡（现浏阳市洞阳镇）横山一个农民家庭，与毛泽东同志同年代毕业于湖南省立第一师范。苏炳芬深受五四运动新文化、新思想的影响。1925 年秋，曾与几位同乡一道以空想社会主义思想组成"浏北新村"。后来参加夏明翰等组织的马克思主义讲习会，接受革命思想，同年 12 月加入中国共产党。此后，积极从事农民运动，是浏阳有史以来农民第一次分田的主要倡导者。任中共浏阳蕉溪区区委书记，1927 年 3 月在浏阳枫浆乡领导了"按人口平均，每人六石谷田，好坏搭配，拈阄为定，插标为记"的分田运动，受到省农协的高度赞扬。"马日事变"后，调浏阳工农义勇队总队（后为秋收起义的第三团）任职副官处长，参与农军攻打长沙的战斗。秋收起义时随部队取白沙、克东门，文家市会师决定秋收起义部队去向时，负责毛泽东同志的安全和生活。在随起义部队进军井冈山途中因病潜回家乡从事党的秘密联络站工作。1928 年春，因叛徒出卖被捕。同年 4 月 20 日在浏阳县城惨遭杀害。

苏炳芬从湖南省立第一师范回乡后便在当地小学任教，苏鲁、苏鳌、李信等都是这里的学生。他们受老师民主革命思想与爱国思想的影响，走上了革命的道路，为中华民族的独立与富强浴血奋战，立下汗马功劳。

苏鲁，字达余，是苏才仲孙子苏元乾的后代，如日公的第十九派孙。他参加过百团大战，经历了红军长征，解放战争时期在太原战役中负伤，成为解放军中有名的独臂将军。苏鳌，字文植，是苏才仲孙子苏元华的后代，如日公的第二十派孙。他同样参加了长征，抗日战争时期担任了延安卫戍司令部参谋长。

在部队的时候，苏达赏就听说有这么两位宗亲在共产党的部队任职，行军打战十分出色。现在看着这些昔日的"敌人"功成名就，他是百感交集。不过他庆幸自己活了下来，并且过上了比较自由舒适的生活。他对苏鲁、苏鳌两位宗亲的成功也感到由衷地高兴，在心中默默地为他们祝福。

1961 年 8 月 20 日，刚过了中秋节不到一个星期的苏达赏去世了。大儿子苏贵华在邵阳火车站转了正式工，成了一名优秀的干部。后来在那边结婚并生下儿子苏彬及两个女儿，便在邵阳定居了。小儿子苏灿元还

△小洞鄱官冲苏家大屋旧址

是懵懵懂懂，混着日子，后来因为犯了错误，入了监狱。不过他农村出身，头脑灵活，手脚还算勤快，服刑期间一次又一次获得了监狱管理部门的减刑与嘉奖。出狱后在茶陵县国营农场找到了工作，还当上了正式职工。后来与当地的姑娘结了婚，生了两个儿子苏军桃与苏军，长期定居在了茶陵。

苏达炽的儿子苏文昌是苏家院子文字辈里最早出生的，后来与白烟洞邓淑枚结婚，生下了女儿苏金保。只是苏文昌跟他父亲一样，早早就离开了人世，留下妻子女儿相依为命。女儿长大后，由叔祖达鑫做主嫁给了中洞李冬初。婚后夫妻和睦，勤劳持家，生下了三个女儿、一个儿子李文革，日子过得相当美满。

1961年，于苏家宅院而言，注定是一个不很吉祥的年份。苏达赏过世之后不久，苏文交的夫人易庆招在生第七个孩子，也是她第二个女儿的时候难产去世。小女儿出生时受了惊吓，出生后就没有了娘亲，不到一百天也跟着一起走了。苏家院子陷入了极度的悲伤与无奈之中。苏文交最大的是女儿苏新球，那时候也才13岁，最小的儿子苏光六还不到2岁。6个未成年的孩子，自此没有了娘。好在他们的奶奶周花贞身体健壮，勤劳朴实，细致耐心。她既要照顾自己的丈夫苏达鑫，又要担心自己的三个儿子，还有出嫁了的女儿，更要像娘一样地悉心照顾着这群孙子孙女，一个个把他们拉扯长大。当时国家的总理叫周恩来，是一个勤勤恳恳为国为民的人。周花贞全心全意为了苏家一群人，加上也姓“周”，鄱官冲的人便背后称她“周总理”。女人半边天，其实很多时候，在家庭当中女人何止是半边天。此时，在苏家宅院苏新球、苏光楚这一群孩子的眼中，奶奶周华贞就是他们的天，全部的天。

自从贴上了四类分子的标签，苏达鑫的日子就不好过了。1950年8月，国家通过了《关于划分农村阶级成分的决定》，据此历时三年完成了土改工作，划定了阶级成分，将地主分子、富农分子、反革命分子和坏分子列为革命的敌人，打击对象。1957年之后，将他们合称为“四类分子”。苏达鑫因为平时英勇尚武，主持正义，得罪了不少权贵与小人，在划分成分的时候被划为了“坏分子”。他遭遇了经常性的训话，无休止的批斗，不时还要被抓去游行或者无偿做义务工，就连他的子孙入党、提干也受到了牵连。好在苏达鑫像他的祖先苏东坡一样心胸豁达，淡泊名利。既然命运如此，那也只能随遇而安。当时，他的女婿邓羽槐正好是中洞村的党支部书记。为了免遭批斗，一些有经验的亲朋好友帮他出了个主意，以去女儿家走亲戚的名义住到了邓羽槐家，这样就可以免于批斗，少受些羞辱。苏达鑫这样一住就是三年多，直到过了批斗的风头才回到了小洞家里。

土改之后，随着家庭条件的改善，原来住在山上的几户人家依次在鄱官冲里建起了房子。1968 年，李祥保的儿子李忠义带着儿子李乾刚一家人把房子建到了棕园铺。1970 年，原来居住在龙井的彭友兴奉养母亲一起把房子建到了斗笼铺隔壁一小块空地。苏先开的孙子苏树兵、苏伏来、苏伟生三兄弟以及最后迁入鄱官冲的胡菊钦一家也陆续搬迁到了丈家坪的山脚下。

鄱官冲山清水秀，风光旖旎，自然天成。一条小溪从龙井往下，经方铺、丈家坪、茶树坑，在快到山脚时形成了几条狭长、秀丽的瀑布。小溪沿着山路蜿蜒曲折，一路穿过田地。奇妙的是，小溪在苏家宅院往下五十米左右来了个急转弯，本来偎依在南边山脚的溪流转而倚靠在北边的山脚，把整个山冲划分为一个太极八卦的形状。据不少风水大师说，这是很难得的风水宝地。鄱官冲是一个东西方向的小山冲，中间是农田，两边是山地，房屋一般都建在北边的山脚或山兜里。这样的房屋坐北朝南，不挡风，阳光好。

1973 年，对于苏达鑫来说，最迫在眉睫的是建新房子。苏家宅院已经一百多年了，原来的木料因年代久远已经开始腐朽，屋顶的瓦片也已经破败不堪，时不时进风漏雨。苏家此时的经济情况已经大不如从前，在比较偏僻落后的小洞也只能算个中等人家。苏达鑫把几个儿子召集过来一起商量，准备在原来的宅基地上拆房建房。考虑到建房子时要有地方住，他们留下了靠外面的那一排房子，其他的都拆了重建。

　　好在靠山吃山，木材是自家山林有，不用另外拿钱买。前前后后花了半年的时间，一栋新的土木建筑的房子建成了。房子结构与原来的差不很多，只是考虑到成本，没有再留天井，将原来的外厅与内厅简单地建成了两个坐北朝南的堂屋。不过两个堂屋之间还是建了一条过道，叫作伙弄，两边是一间挨着一间的房子。这虽然比不上以前的苏家宅院，但是在当地也算比较不错的建筑了。苏达鑫夫妇与苏文交父子住在了靠外堂屋的中间，苏文坤夫妇与苏文会夫妇住在内堂屋西边，前面那排没有拆掉的就做了几家的杂屋。房子算不上豪华，但是还中用，最重要的是新房子不进风漏雨，也不用担心倒塌。苏达鑫继续过着挨批斗，遭训斥的生活。不过地方人担心以后遭受报复，也不敢对他过分打骂。毕竟知己知彼，知道他学过武术，又在当地有些声望。也不知道什么原因，苏文坤、苏文会两兄弟结婚很多年，妻子都没有生育。受家庭成分的影响，夫妻性格又不和，两姗娌先后改嫁了他家。苏达鑫看到这个情况，就和夫人周花贞商量，把三儿子苏光元过继给了苏文坤，四儿子苏光良过继给了苏文会。

柒 | 大家小家
DA JIA XIAO JIA

1. 入伍耀乡里

汤志告，洞阳镇元甲村三毛组人。他是抗美援朝的老兵，因为在前线负伤瞎了一只眼睛，回来后便在公社安排了工作。他担任洞阳公社的特派员，负责清水村、小洞村等几个村的社会治安。俗话说，不打不相识。能够真正打起来的人，至少有一点是相似的，那就是彼此都有点脾气。苏达鑫是当地有名的"坏分子"，本来与他这个管治安的特派员应该是水火不容。没想到两人一见如故，几次长谈之后便亲如兄弟。此后，汤志告来小洞办事，就基本在苏家吃住。

苏家新房子建成之后，几个孩子陆续成长为大人。苏文交由于夫人早逝，内心极度悲伤，经常借酒消愁，形成了对酒的依赖。家里的事基本是父亲苏达鑫与母亲周华贞主持。两位老人一边辛勤地操持家务，一边开始为成年的孙子孙女操办婚嫁。经过易庆招娘家人的介绍，大孙女苏新球嫁给了枫浆桥后背汤的汤新告。汤新告是贫农出生，只有两间房子，家徒四壁。不过他忠诚老实，心地善良，说话轻言细语，看到一点点伤心的事情就眼中含着泪花。他们夫妻结婚后和睦融洽，勤劳肯干，通过自己的双手勉强过上了一般人家的日子。后来汤新告在中国农业银行北盛营业所找了一份工作，成了正式工人，家庭条件才开始好转。苏新球勤俭节约，对兄弟姐妹却比较热情大方，回过头来又尽己所能地帮了小洞娘家一些。苏新球与汤新告育有两儿一女。大儿子汤学武，生于1972年，在家务农，做事利索，为人聪明，小家庭经营得有声有色。小儿子汤学文，生于1977年，通过招工，高中毕业就进入了中国农业银行浏阳市支行，为人像他父亲诚实守信，务实肯干，后来做过北盛、永安等几个营业所的主任，也算是青出于蓝而胜于蓝。女儿汤红妹，小时候感冒得了脑膜炎，损害了脑细胞，智力受到了些影响，着实让苏新球夫妇操够了心。好在她康复得好，后来结了婚，还生了个女儿考取了本科院校，也算是不幸中的万幸。

大孙子苏光楚在外面帮着做基建，跟在师傅旁边，竟然也"瞟学"了一门手艺。通过别人介绍与田家湾邓玉英结了婚，1974年和1976年接连生下了两个女儿苏艳红、苏艳辉。

二孙子苏光铁正好二十出头，虽然附近不少人家中意他这个女婿，他却没有看得上的姑娘。汤志告来苏家几次后，看着这个青年英俊潇洒，思路清晰，又有主见，对他多了几分喜欢。一次酒后他跟苏达鑫提起要把自己的大女儿汤送粮嫁给苏光铁。汤志告所在的元甲村离洞阳公社所在地枫浆桥只有两里路不到，是属于经济与交通比较方便的地方。苏达鑫所在小洞离公社二十多里，又没有大路相通，是相当偏僻的地方。汤志告能够把女儿嫁到这里来，苏家当然是求之不得的。汤志告本来也只是随便说说，不想苏达鑫较了真。此后每次来，总是要说起这件事。汤志告觉得婚姻也是缘分，再说山里也有山里的好。所谓靠山吃山，山里建房子没钱有大树，吃粮食少了有红薯，还可以烧木炭卖木材赚钱。于是，回家就跟夫人张金义商议。张金义想想家里五个孩子，负担也重，觉得丈夫说的靠山吃山也有点道理就同意了。汤志告带着女儿就去了一趟小洞，对外是说去看看风景，实际上是去相亲。没想到，两个人还真的一见钟情，竟然彼此中意。年轻人爱情的力量是无穷的，他们的感情一点儿也没有被连绵不绝的深山阻隔，也没有被山里的简陋贫穷所扼杀。他们结婚了，感情像鄱官冲的溪水一样长年不断，像小洞的青山一样葱郁万里。1977 年农历十二月八日晚上，汤送粮十月怀胎的肚子开始阵阵地疼痛，仿佛就要生孩子了。苏光铁连忙要弟弟去村上请了接生婆，烧好了热水，做好了妻子生育的准备。汤送粮的肚子时疼时不疼，闹了一晚上，到了第二天上午九点多钟才生下一个儿子，取名苏启平。苏达鑫听说生了个男孩，十分高兴，这是他的第一个曾孙。

　　1978 年 2 月，就在他的第一个曾孙出生不到三个月的时候，苏达鑫结束了他颇为传奇的一生。他听到的最后一个喜讯是最小的孙儿苏光六终于通过各项政治审查与身体检查，光荣入伍了。1976 年"文化大革命"结束，中国进入了一个新的历史阶段。虽然"四类分子"的评审摘帽还没有全面铺开。但是苏光六的参军入伍就说明他没有再让子孙受到更多的牵连。中国的春天已经来临，他们家庭的春天也将来临，他自己的春天也将来临。只是岁月弄人，他衰老的身体已经扛不住时光的打磨了。他含着笑离开人世，带着来自苏家宅院的最新消息去地下相会被称为"粿邨先生"的父亲苏先鉴与被称为"俊克先生"的哥哥苏达赏。苏光六的参军入伍一下子让整个家庭发生了巨大的转折。昔日的"坏分子"家庭，现在是光荣的军属之家，整个苏家宅院似乎发出了耀眼的光芒。为此苏达鑫的丧礼没有受到本该有的管制，丧事办得风风火火，隆重而热闹。苏光六来不及送爷爷上山，戴着红花坐着大卡车向军营出发了。

1979 年 2 月 17 日，人民解放军边防部队为了制止越南当局的侵略，捍卫国家领土主权，保卫边疆的和平与安全，在忍无可忍的情况下，被迫在广西、云南两个方向，同时发起对越自卫还击作战。苏光六所在的第 41 军第 121 师正是抗越自卫还击的参战部队。他们师在人民群众和民兵的大力支援和密切配合下，发扬大无畏的革命英雄主义精神，顽强战斗，克服地形复杂、情况多变等困难，出色地完成了预定任务。1985 年百万大裁军时，当兵 7 年多的他服从国家安排，复员回到了家乡。

苏光六在部队几年的具体情况并不为人知，不过还留下了一个让人敬佩的故事。他在他们五个兄弟中长得最为潇洒帅气，去当兵的时候又正好二十来岁，正值青春焕发的年华。到了部队后被选为首长的勤务兵，每天鞍前马后地服侍首长。抗越自卫还击战役之后，部队回到大本营，也就没有了战时的残酷与紧张。首长正好有一个女儿到了谈婚论嫁的年龄，看着苏光六做事扎实，为人忠诚，家里兄弟又多，就准备把女儿嫁给他，想他留下来以后也可以养老送终。哪知道苏光六知道这个消息后，坚决推辞，后来就是首长推荐他去军校学习，他都特意借故不去。直到复员的时候他才向战友说起原因，原来首长的女儿长得虽也算标致，但是比一般人黑很多。他年轻气盛，哪里会为自己的将来打小算盘，想着以后每天都要面对这个黑黢黢的女人，心里就难过，自然不能为了将来的好日子勉强过一辈子。所以后来百万大裁军的命令一下达，他便申请第一批复员回到了家。回家后，一切并不像他想象的那么好。这时候，他的几个哥哥均已成家立业，生儿育女，家里能够用的房子全部住上了。起先，他一个二十五六岁的男子汉只能和他70多岁的奶奶挤住在一起，后来家里才腾出一间房子给他。没有房子，要娶妻结婚何其之难。他最后入赘到邻近的包家冲王家为婿，生下了两个女儿，一个王敏，一个苏荡，后来都嫁到了长沙西站附近。他的封建思想比较严重，总想着生个儿子，可是政策上又不允许，一直处于郁郁寡欢之中，始终不称心如意，常常与酒为伴。直到60岁以后，看着女儿、女婿孝顺懂事，感受到了女儿"小棉袄"的温暖，才心情渐渐好了起来。

2. 父母与亲人

1985年7月，81岁的周华贞突然身上浮肿，脚肿得连鞋子也穿不进去。家里人寻医问药都不见效果，只能寄希望于神仙菩萨，吃一些庙里的签方或土单方，像冬瓜皮煮瘦肉这样的方子也用上了。不过回天乏术，周华贞还是卧床不起，永远离开了她深爱着的儿孙们。

苏文交现在更爱喝酒了，孙子们都直接称呼他为"酒公公"。他从来不发怒，也不打人，欣然接受了这个并不很文雅的称呼。说到喝酒他有两件传家宝，一个与众不同的特点。一件是盛酒的酒壶。那时候酒的品牌不像现在这么多，大部分商店卖散装白酒。"酒公公"有一只硬塑料的酒壶，说是酒壶其实是水壶，只是他专门用来打酒喝。虽然塑料壶装酒怕有化学反应不好，但是对他来讲，这一点可以忽略不计。因为酒在壶里装着绝对不会超过一天就被他喝完了。他经常要自己的孙儿孙女去帮他打酒，有时候也会给他们一两分钱买点儿糖果。另一件与酒有关的宝贝是热酒壶。铜做的一把带嘴带盖的酒壶，一次可以热半斤酒的样子。大冷天的时候，山里人烧柴火取暖。喜欢喝酒的他便用壶装点儿酒放在火炉边煨着，热酒喝起来进口要好很多，也暖胃。

他喝酒与众不同的特点就是醉酒后喜欢唱戏。"酒公公"苏文交在外人看来几乎是没有缺点的人，他30岁时死了妻子，一直到1997年农历十月三十日68岁时去世都没有再娶，但乡间从来没有听闻他和哪个女的传绯闻。他不打牌，也不喜欢出去闲逛，甚至亲戚家也很少去走动。平常自己种点儿辣椒、茴香卖了后留作买酒钱，也不给儿子添麻烦。母亲周华贞去世之后，他的几个儿子均已成家。他就自己一个人做菜吃饭，直到65岁之后才在苏光楚、苏光铁两个儿子家吃轮工。他平时话不多，没事的时候喜欢一个人坐在大门口晒晒太阳。看着经过的孙子孙女就会主动地笑一笑，有时你不喊他他就会喊你一声。只有在醉酒后，他便十分疯狂，大声说话，大声唱戏，甚至还会说一些儿女的不是，与平时判若两人。不过第二天醒来之后，他又恢复了原样。你问他昨天说了什么，他就会说什么也不记得了。也不知道真不记得，还是不好意思，无可奈何，假装着不记得。

他对孙儿孙女总是特别好的，有什么好吃的会留着给孩子们吃。小时候苏启平带着弟弟妹妹读书经过小洞的小吃店，很多次遇到在那里买酒喝酒的"酒公公"。店里的乡亲看到他有点酒意，就会笑话他应该给孩子们买点吃的。他每次都会从内衣袋子里掏出钱，买点好吃的——分给孩子们。他心地善良，为人大方，当场如果还有别家的孩子在场他便会多买一点儿，每个孩子都分一点儿。

苏光楚像他的母亲，身材高大，面容和善，在外面人脉关系越来越好。虽然是偷学的基建手艺，但是技术却比一般的人要高超。因此得以在湖南省粮食物资储备局五七九处做了点儿零星维修，也认识了里面几个干部。后来受他们照顾很多，不过他为人正直，实事求是，虽然凭着勤苦耐劳赚到了一点儿小钱，不过一直没有大富大贵。在几个兄弟中他的经济状况算是好的，他除了养育三个子女，也经常帮助他的兄弟，对他的侄女侄儿们关爱有加。苏启平去长沙读大学的时候，正好苏光楚一家都在长沙城里东塘工作。伯母在一个招待所门口开了个小南杂店，伯父苏光楚在那里带班做维修。他跟着伯母邓玉英坐公交车去的长沙，上学的第一天伯父苏光楚又亲自送他去了学校。办完手续后，苏光楚特意请侄儿在洪山桥外面的小吃店吃了一顿饭，点了一条鱼，寓意连年有余，顺顺利利。

苏光楚的两个女儿是整个苏家兄弟姐妹中年龄最大的。1980年，他们夫妇终于生了个男孩苏启亮，圆了他们的儿子梦。苏启亮与曾丽结婚后生下了苏俊杰。这个名字大家都觉得有点别扭，是因为上两代有个苏

△作者居住地。1984 年从苏家宅院迁出（距离大屋 100 米），2001 年重建

达赏，就被当地人称为俊克先生。不过苏光楚觉得好，或许他就希望他的孙子像他的伯祖父一样文采飞扬，聪明有为。苏启亮与曾丽都是有个性的人，生孩子后经常为这为那磕磕碰碰，最后离了婚，分了手。苏俊杰便基本由爷爷奶奶带在身边。说来巧的是，苏启亮后来与彭辉结婚了。彭辉是汤送粮妹妹的女儿，苏启平、苏启权兄弟的姨表妹，算得上亲上加亲。不过苏启亮与彭辉之间没有血缘关系，对结婚没有什么影响，也不影响生育。2020 年，彭辉为苏启亮添了个女儿苏沐妍，取了个小名"小花"，全家就像爱护花朵一样的爱护着这个可爱的孩子。

苏光铁，喜欢蓄点八字须，当地人都喜欢叫他"铁胡子"。按照他自己的说法，如果不是按照辈分来取名，他应该叫作"苏钢铁"。他的脾气性格真像"钢铁"一样，这一点儿子苏启平是领受了的。小时候犯了什么错误，苏光铁对他和弟弟苏启权肯定有一顿狠打，打还不可怕，可怕的是不能哭，也不能跑。他的"钢铁"性格更多地体现在面对困难与疾病上。他与汤送粮结婚后不久，陆续生了两个儿子，这让他又喜又忧。喜的是传宗接代，后继有人；忧的是男娃娶亲，负担太重，眼前的困难就是住房问题。他们在老房子里只分到了两间房子，一间正房做了卧室，一间杂屋做了厨房。在老宅基地建房是不可能的事，只能在附近另外选择地方。

苏光铁请地仙"花牛皮"，左挑右选，准备把房子建在苏家老屋往冲口方向 100 米的一个小山铺。这里原本是呈梯田形状的几块菜土，"花牛皮"在最上面靠近杉树山的两块土地上放了线，定了桩，就算选址。按照他的说法，鄯官冲里最好的吉宅地是苏家老屋，现在这个地方如果按照他的来做，绝对不亚于苏家老宅那块地。他称左边的小山坡为"青龙"，嘱咐建房子取土的时候不能挖掉。右边的山他称为"白虎"，觉得现在树木还是稀疏了一点儿，应该在建好房子后种植一些稠密的树木。前面填土，几块菜地都被覆盖了，门前就有了一个不大不小的晒谷坪。河流正好在房屋的对面转了个弯又向远方流去。从天空俯视，河流正好像八卦图上平分阴阳的线条，而现在建房子这个地方有点像那个点。"花牛皮"多次说到屋对面的河流转弯处，要是一个水塘最好，现在正有个灌溉的蓄水池，也算弥补了其中的缺陷。

1984 年春，新的宅基地选定之后，苏光铁便开始用泥土筑墙建房子。

建房子中的情况并不像"花牛皮"说得这块地有那么好，而是充满着艰辛与困难。房子快建完的时候，檩子树都放好了，只等第二天边钉椽条，边盖瓦片。不料凌晨一点左右大雨倾盆，原本已经建好的"墙垛子"都垮掉了。本来经济情况就不好的家庭因为建房已经一贫如洗，现在又出现了这样的情况，全家真的是欲哭无泪。汤送粮于是回到娘家向亲戚朋友借钱，不料借来钱的晚上去下边柳广场里看电影，又在露天电影场把钱弄丢了。"屋漏偏遭连夜雨"。这时候，平时爱面子的苏光铁咬着牙关，一个一个地上门承诺一定及时兑付工钱，请来工匠重修房子。大家看着他家的情况，感受到他的决心，又看着左邻右舍的情面，花了一个多月，才帮助他把房子建好了。

他是小洞苏家宅院一百多年来第一个搬出去新建房子的子孙，后来随着分家到户，兄弟间也开始陆续建造自己的房屋了。一直到2012年苏光元家最后建房，苏家宅院完成了他第三次重建，自此建筑格局有了很大的改变。一改以前大家庭的庭院式结构，变成了各自成栋的小洋房。苏光良与苏光楚两家的小洋楼按照苏家宅院以前朝向，一前一后占据了老的宅基地，苏光元家后一点建房子，本想与苏光楚的房子并排而坐，却因为占地不够，只好改变朝向，房子背靠苏光楚家房子右侧，朝向西南。房子的变化与社会的变化息息相关，封建社会家族式的管理再也回不去了，代之的是以父母子女直系关系为主的户籍管理。自此苏家兄弟各自分家，克服困难，朝着自己美好的生活奔去。

苏光铁家2001年在原址拆房建了两层楼的红砖房，2008年在浏阳市经开区柳冲路建了四层楼的砖混结构楼房。算上 1984 年的第一次建房，他的手中一共建了三次房。每一次都是他顶着巨大的经济压力，克服困难才得以建成。可以说，没有他那钢铁般的性格与钢铁般的肩膀就没有崭新的三栋房子，也没有他们家的美好未来与明天。

苏光铁的钢铁性格还表现在对疾病的态度。2014 年 9 月，他首先感觉喉咙不舒服，看遍了浏阳当地医院，以为是喉咙发炎之类的消化道疾病。后来去湖南省中医药大学附属第一医院做了 CT 检查才发现是气管上长了一个瘤子。瘤子长的位置很是怪异，在两片肺中间交汇的气管中间壁上。瘤子长的速度飞快，渐渐影响了呼吸。国庆节前做了介入手术，但是过了国庆节又长得塞满了气管，严重影响了呼吸。他白天跟着儿子们去医院做这样那样的检查，晚上躺在急诊室的病危患者病床上不断地咳嗽，想想那是需要很大的毅力才能坚持下来的事情。可是他对儿子和老婆却没有半句的怨言。最后长沙医院束手无策，只能到当地医院打点儿消炎药水，期待着奇迹。

儿子苏启平、苏启权倚在病床前，对不能帮他治好病表示歉意，问他还有什么遗憾和需要交代的事情。他半个字半个字地说道，不怪你们，也没有什么牵挂。按照当地人的习俗，老人家去世要回到家里咽气是最好的。他从医院回家的路上，已经精疲力竭，但他一直坚持到了最后。直到在床上，头部躺在儿子苏启平的手上发出了一声长长地叹息，才咽下了最后一口气。那天是 2014 年农历九月三十日的凌晨子时。他也许在叹息人世间的阴晴冷暖，叹息人世间的变化无常吧。

苏光铁的夫人汤送粮心地善良、热情大方、勤劳朴实、任劳任怨，是当地少有的贤惠女性。村上选妇女委员，村民们几次自发提名。只是由于老公苏光铁本身在村上做会计，不能一家两人都进村支两委，才没有选上去。她最主要的特点就是勤俭节约。每天从早到晚干活，干完家里的，就干外面的。除了一家人的洗衣做饭全包，她还砍柴、挖土、种菜、种田。平时不讲究吃不讲究穿，一碗菜可以从早晨吃到晚饭，一件衣服可以从30岁穿到40岁。

她对两个儿子甚是关心。1989年冬天，苏启平和妈妈汤送粮第一次挑柴去清水村食品站附近卖。苏启平挑了二十斤的样子，汤送粮挑了八十多斤。两人一大早出发，走在冰冻了的泥巴路上，苏启平是第一次挑柴出去卖。首先感觉二十斤很轻，可是越挑就越觉得重，越重就越觉得要休息，越休息就越觉得累。汤送粮便一个人加快了脚步，先自己挑到前面，放在路上。自己又走回来，帮儿子挑。这样来来回回四五趟，他们才一起走完了十多里山路，把柴挑到了目的地。苏启平的二十斤柴在路上停停歇歇，只剩下了十九斤，得了五毛七分钱。汤送粮大大地表扬了儿子一番，把五角钱收起来给他留着上学，七分钱买了几个包子给他吃。汤送粮自己却什么也没有吃，只在路上一个熟悉的人家喝了一碗茶水。这样的事情对于她来讲是家常便饭。

读高中的时候，苏启平每年暑假也跟着父母一起去长沙县江背那边包工扮禾，就是几个人一起帮别人家收割稻子。苏启平虽然有十七八岁的年龄，但是相对于农村主劳动力还是弱了一点，一般只按女劳动力发工资。每次割稻子的时候汤送粮都会帮着儿子一起多割一会儿。汤送粮做事是最怕别人说闲话的，因为儿子做事孬一点儿，怕一起去的人有意见，早晨她会早一点儿起床先去做事。等到大家出工的时候，就会发现昨天还站立在田中的稻子已经被放倒了一大片，大家就会笑她昨天晚上没有睡觉，偷着来做事了。这个时候苏启平往往会说他妈妈蠢，她却一笑了之，也不争辩，第二天还是这样做了。正因为这样，同村的人最喜欢的就是和她一起做事，总能偷点儿懒。鄢官冲的人家里有什么事情，也都喜欢请她去帮忙。另外一件事情也是苏启平永远不能忘怀的。读大学的时候，家里还很贫穷。每年靠养猪卖了钱交学费，平时每月的零用钱几乎没有。她便再三节俭，每月省下两块钱，每次儿子回家的时候额外拿给孩子做零用。

苏光元、苏光良过继给苏文坤与苏文会之后，便随着他们一起生活，过着平常的日子。1985年周发贞去世之后，两个儿子苏文坤、苏文会也于20世纪80年代相继去世。按照当地习俗，苏光元、苏光良两兄弟带着家人披麻戴孝，做了道场后再将老人送上山埋葬，尽了人子之责。苏光元与夫人王元中生育了两个女儿苏美玲、苏美翠，一个儿子苏启标，一家人融洽和睦，过上了小康生活。有点美中不足的是，大女儿苏美玲因为患病，十多岁的时候夭折了，让他们全家十分伤心。苏启标与浏阳小河乡的刘家柳结合，生下了苏俊波。

苏光良与夫人黄茶中生育了一个儿子苏启来，三个女儿芳丽、美丽、有丽，日子过得有声有色。苏启来是堂兄弟中年龄最小的，后来认识了贵州的刘诗翠，结婚后生下了苏俊鑫、苏俊豪两个男孩。

3. 我和我弟弟

苏启平，其实就是我自己。"粿邨先生"苏先鉴的玄孙，"洞大王"苏达鑫的曾孙，"酒公公"苏文交的孙子，"铁胡子"苏光铁的儿子。再远一点儿就是苏裕伯的第二十一世孙，团总苏学辙的第六世孙。

父亲与母亲生育了我和弟弟苏启权两个。弟弟启权最大的优点就是勤快，父亲过世之后，家里的事情我从来不要管，每次周末回家我基本不要做任何事情，就有好吃的好玩的。最大的缺点就是脾气大，小时候兄弟打架，他一发脾气手中有什么就拿什么打我，有一次手中正拿着一把锄头，一生气就要朝我扔过来，好在我知道他性格，急忙跑开，才活到了现在。他的妻子叫谷娇喜，来自耒阳，是一个勤快贤惠的姑娘。他们两个在一起，虽是缘分，说

△作者与弟弟苏启权参加清明祭祖暨入浏始祖环六公诞辰800周年庆典（2016年4月5日）

来却也还有点我的功劳。那是我在湖南师范大学读教育硕士的时候，有一次开出租车的田反修师傅正好顺路来接我。他就说起晚上还要带个年轻小伙去小谷家和她侄女相亲。小谷是我原来学校同事的老婆，他们家就住在我住的房子对面。我听说了就跟他讲，可以让我弟弟去看看。田师傅也认识我弟弟，觉得这个提议好。过了几天，我们约了弟弟来学校，我老婆就带他去看了一眼。没想到两人就此好上了，结婚后两人情投意合，生下了苏俊未。后来国家放开二胎政策，正好他们从长沙开店返乡，准备在家乡重新创业。结果创业还没有完成，先播种了二胎的种子，他们索性住到了小洞的老房子，生育了二儿子苏俊阳。

苏启权最大的遗憾是没有读多少书。初中毕业后，正好在村里扶贫的干部里有个高级畜牧师刘国正，他就跟着刘师傅学了畜牧专业，还拿了个农函大的文凭。后来在刘师傅儿子办的浏阳穗港养殖场工作了两年。1998年春节，我们的叔祖父苏灿元从珠海回到了老家，经过他一番劝说，苏启权就放弃了养殖场的工作，去了沿海打工。不过沿海的情况并不像苏灿元所说的那样美好，苏启权在那边找了很久也没有找到合适的工作，待了几个月之后又回到了长沙。堂姐夫丁云昌，是苏艳辉的丈夫，也是修理手机的师傅。他们一家和苏启亮都在长沙开店销售维修手机，苏启权没有其他工作，便跟着丁云昌学习修理手机。当时正兴起使用手机，手机品牌多，换代更新快，销售维修都有一定的利润空间。苏启权学成手机维修后，便在长沙汽车西站找了一家手机销售店搞合作维修。所谓合作维修就是在销售店里找个地方作为维修柜台，维修的收入与老板五五分成。老板是个老长沙，为人特别豪爽，看着苏启权老实忠厚，两人相互理解信任，倒也合作得愉快。过了两年，苏启权看着手机销售维修利润比以前想象中的还大，也想着自己开个店子。他的这个主意得到了父亲苏光铁与我的支持，我们一起出主意，想办法筹措资金帮助他在长沙汽车西站西边街道租了一个小门面。

苏启权给自己的店取名西站通讯，虽然是个小店，但是利润还是不错。不过店东家不是个善茬，他看着店子经营得好，便每年成倍地增加房租。几年后又赶上二楼到五楼的小旅馆经营不善，店老板便以不租整栋房子就不准他租一楼施压，半哄骗半强迫地逼着苏启权把整栋房子租了下来。苏启权便一楼做手机销售维修，二楼以上做家庭旅馆，又接着经营了几年。随着手机利润下降，住宿生意竞争大，整个店几乎难以维持不亏本。苏启权便于2013年回浏阳经开区发展，通过朋友介绍进入浏阳经开区水务公司做了临时工。

我1999年长沙大学人文系大专毕业之后分配到了浏阳市枨冲中学任教初一语文与初一地理。2000年参加浏阳六中的招聘考试到那里任教高一语文，担任了团委书记兼班主任。其实那是我第二次去六中应聘了，第一次是1999年刚毕业的时候，只是那次考试不好，试教也一般，所以没有被聘上。在六中我遇到了我的夫人黄芙英，认识后一两年我们就结婚了。对我来讲，完成工作是个不难的事情，一直得心应手。教了十多年书，主持过省级教育规划课题，发表过各级论文。2009年晋升高级教师。2014年8月任九中校长，2015年高考九中评价全市第一。2015年10月任六中校长，2016 年主办了六中六十周年校庆。出版了《好班主任是这样炼成的》《高中语文技法指要与阅读赏析》《教育是一场诗意的修行》。其中，《教育是一场诗意的修行》被评为中国教育新闻网 2018 年影响教师的 100 本书。2018 年参加公开选拔，去浏阳市教育局做了副局长。

经营家庭是个不容易的事。好在夫人黄芙英虽然言辞不多，但为人勤快，细致体贴，日子过得还算熨帖。大女儿苏雅钰由于出生的时候缺氧，造成了脑细胞损失，形成了智力障碍。国家对于头胎这样的情况，在当时二胎还没有放开的情况下允许我们生育二胎，2014 年我们生育了二女儿苏奕好，孩子算不上才华出众，但也懂事，善良。

我最大的爱好是阅读。小时候，读物很少，我便千方百计从当地乡亲手中借来《西游记》《杨家将》之类的连环画和《隋唐演义》《林海雪原》之类的小说。其中很多字不认识，只好囫囵吞枣，一目十行。这既养成了我快速阅读的习惯，也留下了以后读书不精细的毛病。上高中后，读本已经不是问题，我便如饥似渴地投入阅读之中，眼睛读近视了，脊椎也有点变了形。甚至有一段时间惜书如命，对借我书籍不按时归还的人我都"恨之入骨"。

写作应该是我的另外一个爱好。前几年搬家整理过去的资料，竟然还翻出了小学毕业时我的一本手抄诗集，里面收录了我小学时期写作的新诗，旧体诗就有 20 多首。虽然今天看来，那些诗歌既不合格律，又幼稚可笑，但这也恰恰说明了小时候我是多么的喜爱写作。准确地讲，我 9 岁就开始写作诗歌，尽管那时候还对诗歌丝毫不懂。现在我能找到的最早的新诗应该是 12 岁时候写作的《小草的心》。

我出生于农家，又生活在山村，亲朋好友中没有擅长写作的指导者与引领者。这种写诗的冲动完全是自发的，因条件的限制没有得到有效引导，初中的时候我基本没有留下任何作品。高中，我这种爱好写作的冲动再次涌现，并且比以往任何时候来得更加强烈。现在想来，这主要是因为当时教材中学习到了一些新诗，受这些新诗的影响，有了创作的激情。当然这也与自己处于青春期，情感丰富，内心活泼有着很大的关系。因此我创作了一系列以爱情为主题的诗歌，并且开始向报刊投稿，参加各类征文比赛。1995 年，我在《浏阳日报》副刊发表了我的第一首诗《梧桐·牵牛花》，另外《枕间思绪》参加湖北省作协举行的黄鹤杯情爱诗歌大赛获得了二等奖。从此我爱上了诗歌创作，走上了文学创作的道路。

2011 年，我出版了我的第一本散文诗集《阁楼上的樵歌》，并获得了叶圣陶教师文学奖专著提名奖。11 月 28 日我加入了湖南省作家协会。2014 年，我出版了我的第二本散文诗集《回不去的故乡》，值得一提的是这本书我送给了时任浏阳市市委副书记的吴震先生。他对于我爱好写作给予了高度赞扬，并且在有几百人参加的高中教育工作会议上把我散文诗《老屋》一章的后半部分当场背诵了出来。吴震先生是我尊敬的领导与长辈，但之前并没有什么私下的交往，他无私的提携与肯定给了我持久写作莫大的鼓励与信心。说来凑巧，《老屋》也成为目前为止我最受关注的一章散文诗。它 2013 年首发《伊犁晚报》，后被收入我的散文诗集《回不去的故乡》。2015 年先是被湖南诗歌学会会刊献礼卷《诗歌世界》选发，再被推荐发表于《诗潮》第 8 期。并入选中国诗歌万里行"首届诗经奖 100 首"，10 月中国诗歌学会官方微信再次推荐，最终被选入大学教材《中国报纸副刊史》。2014 年 6 月，我加入了中国诗歌学会。2015 年 10 月，我参加了毛泽东文学院第十四期中青年作家班学习。2016 年 11 月，我参加了鲁迅文学院湖南诗歌班学习。

《浏阳河畔的乡愁》是我的第三本散文诗集，入选 2015 年长沙市文艺创作重点扶持项目，从而受到长沙市文联的资助，2016 年 3 月由万卷公司出版。写这本书的原因是四个字：热爱，感恩！热爱祖国，热爱浏阳；感恩故乡，感恩亲友。参加工作以来，路走得比较艰难，生活也不尽完美，但面对生我养我的土地，我心怀感激，充满热爱。一个写作者，除了用粗陋而自恋的文字去记录故乡，还能做点儿什么。于是，我尝试用散文诗这种特定的体裁，对浏阳河畔及主要支流附近的景点特产，名胜古迹进行另类视角描写。这本书应该是我市也是我国第一部用散文诗形式推介地方文化的文学作品。本意是力图通过诗化的语言，向读者展示秀山丽水，风土人情，历史古韵，现代气息；使读者感受浓郁的乡愁，以及祖国山河的壮丽，历史文化的悠久，精神底蕴的深厚；从而生发热爱家乡，热爱祖国，热爱人民，热爱生活的情感。确切地说，这是一本献给故乡的书！

2018 年，我获得了第十二届中国散文诗天马奖。这是一个小奖，但是作为写散文诗的我来讲，十分看重，因此十分高兴。2019 年和 2020 年应该是我写作的一个小高峰期。我的作品在更多更大的报刊发表，产生了更大影响。2019 年 10 月，我参加了在宁夏石嘴山举行的第十九届中国散文诗笔会。后又被选为湖南省作家协会教师作家分会副主席，湖南省诗歌学会散文诗分会副会长。2020 年 9 月，我又参加了《星星诗刊》在广西黄姚举行的第三届青年散文诗笔会。这些沉甸甸的荣誉，这些对于写作者来说终生为之梦寐以求的笔会给了我巨大的鼓舞与信心。2020 年 8 月 20 日，我加入了中国作家协会。9 月，我出版了第四本散文诗集《校园里的温情》。对关心支持我的每一个人，我感激涕零。

我最值得骄傲的事情，还是我是苏武、苏轼的后代。虽然我看过一篇文章，说是任何人到第十代，可以有五百户说是他的后代。意思也就是说遗传到了很多代之后影响是细小的，甚至微不足道的。何况按照族谱推算，我已经是苏武的六十三世孙，苏轼的三十世孙，那这当中又有多少基因的传承与影响，不得而知。我不计较这些，也不在乎这些，我在乎的是苏武的执着忠勇，在乎的是苏轼的豁达忠诚。我只希望我和我的家人，我们的子孙后代能够从这些先辈的身上学习到一点点优点，让这些优秀的家风永远传承下去。如果说还有什么格外的期盼，那就是我也希望我们的子孙后代能遗传到祖先那优秀的独特的基因，哪怕是一亿分之一也好，那样我们或许能更好地做好自己，不辱先人。

4. 小洞那些事

6 岁以前的事情，能够记起来的不多。印象最深刻的是学校，小洞小学。

我从小喜欢读书，没有上学的时候，就经常跟着堂姐苏艳红去学校玩。学校建在郭家冲的一个小山坡上，距离我家约有三里路。1949年新中国成立时我们村还没有学校，孩子们上学必须走十多里山路去洞阳集市的洞阳小学。1956年，为了方便孩子入学，方才在包公庙里凑成了简易学堂。1960年择址孙家冲建了三间房子作为小学，过了几年又不能满足村上孩子就学的需求，后来1973年就搬迁到现在这个地方。学校房子呈四合院排列，说是四合院，实际上只有三面，靠北面是单独的厕所。三间教室在东边，南面是校门与老师办公的地方，西边是厨房。姐姐在教室上课，我就在学校门口前的草坪与山坡上独自玩耍。下课的时候姐姐会出来看看我，有时候还会把她同学带来吃的零食分一点儿给我。

　　1984年9月，年满6周岁的我进入了一年级。当年我家正好从苏家大屋搬出来，在老屋右手边五十米的山铺里单独建房子。开学的时候，房子建好了，读书的学费却没有着落。外公原来在洞阳公社上班，便出面去学校打招呼，让老师同意我迟一点儿交学费，早点儿发书。

　　第一天报到便是数数。苏罗生老师坐在讲台上，全班二十多个同学轮流上讲台。十根粉笔，我数到"3"就忘记了。坐回座位，等到下一轮，上去数到"3"又忘记了。这次老师提醒了一下，我便把后面的数字全部记起来了。我便这样开始了我的小学生活，像一条鱼儿从小溪游进江河，尽情地舒展自己的身体，朝着更远更大的地方前进。

　　小学读书的事记不起多少，倒是与小伙伴们的游戏至今历历在目。我们一起叠罗汉、骑马打架、滚铁环、打纸板……打野仗是我最喜欢的事情了。校门口右手边有片竹林，每年到了春天就会冒出很多竹笋。笋子长大后成了竹子，笋壳便零落一地。我们用笋壳做成驳壳玩具枪，当作打战的武器。几个伙伴分成两组，一组当解放军，一组扮演敌人，中午的时候便顺着学校旁边的山冈到处追跑。一阵阵欢声笑语从山中的树林飘了出来，整个学校附近都是一片欢乐的海洋。

六年级的时候，学校准备在北面新建大礼堂。这对我们来说是个十分激动的消息。为了弥补资金不足，学校要求每位学生上交可以用来做混凝土的碎石若干斤。这种石头硬度要求高，只能是青石子或者花岗岩。很长一段时间，溪流、路边、山里，都留下了我和小朋友们捡石头的足迹。不过等到大礼堂建成，我已经小学毕业。后来回去学校几次，只有一次礼堂开了门，我得以进去看了看。站在宽敞明亮的大礼堂，想着自己曾经用稚嫩的手掌，为这雄伟的建筑贡献过一点力量，就有一种莫名的自豪感涌上心头。

小学时候还有一个印象深刻的就是屋檐下的冰凌。小洞村的平均海拔在 300 多米，最高峰白石尖海拔有 778.3 米，因此整个村里气温比村外通常要低三到四度。冬天下雪的时候，积雪也比山村外要厚很多。即便雪后经过了几个大晴天，远远望去，白石尖依然是一片白色，闪闪发光。那时候山村两层的楼房几乎没有，大部分人家的房屋不高，长短不一的冰凌挂在屋檐下，我们一伸手就可以抓到。小孩不怕冷，我们经常拿着长长的冰凌当刀剑玩耍。嘴馋的小朋友，还会把它放在嘴中吸吮，过一把冬天吃冰棒的瘾。

那时候，山村的道路还没有硬化，早晨起来，路上的泥巴结了一层白色的冰。上学路上，我们就特意去踩那些结冰的地方，享受由此发出的咯吱咯吱的响声。路上有坡的地方比较滑，父亲因此会要我在解放鞋底系一根草绳防止滑倒。山村的路大部分一边临崖，一边靠山。冰冻的天气，石头、泥土，凡是有点水分的东西都结冰，等到太阳出来后才一一解冻。走在路上，只听见到处是窸窸窣窣的声响，不时脚下还会从山坡滚过来一块石头或者脖子里钻进几粒从树上掉下的小冰块。父母会交代我们走路不要走两边，要走中间。靠山的那边怕石头泥巴与树枝掉下来砸人，临崖的那边怕发生塌陷，不小心摔下去。那时候还没有通汽车，山村自行车都很少，走中间自然是最安全的。

小学期间，山村发生了很大的变化，有两件大事印象最深。一件是通路，一件是通电。

山村名叫小洞，据说是因为这里洞阳山风景秀丽、又有历史悠久的隐真观，曾被隋炀帝敕封为道教三十六洞天的第二十四小洞天。我倒觉得小洞顾名思义，头顶蓝天，四周青山，中间宛如一个洞穴。桥下组一带是洞的中央，顺着起伏的山冈，又有很多条小道与山冲相连。我所居住的鄱官冲算是其中一条比较开阔的冲，这样的冲一共有48条之多。小洞与外面相连只有两条羊肠小道。一条从古官道洞阳铺沿着洞阳山，经观前，龙头坑到桥下组。一条经古官道枫浆铺到生基岭，再经赖家屋、汤家垄，过沸子岭到村里。随着社会的进步，道路成为制约小洞发展的关键因素。现有的道路，不说走摩托车、汽车，就是自行车行走在中间都难以顺畅。修路成为山村重大的选择与急需提上日程的事情。

1985 年，在政府提出的"通车、通电、通电话"目标下，山村克服重重困难，开始动工修路。村里贫穷，修路缺少资金，只能按照每户的人头折合成工时数，有钱的出钱，没钱的出力。不仅如此，修路的工具，比如，锄头、撮箕、扁担也需要自己带过去。小孩不懂大人的艰辛，只记得父母经常要起早摸黑去出工，至于如何劳累就不得而知了。不过作为不到 8 岁的小孩，我的记忆里满是 1986 年 10 月 10 日通路时的情景。

那天，我们很早就去了学校。学校上午不上课，安排我们系着红领巾站在村里供销社前坪观看车队。说好 9 点到的车队，过了 10 点也没看见来。那时候学校管理没有现在严格，通路通车又是个新事物，老师也不怎么管我们。一些男孩子开始有点按捺不住内心的兴奋，偷偷往车辆来的方向一路跑了过去。我起先害怕老师批评，规规矩矩地站在队伍里不敢动。后来看着身边的同学走得差不多了，也跟着大队伍后面一路疾跑，转过一个弯，没听见背后有人喊我们停住，方才放下心来。

宽敞的道路，路面、山边裸露着新鲜的黄泥，给人眼前一亮，内心喜悦的感觉。小洞没有修公路之前，距离外面最近的公路也有 8 公里，因此大部分小孩从来没有见过汽车。现在通车了，自然迫切地想知道只在书上看过的汽车，现实中到底是个什么样子。我们顺着公路一路往外走，过了龙头坑，到了"观音坐莲"。"观音坐莲"是一座山峰，很突兀，耸立在峡谷中间，山顶上有一块巨大的白石。这座山峰周边又围着很多座山，山峰相连远远地看像莲花花瓣。或许是受了观前隐真观的影响，家乡很多地名都与神佛有关，这座山峰便被叫作"观音坐莲"。这个地方是观前村与小洞村的分界点，地势有点高。公路到了这里，从观前方向过来要爬一个又长又陡的坡。

一群小男孩，大的十一二岁，小的七八岁。从集合的地方到这里有三四里路，小脚已经走得有点痛，便停止前进，准备在这里登高眺远，看看汽车到了哪里。我们从公路边上新挖的土上踏过，顺着山脊爬上了山顶那块大石头。远处观前垄中的公路蜿蜒曲折，像一条巨龙盘旋在稻田之中。"车来了！车来了！"看着几个黑色的影子在路上缓缓移动，我们几个小孩在石头上欢呼雀跃。车辆过了垄中，转到山脚下，我们踮起脚尖也看不到了。过了五六分钟，我们便可以听见车辆的发动机响声。一辆黑色的桑塔纳走前面，后面是三台绿色的吉普车，车上坐满了人，估计是参加通车典礼的领导。后面是几辆大卡车，车上装满了各部门送给农户的肥料。

我们急匆匆地跑下山，跟上车队，胆子大的孩子开始去爬货车，想体验第一次坐车的感觉。爬车是一个很危险的事情，好在卡车载重，一路又是上坡，速度比较缓慢，一群人拉的拉，爬的爬，最后只剩下我和两三个胆子小的没有爬上去。我们跟着跑了一阵，没有了力气就停下来慢慢走，远远看着汽车在我们前面转弯的地方消失，心里油然而生一种莫名的失落感。

我们回到供销社前坪的时候，通车典礼已经结束。汽车仍然依次排在路上，像一只一只绿色的甲壳虫，怎么看怎么可爱。我外婆家在枫浆

△小洞村全貌

桥集镇，逢年过节走亲戚总能看到几次汽车。但是坐汽车几乎没有，看着停在这里的大卡车，也忍不住想爬上去玩一玩。我个头小，用脚踩在轮胎上，花了很大的力气才可以爬上车厢。下车的时候我的脚怎么也不够到达踏脚的车厢边沿，好在有几个个头高的同学在下面接应，我才下来了。

1989年10月4日，我们村通电了。那晚，村里早早就通知说晚上7点会准时来电，要大家注意打开开关并注意安全。不过，到了晚上7点并没有来电，我和弟弟像往常一样点了煤油灯盏，开始做作业。大约到了8点半的样子，突然来电了，电灯把房间的每个角落都照得通明透亮。我和弟弟把家里所有的电灯都拉亮了，整栋房子好像是一个巨大的灯泡，照亮了房屋周围，连板栗树上的鸟窝都可以看得一清二楚。父母看着我和弟弟兴奋地叫喊，也感到比较高兴，脸上露出了笑容。家里的鸡鸭突然看到灯光，以为是天亮了，就在屋檐下叫着、追着，仿佛也在为山村通电相互庆祝。狗盯着地上来回晃动的影子，不时发出一两声叫声。煤油灯盏在明亮的房屋里依旧亮着，风吹着火焰左右摇摆，仿佛要与电灯一较高低，不过最终都是徒劳，整个房子都是电灯的光。满满的光塞满了整个房子，也照亮了我心中的每一个角落，我感觉前面道路一片光明，任我走到哪里亮到了哪里。

　　一阵惊喜过后，我们一家人开始安静地坐在灯光下，各干各的事情。妈妈织毛衣，我和弟弟做作业。爸爸看着电灯已经稳定，便吹灭了煤油灯，自己一个人去村里溜达去。通电后不久，我和妈妈因为用电的问题发生了争论。妈妈一直勤劳持家，精打细算，每天看着家里的电表呼呼转动，心里就比较慌，觉得这样下去，电费肯定是个大开支。她想想孩子读书需要学费，冬夏又要添置衣服，过年还要走亲戚送礼，便决定严格限制用电。每天要天快黑才允许开灯，吃完晚饭就催着我和弟弟做作业，等我们上床睡觉，她便关了灯，然后她一个人又拿出煤油灯点上，选茶籽，纳鞋底……每次我看到她这样做，心里就觉得妈妈很愚蠢，很顽固。现在都通电了，为什么还要搬出灯盏，在那昏暗的灯光下做事。妈妈的理由很简单，就是煤油便宜，电费很贵。我却认为煤油也要钱，电费虽然贵一点儿，但是用起来方便呀。每次说起这个事，我总要和妈妈争论几句，然而争论过后她依然用她的煤油灯。大约一年后，妈妈看着电费并没有她想象中贵，电灯比煤油灯用起来也确实方便很多，才真正用起电灯来。

通电后，看电视成为我们最向往的娱乐生活。之前，山村最热闹的时候是放露天电影。每年国庆、中秋一些重大节日，电影队就会带着小发电机，在小学的草坪里放映。吃了晚饭，全村老少全员出动，大人们带着凳子，小孩子把衣服搭在肩上，系在腰间，一路追跑。电影没有开始前，草坪里便人山人海，一片嘈杂。只要等发电机响起，草坪里便慢慢安静下来。等到放映机开始调试镜头时，几百人的观影队伍鸦雀无声，睁大眼睛望着远处两棵树之间的白色大荧幕，生怕错过了正式放映前的加映片。对于山村的人来说，一年能看一两次这样的电影，已是十分满足的事情。记得当时放电影的师傅是洞阳集镇的欧阳仕迟，出于对电影的喜爱与期待。在我们小孩子的心目中，"欧阳仕迟"也成为最熟悉的名字，最受欢迎的人。

1985年，村里桥下组几户人家合伙搞了一个简易的水力发电机。苏炎坤家做塑料生意，经济条件比较好，参与合伙发电，便买了个九英时的电视机。这是我们村上的第一台电视机。晚上收看电视时，人山人海，比看露天电影还热闹。我记得我们放假的时候晚上也去看过几次，正好播放刘松仁版的《萍踪侠影》，生动的剧情，高超的武功让我夜不能寐，以至于白天上课我也想着看电视。水电受水的影响大，电力不很正常，后来我们因为学习紧张也没有怎么去看了。不过我却因此爱上了武侠小说，一直从小学看到初中，直到高三以后才消减了兴趣。那段时间，我几乎看遍了金庸、梁羽生、古龙等作家的作品。

我所居住的鄱官冲是小洞村的第九生产队，后来叫作第九村民小组。

1989 年通电后，家里经济宽裕一点儿的就买了电视机。我们组上的第一台电视是胡树坤家。胡家住在我们组最冲里，也就是最靠近大山脚下。那时候村里通了公路，但我们组上的路还没有通车。从我家去胡家，约有一里路，全部是上坡。狭窄的路两边杂草丛生，有段一百来米的路没有一户人家。但是这些都不足以阻挡孩子们看电视的决心，每到假期，我们堂兄弟几个便会早早吃了晚饭，相约一起去看电视。胡家放电视机的房子不大，每天都挤了满满一屋，不过山里人淳朴好客，主人不仅满面笑容，还不时送上一碗茴香茶，看到搞笑的场景，整栋房子都是笑声。

外婆家住在离洞阳集镇枫浆桥不远的元甲村三毛组，刚换了台新电视机，便准备把旧电视机送给我们。这对我和弟弟来讲，是个天大的喜讯，我们为此几天几夜睡不着觉。两兄弟躺在床上，嘴里谈到的，脑海里想到的全部是电视机的事情。直到大舅舅骑着他的永久牌自行车，把电视机送到了我家，我们的心才安定了下来。我一边激动地盯着翻滚着雪花的电视机屏幕，一边大声指挥着摇天线的弟弟，生怕错过了电视的接收。洞阳镇地处浏阳北部，长沙东部，是距离长沙较近的一个地方，按道理接收效果比较好。可能是大山阻隔信号的缘故，弄了很久，才收到了一个中央电视台、一个湖南经济电视台、一个株洲电视台。虽然只有三个台，但已经很能满足我们对电视节目的贪婪了。妈妈热情好客远近皆知，来我家看电视的人越来越多，我家成了一个小电影院。这让我有机会交往更多不同年龄不同性格的人，也学会了母亲的待人接物与淳朴善良。

"楼上楼下，电灯电话。"这是我们春节玩龙灯"讲龙灯话"里对小康生活的向往。家乡通车通电后，就是通电话。在这之前，我们全村只有村上书记家里有一部黑色的手摇电话机，能直接打到乡政府，再通过乡政府的程控电话打到其他地方。村里要通电话的消息传来时，我正在读高中。沿着电线杆先是竖了一排新的水泥杆，然后架上了线。因为山里路途遥远，成本太高，当时安装一部电话机需要五千块钱。全村先只安装了几部电话机，我们有事需要打电话，要走两三里路去桥下光林商店。后来安装一部价格降到了三千，我们鄱官冲便也有了电话机。再过了一年，电话机开始普及，我们家也安装了一台。至今我还记得我家里的电话号码 0731—3217902。

后来随着通信发展，电话机渐渐被手机所替代，村里又没有几部电话了。2000 年下半年，我买了我的第一台手机诺基亚 5110。诺基亚5110 是诺基亚首款可以换壳的手机，直板不翻盖，有点像前期的大哥大。有趣的是，每次回家乡用手机，由于信号不好，总要爬上家后面的山上才可以用。每年春节，我习惯发短信给亲朋好友拜年。大年三十团圆饭后，我便一个人顺着山间小路，爬上后面的高山，坐在山顶上一一给朋友们发信息，然后等着朋友们又一一回复，生怕错过了一条信息，错过了朋友间的情谊。后来村里在桥下组的山顶与我们冲口黄泥塘的山上分别装上了信号塔，手机使用起来便畅通无阻了。

山村里的交通工具最初只有我们称之为"11 路公共汽车"的双腿。我属于胆子大挺能走的那种人。9 岁的时候，因为爸爸打了我，一个人便负气走了 10 多公里路去了外婆家。爸爸妈妈发动叔叔伯伯以及邻居打着火把

△洞阳水库，原洞阳溪双江口，洞阳铺进入小洞的必经之道

找到晚上9点多，直到我舅舅通过村里那部手摇电话告诉我到了外婆家的信息后才停止了搜寻。第二天，爸爸接我回家后，自然又免不了一顿狠打。

稍后一点儿，自行车便普及开来。逢年过节，爸爸妈妈带着我和弟弟沿着沸子岭的山路，经夏家冲，走到清水小学。小舅舅汤建黄就会骑着自行车在这里接我们。我和弟弟一前一后地坐在自行车上，舅舅载着我们一阵狂奔到外婆家。舅舅是外公的第六个孩子，也是最小的，正好比我大十岁。骑车有点鲁莽，有一次我们在一条水沟边上撞到一块石头，三个人都掉到了水里，弄湿了一身。好在头部没有撞到石头，只是手脚擦破了点皮。高二的时候，爸爸帮我买了一辆凤凰牌轻便自行车。小时候舅舅搭载我和弟弟翻车的事情不时在我脑海里翻滚，时刻提醒着我要注意安全。我每次骑车都小心翼翼，生怕摔跤。吃一堑长一智。就这样骑了几年自行车，我从来没有出过任何问题。

1996 年高中毕业时，摩托车在乡下渐渐多了起来。不过我们家没人能骑摩托车，经济也不宽裕，一直没有买摩托车。我经常和朋友们说，我和我们家是轻轻松松就跨越了摩托车时代，直接进入汽车时代。不过对于摩托车我并不陌生，我在长沙读大学，每个月回家一次。每次回家先是从洪山桥坐 113 路公交车去长沙火车站，然后在那里转 126 路公交车去长沙汽车东站，再乘坐县际班车回洞阳集市。洞阳集市距离我们家还有 8 公里，我一般都是乘坐出租摩托车。摩托车比自行车快了很多，但是也有许多缺陷。天晴路上灰尘多，一路下来，满面泥尘。下雨天，虽有雨衣避雨，但摩托车走得快，斜风细雨，头发、脸颊以及膝盖以下往往都会湿透。尤其是冬天，冰冷刺骨的寒风吹在身上，上车几分钟后便感觉耳朵冻僵，手脚麻木，没有了知觉。

我认识了"伟子""兴哥"等几个摩托车出租司机，并和他们交上了朋友。他们勤劳善良、淳朴随和，无论早晚，只要我租车，都会准时过来送我。而且每次都会少收我一点儿钱，经常给予我很多的关心与鼓励。摩托车出租是个很苦的活儿，我一年到头也只坐几次，都感觉诸多不便，困难重重。他们寒来暑往，几乎每天都起早摸黑，忙碌奔波在洞阳集市的周边。他们的工作十分艰辛，然而他们依然含着笑容，乐观生活。他们的工作在带给我们便利的同时，也传递了很多的能量，激励着我努力前行。

浏阳素有"东盈、南丰、西满、北盛"四大粮仓。我工作的浏阳六中便位于"北盛"粮仓所在地北盛集镇。这里人口众多，良田万顷，集镇十分繁华，在别的地方还是以摩托车出行为主的时候，街上已经有很多面包车、小汽车跑出租了。学校距离我家二十多公里，我一般一个月回一次。因为自己不能骑摩托车，一般都是花点儿钱租面包车。那时候从北盛到洞阳的路是水泥路；从洞阳到洞阳水库的路是油砂路，不过被龙洞运送石灰的车子压得坑坑洼洼；洞阳水库到我家的是黄泥巴山路。面包车行驶在回家的路上，颠簸很大，不过比起露天的摩托车来，避了风雨，还是好了很多。

2006 年，学校掀起了学车买车的浪潮。我也不甘落后，先是加入学车的行列。11 月，我拿到驾驶证后，便想着买台车。买车需要一大笔钱，对于参加工作不久，又刚建房子的我来说，这只能成为一个美好的梦想。2009 年，看着同事们把一辆辆崭新的小汽车开回了家，心里痒痒的，很不是滋味。到了年底，我实在忍不住，就和妻子商量准备买个五六万块钱的小汽车。一个人揣着钱在长沙市中南汽车城转了一圈，正好碰到起亚汽车做活动，可以分期付款。于是用手头的三万六千八做了首付，贷了六万的三年分期款，买了一台崭新的起亚福瑞迪。当时正开始网上选牌照，我便选了尾数带 A 的牌照，感觉挺酷的。自从有了汽车，全家都方便了许多。接送怀孕的老婆，陪着父母走亲戚，和同事一起去游玩，去城里逛街购物……我成了家里的专职司机。有车的日子，真呀真方便！虽然有点辛苦，但是我乐此不疲，乐在其中。每次回家，只要过了洞阳集市，我便会主动把车窗放下来，生怕错过了熟悉的乡亲或者招手搭便车的人。刚买车的几年，我每次回家，一路载客，到了小洞，经常是挤了满满一车人。下车的时候，乡亲们有的大声向我说谢谢，有的用力把车门一关，头也不回地就走了，不过他们脸上都会带着笑容，显得很高兴的样子。那一刻，我也会微微一笑，内心很高兴，尽管我只为乡亲们做了一点点力所能及的事情，但我感觉我是在自觉地回报这片生我养我的土地。

"双抢"是南方农村最累的一段时间。所谓"双抢"，就是每年到了七八月份，既要抢收成熟的一季稻，又要栽种二季稻。大人们起早摸黑的收稻、犁田、插秧，还要趁着空隙晒谷、做饭。小孩子也不能闲着，总有做不完的事情。上小学的时候，家里扮禾，我们就跑腿去拿收割成一把一把的庄稼送到打谷机边给爸爸打谷子。这看上去是个轻松活，既不像妈妈割稻子一样总弓着背，又不像爸爸用很大的力气踩打谷机。但是我们每拿一次庄稼，就要弯一次腰，次数多了，自然也很累。稻草有点锋利，细小的芒不时刺痛我们抱庄稼的小手，一天下来，整个手腕都是红通通的。如果是泥巴田，一会儿我们身上就满是泥泞，走起来就更吃力，到了晚上腰酸腿疼。不过小孩子恢复快，无论当天有多累，只要好好地睡一晚，第二天起来又满血复活，生龙活虎。

最快乐的时候是收完稻子犁田打滚子。一季稻刚刚收过，犁好的田中有很多禾蔸子，为了把泥巴打碎，分布均衡，插秧的时候方便一点儿。犁田师傅便会在犁田耙田后打一次滚子。"滚子"是木头做成的，中间是一个可以像风车一样转动的东西，两边各是一整块木板。"打滚子"时候，牛在前面拉，人就站在那两块木板上，中间像风车一样的滚子就不停地转动，把泥巴打碎均匀。犁田师傅疼惜自家的牛，不忍心自己站在上面，往往就要我们小孩子帮忙站在上面。那感觉就像坐车一样，好玩极了。我们堂兄弟几个便轮着去站，生怕少坐一次，错过了这愉快又难得的享受。

我家插田的时候，我和弟弟负责运送秧苗。离秧田近的，我们就用手提，一只手提两三只秧。远一点儿我们就用竹篮提，一次可以提十来只。妈妈是插田的高手，每次我和弟弟两个人运秧，都供她一个人也不够。我们两兄弟只好在田埂上小跑起来，搞一会儿累了便一屁股坐在路边，喘着粗气。这时候爸爸就会停下来扯秧，帮我们一次挑几十只过来，妈妈便有了充足的秧苗。等到妈妈把这些插完，我和弟弟也休息得差不多了，便又重新上岗，当上了运输队员。

长大一点后，我就开始学着割稻子、踩打谷机、扯秧、插田。割稻子很有学问，禾镰刀一定要往下，抓稻子的那只手则要放在禾苗的中间部位。起初我不懂这个，经常割一会，禾镰刀就割到了手，有一次用力过大，还把食指割掉了一块肉，现在还留下一个疤痕。踩打谷机就没有很多技巧，关键是要有力气。扯秧要手靠近泥，这样握住秧的根部，用力才不会把秧苗扯断。记忆里最难的是系秧。大人们用一根稻草，往一把扯好洗好的秧苗上缠几圈，然后用力一扯便系得紧紧的。我不属于心灵手巧的人，看着他们轻轻松松地就把秧苗系好，只能心生羡慕。工夫不负有心人，尝试得多了，自然我也能系好了。插田是一门学问。好在我妈妈是位很好的师傅。她先是告诉我怎么用手拿秧、分秧，怎么样照着打好的轮子走步、插田。遇到没有打轮子的田，她又告诉我怎么随手插禾。随手插禾是插田的最高技术，就是在刚刚平整好的田里插秧。站

△鄡官冲。苏家大屋视角拍摄

在田埂上大大的一丘田，刚刚平整好的稻田水面十分浑浊，自然不能去打轮子。这时候妈妈就会告诉我先要根据田的形状插一列禾苗作为其他人的参照。人多的话就从中间插起，然后其他人可以沿着两边一路插过来。插的时候根据自己手臂的长短，可以是四蔸，也可以是六蔸。妈妈一边插秧一边告诉我们怎么目测秧苗上下左右之间的距离。名师出高徒。几年后，我也成为兄弟姐妹中的插田高手了。读高中的时候，我参加村里一个小组去长沙县江背镇一带承包插田。我们组里有两个妇女是外地嫁到我们这里，插田技术不怎么样。有一次在江背一个吴姓人家，老人家自己是老把式，只是现在上了年纪不能种田。他担心我们插田不认真，每天陪在田间。对我们那两个妇女插田总是不满意，对我倒是赞赏有加，多次要她们向我学习。这让我骄傲了很久，至今都引以为荣。

"冬木匠"在我们当地算个传奇人物。20世纪末他是我们村，甚至临近几个村里最有名的木匠。谁家上大梁，做门窗，打家具，都少不了他。后来随着社会的发展，建房子用上了水泥钢筋，门窗换上了铝合金，家具也都整套买现成的。他便几乎失业了。不过他是个脑子灵活，又十分热爱学习的人。他便从此钻研上了农科技产品。村里种红薯需要打粉，他就买来了碎粉机。乡亲们需要打米，他就买来了打米机。村上老式的油坊停业了，他就买来榨油机，还到处寻师访友，改良机械，大大提高了出油率。看着山村外面的农户一人种了几十亩，他也买来了铁牛，一天可以耕地十来亩。

看着乡亲们顶着烈日收割稻子，他便买来了收割机。收割机刚到村里的时候，并不是所有的人都能接受。大家觉得收割不彻底，浪费了粮食；禾苗割得太高，稻田平整是个问题；稻草太短，扎不成稻草人。村里稻田大小不一，大的有几亩地，小的只有几分。每户的稻田又不集中在一个地方，收割机从这家到那户，总要经过别人家的田埂。有时候不小心便把田埂弄坏了，多了些纠纷。不过随着时间的推移，大家慢慢地都看到了收割机的便利。一到收割季节，乡亲们都争着收稻子，"冬木匠"便成了最受欢迎的人物。收割机在轰隆隆的工作，我望着昔日洒满汗水的田地，眼里一片湿润。三十年的光景，小洞真的是变了大样。农村依然是农村，农民依然是农民，只是没有了昔日无穷无尽的劳累，多了更多愉悦快乐的故事。

捌 六修族谱

LIU XIU ZU PU

1. 六修谱概况

　　2008 年 8 月 8 日晚上 8 时，第 29 届夏季奥林匹克运动会在中华人民共和国的首都北京举办。8 月 24 日闭幕。北京奥运会共创造 43 项新世界纪录及 132 项新奥运纪录，共有 87 个国家和地区在赛事中取得奖牌，中国以 51 枚金牌居金牌榜首名，是奥运历史上首个登上金牌榜首的亚洲国家。中国从 1993 年申办 2000 年奥运会失败，到 2008 年举办此次奥运会，历时十五年。这是新中国韬光养晦，攻坚克难的十五年，也是新中国飞速发展、创造辉煌的十五年。"同一个世界，同一个梦想"这是北京奥运会的口号，也标志着中国以更加稳健的步伐走向世界。奥运会的喜庆与兴奋过后，整个社会与人们才又把视线回到刚刚经历过的汶川大地震。

　　同年 5 月 12 日，距离奥运开幕不到百天。一场巨大的地震悄然来临，给中国造成了巨大的人员伤亡与巨大的经济损失。汶川大地震震中位于中国四川省阿坝藏族羌族自治州汶川县境内、四川省省会成都市西北偏西方向 90 千米处。根据中国地震局的数据，此次地震烈度可能达到 11 级。地震波及大半个中国及多个亚洲国家。北至北京，东至上海，南至香港地区、台湾地区、泰国、越南、巴基斯坦均有震感。据不完全统计，地震共遇难 69227 人，受伤 374643 人，失踪 17923 人，直接经济损失达 8451 亿元。是中华人民共和国自成立以来影响最大的一次地震。

"你永远不知道明天和意外哪个会先来，好好珍惜活着的今天"。这是地震后在网络与各大媒体最热的一句话。苏方来、苏光庆、苏光杰、苏姣吾几位聚在浏阳市生物医药园的一家小餐馆正在为不可预料的人生唏嘘感叹。不知道谁说起修族谱的事情。一大桌人接下来的话题就没有离开过《苏氏武功五修族谱》。有的说族谱已经七十多年没有续修，新中国成立前出生的宗亲随着年龄渐长，慢慢开始零落，如此下去不到十年估计要续修族谱就很难了。有的说谁家里藏有的五修族谱已经被虫子咬坏，破旧不堪，如果不加以完善，重新印刷，估计再有一段时间，就难以保存下去了。大家你一言我一语地就这样聊着，都觉得要续修族谱，但是却没有人想站出来牵这个头。吃完饭各自回家，修谱的事情也就这样不了而了。

苏姣吾，是小洞"统公公"苏文远的第三个儿子，苏敬灿最小的儿子苏德伟的后裔，也是我的小学老师。我在小洞小学就读时，他是当时唯一用普通话教学的老师，也是唯一一个经常给我们讲外面世界、课外故事的老师。他在任教我们时有一段时间去浏阳师范进修，期间我给他写了一封信，信中请他帮我买些书。他学成归来的时候表扬了我给他写信的事，还将特意帮我买的两本书送给了我，一本是《三国演义故事》，一本是《儿童古诗五十二首》。这两本书成为我当时引以为荣的资本，因为是我尊敬的老师送给我的礼物，也成了我的最爱。《三国演义故事》我读了至少六遍，关羽、诸葛亮等人物的故事深深影响了我幼小的心灵。

苏姣吾是个好老师，也是个热心公益的好宗亲。时光过得很快，转眼到了 2012 年。苏姣吾因为工作调整，到了浏阳市洞阳镇成职教中心。这个岗位主要协助做些农民教育，事情不多。工作之余，他便经常游说众多宗亲续修族谱。"窃以为五修至今已七十余年矣，先人典故几乎遗忘殆尽，宗脉源流也已渐趋模糊"，正像后来苏光庆在《苏氏武功六修族谱》附卷《四仲堂六修族谱序》中所说到的，苏氏众位宗长基于上述考虑，还是克服困难，再次将续修族谱提上了日程。

2012 年清明，苏方来、苏光庆组织各地宗亲在浏阳市永安镇礼耕祭祀入浏始祖环六公，经他俩提议，准备通族续修族谱。这个决定得到了绝大多数宗亲的赞同。当天便成立了浏阳苏氏宗亲联谊会，推举苏方来、苏光庆任理事长，苏秋良、苏秋平、苏友明、苏佑迟、苏光杰任副理事长，苏姣吾任秘书长。经理事会成员全盘策划，12 月正式向族人发出书面倡议，倡导六修，敦促族人大力弘扬先祖文化，不忘根本，支持六修工作。

倡议书

苏姓乃名族望姓，源远流长，颇有影响，与中华民族同生共长。历史上曾为中国的发展和人类的进步做出了积极贡献，特别是武功开派始祖苏武（牧羊）的爱国精神，大文豪苏轼的文学思想在重振中华，民族复兴和推动世界前进的过程中发挥着重要作用，这是世界苏姓宗亲之荣幸。历届世界苏氏代表大会对于传承先祖宗脉，牢记同胞亲情，弘扬苏姓文化乃至中华文化，促进社会发展，推动世界和平，产生了重要的作用和深远的影响。

当前，我们正处在复兴盛世之时，国家繁荣昌盛，民族团结和谐，社会安定美好。盛世修谱，时不我待。

家谱与方志、正史是史学三大组成部分，具有育人、正风、兴俗、创业等多种作用，既是中华民族五千年文明的精髓，又是中华民族得以传承和延续的重要标志，宗规是社会最基层管理方式。常言道"水有源头木有根，人有亲族勿忘本"。天下苏姓，徽号武功。同根同源，亲情至真，自武功建公（苏武父亲），繁衍至眉山味道公；再至洵公、轼公、辙公，至今又繁衍三十多代，四仲堂苏氏已五次修谱。第五次修谱至今已八十年了，期间生殁人口已逾三万。我们如果再不及时修编族谱，则上对先祖不孝，下遭子孙唾弃。有幸今年清明在方来、光庆、蛟吾、光杰等倡议下，成立了四仲堂苏氏宗亲会，一起祭拜了入浏始祖 环六公（字如日）及夫人。2011 年 3 月组织光庆、友明参加祭拜苏武仪式，拜谒武公陵园。在世界苏氏宗亲代表大会感召下，将四仲堂苏氏，融入世界苏姓大家庭，为苏氏四仲堂走向世界迈出了一大步。在蛟吾、光杰的倡仪下，苏氏四仲堂宗亲会启动浩繁的修谱大工程。经过多次筹备，全体宗亲会理事讨论同意，成立了编修组、外联组、集募组、财务组，积极创造条件，充分调动一切力量，倾尽全力做好了第六次修谱筹备工作。期望桑梓父老乡亲对重修族谱热心支持，鼎力资助。为此特向全族发出倡议：

凡我苏氏族人，不分老幼尊卑，不分男女性别，2012 年在世的人均集资五十元，有钱可以多捐资，有力可以献力。

积土成山，集腋成裘。捐资将视为大家热心家族公益事业，促进家族繁荣昌盛的爱心。与此同时我们会根据捐资数量款项，在编纂族谱专页上及祠堂（待建）内刻碑铭记您的善举。

所有房长收集资金，直接由财务组人员收集统一收支，严明财经纪律，严肃对待每一笔集资及捐款，克勤克俭，定期公布收支账目情况，欢迎监督。

百年太久，只争朝夕，望我们广大族人，广为宣传，互相联系，齐心协力献爱心，做奉献。预祝全体族人兴旺发达，愿四仲堂苏氏六修族谱早日面世。

湘赣苏氏四仲堂宗亲联谊会

2012 年 12 月 2 日

2013 年新年伊始，理事会推举苏光庆、苏哲元、苏光杰为六修编纂小组成员，主持续修谱务工作，并下设四仲各房续修人员负责下户采集资料。为了便于整理资料，修谱地点定在了洞阳五魁山家庙。全体苏氏宗亲为了修谱公而忘私，全力以赴。然而苏姓丁繁族望，分居星散，加上多年未修谱牒，要缮修草稿，困难多多。好在修谱工作得到了族众热心支持，续修者走村串户，翻山涉水，任劳任怨，遂将各户新生、殁葬、婚嫁等人口如实收载，并一丝不苟地编写成册。为了不使四仲胤孙漏编，理事会成员又几度驱车湖北、江西、沅江、平江、株洲、醴陵等地追根溯源，锲而不舍，可谓艰辛至极。更有设法筹措资金的人员，周折环顾，精神可贵。

编纂小组成员，不负众托，认真务实，殚精竭智，伏案数月，高效率地把初稿修缮成牒，几经核稿，反复校对，终于在2014年孟春月杀青付梓，完成了任务。浏阳苏氏第六次续修族谱，正应了一句通俗的话"有钱的出钱，没钱的出力"，在一个物欲横流的社会中，一群苏氏宗亲众志成城，淡泊名利，兢兢业业为宗族的延续，家风的传承做着不懈地努力。

《苏氏武功六修族谱》基本沿用五修族谱的体例，首卷主要记载了历次修谱的谱序及祖先的传记；次卷收录修谱名录及前几代源流。卷一为通族墓庐图并说。卷二为服制图、谱例、公议宗规、祖庙图说，履历表。卷三到卷三十一按照孟仲、季仲、清仲、才仲后裔的情况按房依序详悉于世系中。不同的地方是增加了附卷。附卷收录了国家档案局、文化局关于修谱的有关文件，六修谱序、告竣跋、修谱名录、领谱名录，苏轼后裔湖南浏阳支源流考，苏氏烈士名录，新增履历，诗词，捐资名录等。值得一提的是，本次修谱有一个大的改变，就是破除封建思想，实行男女平权，撤销尾腔派纪，一律记入世系。新的时代，新的做法，这是修谱最大的变化，也是最大的进步，势必会成为以后修谱新的准则。值得一提苏光杰为主整理的《四仲堂时居红丁代表索引》，摘录如下。

卷三到卷五收录苏孟仲后裔，时有五百余人，古籍属二十七都五甲。本房中的大部分人时居永安镇礼耕村、平头村、朱陵小区、丛塘村、孙家冲。如苏培良一支居胜吉屋场；苏文进及其侄光集兄弟居北盛大桥档头；苏文明兄弟等居横山街道边；苏达忠一房居工业园南阳小区；苏长生一户住达浒街上；苏方来、秋良等居朱陵小区内；苏建良居坪头村；苏达仁一支居善化坳；苏达期、达朝公徙居浏阳古港铜冲，其后裔如苏光熙一支，文明一房时居浏阳县城内马鞍山交警大队斜对面；更有华公鳌房后裔文生公一支徙居江西省铜鼓县城（如时任铜鼓县副县长的启兴等），鳌房之光琴、光其兄弟居工业园内，此外又因工作关系迁居长沙市内居住的。

卷六至卷八收录苏季仲后裔。本脉入谱一千五百三十人，古籍属二十八都三甲。大部分人时居永安镇石埠村、水山村、长亭村、永新社区、丛塘村、朱陵小区、丰裕督正村等地。如苏秋平、定跃居长亭村；苏贺年居石埠村；苏达明居石埠村；苏学炯居督正村；苏友逊后裔宗禄一支苏达根徙居浏阳市荷花乡金滩村。以上人丁，亦工亦农，或商或士，各尽其才，相互通联，其乐融融。更有赞公大分苏国胜徙江西；苏胜连、胜略、胜兴等徙居湖北施南府宣恩县；苏胜聪徙居陕西兴安州；霸公大分苏胜皋、胜吉徙居江西萍乡县；胜明徙陕西兴安州。禄分秀支的苏能孝徙陕西汉阴县，能儒徙桂阳，太绥徙居陕西兴安州。省房的苏平辉、平煌徙宁乡县，等等，至今无法联络，其烟火传承一概不知，只能就此简述，以备后人有所联系的时候再续上。

卷九至卷二十四为苏清仲后裔。本脉元荣后裔苏万林、万杨、万高；元玉后裔苏万年、万文；元瑞后裔苏万承、万接、万全、万以、万仲、万昌；元福后裔苏万荣、万高等公，均系古籍属二十九都五甲；惟元甫后裔苏万堂、万宗、万硕等公系古籍属二十九都六甲。本脉人丁四千二百余人，居四仲堂人丁之冠。碁布星罗，绳绳克继，叶叶永昌，大部分人居住在洞阳镇洞阳社区，晏子坝村大鱼塘，园背、石门楼、杉树山、栗山、后培屋，龙冠岭、老屋苏、田里屋等处。

苏万以一支约于1417年徙居长沙河西梅溪湖李家塘立业，现有人口三百余人；约1915年苏万以后嗣苏文本、文路二人徙居沅江县草尾镇保裕村立业，其后嗣苏光物约于1925年迁居南县茅草街三叉河乡永富村立业生息（如国春等人）；苏万仲后裔苏美伯约于明崇祯年间徙居江西省萍乡县上栗市火烧桥立业生息，时有三百余人。苏万年弼分一支徙居浏阳市金刚镇大圣乡小源乡及江西醴陵富里乡。苏万硕位下寿分、署分居洞阳镇小洞村，时分一支居夏家冲（如达余一支），另有一支徙居株洲樟桥（如佩文等属于第十八卷），又有一支居蕉溪水源冲（如喜跃等属第十九卷）；音分泰房一支居蕉溪沙堆冲（如子标、光兴兄弟等属第十三卷）；还有居上横山的立功父子（如光荣一房）属第十五卷，更有苏长春一房居北盛镇百塘村，苏启楚一家居瑞林燥里；若田一户居长沙市内。硕公位下华房居老屋苏氏音公祠两侧（如哲元、文华等），茂猷一支居官桂冲（现称工业园东园社区，如政敏兄弟等）；苏茂征一支居祖宗庙（如达国、百余兄弟）及北盛仓益初父子、达顺等。还有三户居善化坳（如文财、文冬、文年其后代光全、光辉等）。苏霞生因参加工作居长沙市内。此外，有清水梅花园长青一房，胡家冲立煌一房，永安延康坡罗细一房，高浒塘文年一房，北盛后生一房，亦云清仲后嗣，简要概述，以明根源。

卷二十五至卷三十一为苏才仲后裔。本脉时有三千四百四十五人。二十五卷系苏万全昂分苏继贵一支后嗣，籍属二十九都八甲，大部分居元甲村（如冬祥、罗坤、光长）烟敦屋（如建华等），现时徙居浏阳县城的有苏清平一家，苏季桃一家居株洲。

卷二十六系苏万金位下贵公熹分后嗣，籍属二十九都八甲，时居元甲村罗家屋场（如长连等人）及八甲祠堂（如长泰等人），冲头山（如仲谋等人），小安川（书章后裔社清等人），永安礼耕胜吉屋场（如启明、俊义等人）。还有长沙县黄花镇鱼塘村大金组的苏定奎一支未入谱。

卷二十七系苏万金位下栋公胜、贤、惠三大房后嗣，籍属二十九都八甲。时居上下江滨苏（如克诚等人），生基岭苏家屋（如动生等），五魁山（霞意等），龙冠岭（如文厚等），窑棚（如光初、光高等），晏子坝大鱼塘（如文求、文新等），栗山（如友申等）。

卷二十八系苏万金位下栋公灿房一支后裔，籍属二十九都八甲。名为五桂堂。大房为德垣一支。时居下江滨苏（如佰良、文谱等），生基岭（如炳桃等），石门楼（如文义等），夏家山（如孟松等），克里黎冲（如佐统、志强、孟平等），曹家嘴屋（如治平、俊佳，尚有晓坤兄弟居广州），官贵株树屋（如传兴、小良等），黄泥江（如启茨兄弟等），蕉溪东山田瑕（如松柏等）。二房系德璠一支。时居元甲冲（如余吾等），边山（如介眉等），园背（如光荣等）。三房系德纯一支。时居北盛黄江村陈家园（如锦春、启会等），岐山坳（如联松等），石门楼（如文佑等），龙冠岭（如文果等），鹞子泉（如应德、玉海等），下江滨苏（如永生等），洞阳市（如文秋、文庄等），后培屋（如择邻光荣父子等）。四房系德筹一支。时居夏家山（如文光等），枫浆桥（如楚春等），观前（如文顺兄弟等），小洞鄱官冲（如文交兄弟），江头观音打坐（如自迪一家），下江滨苏（如武威、中和等），五魁山（如红明等），檀山（如克强等）。五房系德伟一支。时居汤家坳牛栏塅（如文谱等），五魁山（如文晏、利龙等），龙冠岭（如文爱等），下江滨苏（如长根等），小洞桥下（如蛟吾等）。

卷二十九系苏万金位下昂公珊分穆、稳两房，籍属二十九都八甲，时居上横山苏家园（如春林等）和大水凼（如光汉等）。苏万金位下鼎公逊分楚房，时居晏子坝大鱼塘（如友才、葡桃等），尚有文植、文斌、文厚、文忠均居长沙城内。定公汶分策房传至十八派先汉无后嗣。尚有胡家冲灯新、文才，枫浆桥后员一支。达福一房居江西铜鼓。还有居广东、苏州等地的未详。

卷三十系上苏华位下南公大分忠房，籍属三十一都七甲，时居祖宗庙大屋（如达新、品忠、飞跃等），栩木冲（如先安、达标、金浪等），石塘冲达秋等，范堂冲盛冬等。南公大分信房传至十六派学友无后嗣。上苏华公位下永寿大分祺房，时居蕉溪东山灵官庙（如孟秋先后等），浏阳县城内居光景兄弟等，醴陵县城内居辉宝苏犇父子一家。永和大分庆房传至十六派学名、学宝后无嗣。

卷三十一系下苏华位下赞公宗分材房、高房、文房、胜房，籍属三十一都七甲，时有九百余人。赞公宗分材房居下苏娅婆山（如长国四兄弟），园屋（如光稳、启怡等），老祠堂（如佑新、启顺等），小安川（如芒生、光武、志强、志伟、志刚、启国等），尚有文桥居浏阳城内，文喜的四个崽居洪江市。赞公宗分高房时居下苏窑棚（如希望、鹏程等），下苏大屋（如达参、武雄、苏钢、达平等），尚有苏有发一支居长沙树木岭，长清，光赏居浏阳城内。赞公宗分文房传至十六派学举无后嗣。赞公宗分胜房，时居栲木冲（如光杰兄弟等），新塘大坡（如启安、优冬等），尚有苏启堂在其父辈时迁铜鼓。下苏屋场居安明、达新兄弟等，文禄次子镇国居湘西，长子光希居浏阳城内，光正居株洲。

苏光杰，是小学教师，学识渊博，做事谨慎。他夜以继日地对收集到的资料进行整理，小心翼翼，细致入微，唯恐有误。等到编撰完族谱后，为了后人查阅方便，又花费不少心思梳理出这份《四仲堂时居红丁代表索引》。孟、季、清、才四仲后裔之各甲各房，均有徙居在外的人，不能详尽录入谱牒，这也成为此次修谱的一个遗憾。不过所有事情哪能十全十美，对于一个迁入浏阳都有七百多年的苏氏大家族来说，要在一年之内弄清楚所有人员的去向，将所有人员均录入谱牒，那简直是天方夜谭。想到这里，苏方来、苏光庆、苏光杰等人在慨然长叹之际，内心释然，不知不觉欣慰了许多。

《苏氏武功六修族谱》共发行五十三套，共二千二百余册。于2014年清明在五魁山苏仙人庙内庄严分发，共同庆贺。族谱交给族中贤明者领讫保管，以存根据。不过正如族谱后记中所写到的"限于编修人员的能力、水平有限和时间仓促，或有远居客乡未闻信息者，或有散居异地联系不上者，或有不愿提供个人资料者，或有由各方面造成的遗漏、错编者，在所难免，有失众望，特致歉意。"六修谱确实留下了很多疑误，有待我们后人一起努力去补充、完善、校正。

2. 结缘六修谱

对于手中这套《苏氏武功六修族谱》，我确实有很多不满意的地方。尽管我知道这本书编修的核心成员中有我的好朋友，族叔苏光庆、苏光杰；有我的启蒙老师，族叔苏姣吾。尽管这本书花费了很多宗亲很多的心血、时间与金钱。尽管这里面的附卷还收录了我的一篇署名苏东坡三十世孙苏启平的散文诗《先祖东坡（组章）》。我不满意并不代表我不感激第六次续修族谱的宗亲。我感激每一位参与修谱并付出努力的宗亲。读完浏阳苏氏前面五次修谱的经历，我深深懂得修谱的价值与意义，更懂得修谱的艰辛与困难。

我的不满意主要是里面的错误实在太多，读谱的过程中我拿着谱书与中华民国二十六年的《苏氏武功五修族谱》对比，字词、地名、甚至人名都有这样那样的错误。我知道造成这些错误的原因有很多。比如，这是第一次用简体字版本，也是第一次全部先输入电脑后再印刷的。繁体字不是所有的人都能认识，个别字又没有认真辨认，转化成简体字造成了第一批错误。电脑输入的时候由于工作量大，来不及细细勘校，个别字输入有误造成了第二批错误。

现代社会日新月异，人员迁徙相比古代更为频繁，更为遥远，有一些信息收集不全，造成了一些不应该的遗漏。这些看似可以理解的错误与遗漏，对于一个家庭来说是大事，有可能一个错误，往后的子孙便没有查询的依据。对于一个人来说更加重要，很多人在人世间能留下的文字记载也许就是这部谱书的几十上百个字。如果错了，过了些时日就永远成了错误。子孙后代来查阅的时候，要修正错误为时已晚，因此更要以修史书的态度来修谱。

我读到我的高祖苏先鉴的时候，他的号实际上是"糅邨"，六修族谱记载他的号是"呆邨"。如此这般，在读次卷《清光绪四修族谱名录》的时候，我们有可能就要忽略他曾经作为重要一员参与到四修族谱中的事实。再如，我自己的信息，我是出生于一九七七年十二月初九日，六修族谱中记载的却是一九七七年二月初九日，明显是错误。还有一些遗漏也是我不满意的原因。2011年修谱的时候我父辈全部健在，六修族谱中我祖父辈共有六七人，竟然没有一个人有确切的死亡时间。我想只要稍微细致一点，上户核对一下，这些遗漏的信息要准确无误应该不是问题。

国家需要修史书记载重要人物、重大事件。家族同样需要修谱记载家族的传承，家族的大事。在图书馆与网络上查询族谱的时候，族谱都是归类于经史子集的史部谱牒类，由此也可以看出族谱的历史价值与文化价值。一部族谱自然有一部族谱的作用与意义，即使它有这样那样的差错讹误。六修族谱当然也不会因为我的不满意就失去它的重要意义。我就在读它的过程中有了很大的收获与感悟。不知道你有没有这样的经历，当你遇到一个同姓的人时，第一感觉就是亲切。久而久之你还会发现，陌生的同姓宗亲会比别人更关心关注你。当然我们也不能排除个别例外。

我们苏氏族谱，是以四仲堂为大范围。再小一点儿就是各个分支，习惯上我们亲近一点儿的是以生活在清朝乾隆年间的苏敬灿的五个儿子德垣、德璠、德纯、德筹、德伟为支系，又称为五桂堂。德字辈五兄弟中最小的苏德伟是嘉庆十五年（1810年）过世的，至今也已超过了二百年。二百年在宇宙的进化史中只是一瞬，在人类的历史上也不算长，但是对于一个人来说是不可企及的长度。二百年间，苏德筹五兄弟的后裔散布在各地，繁衍生息，各自积极地生活着。家族的发展就像一棵树，各自开枝散叶，既有千丝万缕的联系，又相互不干扰。随着时间的推移，原本的亲兄弟，后代之间竟然视为路人。这是人世间很无奈的事情，也是很残忍的事情。时间就是一把无形的刀，衰老了容颜，淡去了爱情，也狠狠地砍去了亲情。编修族谱的意义也许正在于此，这是历史的记载，岁月的痕迹，更是一种黏合剂。将开裂的、断裂的亲情一一缝补起来，让我们一个家族、一个姓氏以一个整体呈现在所有的姓氏面前，呈现于人类光辉的文明史之中。

苏自立，在族谱上的名字是启发，又叫岳平。虽然一同居住在小洞，小学、初中、高中又都在同一个学校学习，但我们原来并没有见过面。他比我大了十四岁，我读小学的时候，他已经读完高中参军入伍。后来他考上军校，从衡阳到柳州再到长沙，转眼就是三十年的岁月。一直听说这个名字，也一直把他作为自己学习的榜样，努力的方向，但直到后来他长沙市天心区担任区委常委、武装部长的时候我们才见面。自此性情相投，他对我关爱有加。每次见面均要告诫我工作中要清正廉洁、真抓实干，让我颇为受益。他转业后先是在长沙住房保障局任党组成员，后又任长沙市人居环境局党组成员。一直对我呵护关怀，亲密无间。（苏自立世系见《苏氏武功六修族谱》卷二十八）

2000年8月，在浏阳六中二楼一间大教室改成的教务处办公室里我见到了苏启茨老师。他是我去学校报到见到的第一个人。我们之前已经认识，高中毕业考上大学后，父母为了感谢老师的辛勤培养，特意请了老师来我们家吃了一顿饭。苏启茨虽然没有教我，但是在学校工作，又都是苏家人，便随我的科任老师一起过来了。吃饭的那天中午，他特意把我喊到家门口的梨树下，告诉我将要去的长沙大学里，党委书记袁振坤，我所在人文系主任郑利民都是他大学同学，他已经交代他们要多关心我。后来到学校后，我虽然也没有感觉到他们两位对我的特别关心，但是每次看到他们甚至听到他们的名字都倍感亲切，只因为他们是我的老师，更是我们苏家老兄的同学。苏启茨的夫人叫赵陆媛，是一个心直口快的人，原来在六中图书室工作，后来也还是在六中办的民办退休手续。每次碰到我，都是叫老弟，很热情，也很真挚，让我感受到一股浓厚的亲情。在六中工作那么多年，苏启茨虽然长了我四十岁，但我们一直兄弟相称。他对我很是关心，十分支持我的工作。他退休后住在学校附近街上，那时候我在学校做教务主任，学校是高考考点，他书法好，每年便帮着来做考点宣传。他儿子苏波是浏阳颇有名气的菊花石工艺大师，每次我有朋友来浏阳买菊花石，我带到他店子挑选完之后，苏启茨总要左叮嘱右

叮嘱儿子给我多点儿优惠，其情之切，其情之真，每每令人动容。（苏启茨、苏波世系见《苏氏武功六修族谱》卷二十八）

在浏阳六中，还有一位对我极其要好的苏氏宗亲苏仕波。苏仕波在族谱的名字叫苏俊贤，他在我读书的时候就是浏阳小有名气的语文老师，大家喜欢称他"苏博士"。我 2000 年从浏阳市枨冲中学调到浏阳六中的时候，他是分管教学教研工作的副校长。因为彼此投缘，又都是苏氏宗亲，2005 年我与黄芙英结婚时特意请了他夫妇做了媒人。他年龄比我大，2002—2007 年之间又是当时浏阳六中的校长，对我极为照顾。2005 年我因为自己想改行从政，在朋友推荐下去了浏阳市公路局当文秘，在那里工作三个月之后，觉得机关的工作并不像想象中的美好，于是又想着回学校。他没有丝毫的推辞继续接纳了我在六中工作，并且第二年学校中层干部调整的时候让我做了教务主任。说来更难忘的是，我不仅仅与他关系要好，与他一家都很有缘分。他儿子苏醒、儿媳罗红是我的学生，并且苏醒那时候是我辅导的潜能生。他的侄女苏利辉是我在六中担任班主任时的第一届学生，也是至今印象最深，感情最好的学生之一。因为苏利辉的缘故，我和苏利辉的父亲，苏仕波的哥哥苏佳乐一家也有了较密切的交往。每年过年的时候，远嫁河南，在杭州工作的苏利辉回家我都会去他们家坐坐聊聊。苏仕波为人忠厚老实、擅长言谈，工作中雷厉风行，正直无私。我也是后来与苏佳乐一家聊天才知道，苏利辉因为没有考取高中，去六中就读，花费了择校费九千多元。在那个教育收费并不是十分规范的年代，不说不收，少收一点儿择校费作为副校长的苏仕波完全是可以做到的。但是正直廉洁的他并没有给自己嫡亲侄女一点点优惠，也没有给自小抚养他长大的哥哥半点情面。（苏佳乐、苏仕波、苏醒、苏利辉世系见《苏氏武功六修族谱》卷二十七）

对我较关心的老师中还有一位名叫苏光再。他是我就读洞阳中学时的事务长，那时候我们寄宿要自己带米，记得每次他帮我称米都和颜悦色。他是为数不多没有任教我科目又能够喊出我名字的老师，每次路上遇到我都十分热情。在那个贫穷落后的时代他的关心给了我很大的鼓励与动力，至今想来仍然感觉一片温暖。巧的是他的儿子名叫苏启丰，比我大三岁。我在浏阳六中教书的时候，他在浏阳团市委任书记。因为我们名字相近，很多次都被别人认为我们是亲兄弟。其实那时候我也只知道有苏启丰其人，并没有见过他本人，更不知道他是苏光再老师的儿子。但是感觉中总觉得我们应该是十分亲近的人。后来偶然的机会见了面，认识之后交往自然多了起来，不过也是微信上的交流居多。每次交流总能感觉他对我的真挚，以及像他父亲一样对我的热情与关心，让我深深受益。（苏光再、苏启丰世系见《苏氏武功六修族谱》卷二十三）

苏飞跃其实在族谱里叫苏光跃，是苏文泰（武威）的儿子。他住在洞阳江滨，也就是苏家从永安当初搬过来的那一片地方，现在浏阳县城一所省示范高中田家炳中学任校长。我们相识很早，相知却是近几年的事情。2011 年他在浏阳艺术学校做书记，我在浏阳六中做书记，两人经常在一起开会、学习、交流。有一种很明显的感觉，他发自内心地关心我的工作。我是豪放粗犷，没有社会经验的人，一次校长书记的务虚会上，围绕几件事尽数其中不是，中午吃饭的时候其他的人都说我讲得好，讲出了他们的心声。只有苏飞跃说我在校长书记中最为年轻，不应该由我提出来。当时我颇不以为然，认为年轻人自当狂放不羁，讲真话，讲实话，有责任感与社会担当。但是后来细细想来，社会之中有很多微妙的规则，说好话大家都爱听，说真话未必讨人喜欢。我年纪轻不去反思自己，却要去钻牛角尖提那些意见，未免给人愣头青的感觉，对我的发展确实没有什么好处。此后他又给了我很多建议与意见，我觉得都是从我的角度为我着想，每次听着都觉得很亲切受用。（苏飞跃世系见《苏氏武功六修族谱》卷二十八）

苏中柱，又名启柱。他是洞阳苏文定（厥祥）的孙子，也是苏氏家族年轻一代的骄傲。苏文定一共生育了六个女儿，其中有一位叫苏光元，招了上门女婿。苏光元就是苏中柱的母亲。苏中柱大学毕业后考进了广东监狱系统工作，后来参加选调又进了深圳市政府。我们认识多年，交流并不多，但内心却感觉十分亲切。2019 年，我去深圳参加教育部国家义务教育质量监测福田会议，正好居住在他家附近。晚上九点多，他出差刚回来便过来见我。我们在酒店一楼找到一个茶座准备喝茶聊聊天儿，不料这个茶座尚未开业。老板是个讲义气又豪爽的广东人，知道我们平时难得相见，今天异地相逢，便给了一间茶室给我们自己泡茶聊天，还免了我们的茶钱。（苏中柱世系见《苏氏武功六修族谱》卷二十八）

苏柏稳，在族谱的名字是苏文勇。苏先祥的孙子，苏达节（如竹）的儿子。他家住在小洞谭家铺，距离鄱官冲我家三四里。论年龄比我长两岁，小学和我堂姐是同学。我们密切的交往主要从我们上大学开始。1995 年他职高毕业考取了湖南师范大学，一年后，我高中毕业考取了长沙大学。两个同村又熟悉的人，在繁华热闹的省城自然有很多共同的语言与共同的烦恼。两人无论是在学校，还是放假回了老家，总喜欢凑在一起谈天说地。

那个年代电器属于稀有昂贵物件。苏柏稳学的是电子专业，对于维修电器很有一手。每逢假期，附近的人们便会把家里坏的电视机、录音机之类送过来请他修理。我经常去他家玩，便可以当面看他展示手艺。没有一点动静的电视机，经他一阵子敲打又有了声音与图像，在学中文的我来看十分神奇，对他颇有几分羡慕与佩服。我们家也因为我们两个人关系好，不必像其他人一样把坏了的电器搬来搬去，有什么问题一声招呼他便骑着自行车上门免费维修。每次修理完电器，我们也会高兴地喝两杯。特别是逢年过节的时候，那免不了醉几场。

我们还有过"同床共枕"的缘分。记忆很深的一次是大学期间，准确讲应该是 1999 年 5 月。我去湖南师范大学参加自考中文本科论文答辩。我们学校在洪山庙，去湖南师范大学要转乘几趟公交车才能到达，担心早晨出发迟到，便提前一天住在他们寝室。当晚还看到了一个"奇葩"的事情。他们寝室有一个同学谈恋爱，女朋友从远方来看他，没地方住就和他睡在我们上铺。一张小小的双层铺，竟然睡了四个人，在今天是不可想象的事情，但那时候是那样自然、惬意。不知道那一对男女最终是否成为了夫妻，也不知道他们还有没有联系，不过这样的经历估计都是一辈子不能忘怀的。后来我和苏柏稳每次喝酒喝到微醺的时候都会说起此事，然后又痛快的为此多干几杯。

1999 年，我们两人同时毕业。苏柏稳分配到了浏阳市县城里的浏阳一中，我则分配到了距离县城将近二十里，需要四块钱车费的枨冲中学。他在一中分到了二楼的两间房，房子在一中南校门右手边，靠近文庙与食堂。我回家需要经过县城，他那里便成为我经常去的地方。我们当时都没有结婚，来来去去十分自由，没有任何拘束。晚餐喝点儿小酒，晚上睡在一起，经常聊天到深夜。但谈点什么内容，至今一点儿都想不起来，只是此情此景回想起来乐趣无穷，十分难忘。2000 年 9 月我调到了我的母校浏阳六中，后来转辗工作于浏阳市公路局、浏阳九中、浏阳市教育局，他则一直在浏阳一中工作。无论我在哪里，在哪个岗位，有时候虽然各忙各的，疏于联系，但是感情一直都在，每次相见甚欢，相谈甚欢，相饮甚欢。

顺便要说一下的是他的哥哥苏柏盛，族谱里叫苏文卫。他也是个十分热情好客的人，每次我去他们家，总得陪我喝几杯，路上遇到了常是一个笑眯眯的样子。（苏柏稳、苏柏盛世系见《武功苏氏六修族谱》（卷十一））

苏霞林，又名苏启荣。在浏阳六中工作的时候，我们的工资发放在中国农业银行北盛营业所，他就是那里的柜台工作人员。他个头不高，不胖不瘦，一年四季穿着一件两粒扣的西服。头发稍微有点卷，经常一副笑脸，笑起来的时候喜欢斜着头望着对方。每次去取钱，他都会热情地跟我打招呼，喊我"家门"。就是在他那里我第一次看到了中华民国二十六年编修的苏氏五修族谱。他告诉我，我们是苏武、苏轼的后代，说话的时候眼里好像闪着光，眼睛总盯着我，似乎要看透我内心的喜悦与自豪。（苏霞林世系见《苏氏武功六修族谱》卷二十八）

苏一文是我认识时间最短的苏姓女孩了，之前还认识了浏阳融媒体的苏晶。不知道从什么时候开始，去浏阳市委市政府办事，行政中心主楼进门口安排值班工作人员的电子屏上总能看到苏一文的名字。我的印象里有个苏家小男孩在市委工作了，有一丝亲切感。不过像我这个年纪，自然不会冒昧地跑去寻亲认亲了，只放在脑子里偶尔会想起来。2020年春天新冠肺炎横行肆虐的时候，苏一文却主动加了我微信，而且是湖南省诗歌学会常务副主席罗鹿鸣老师分享的名片。我很吃惊，也很高兴，苏一文竟然是一名惊世绝艳的大美女。她在浏阳市委办公室秘书科工作，业余是浏阳市演讲与口才学会的工作人员。为了宣传浏阳人民抗击新冠肺炎的坚定决心与先进事迹，她策划微信公众号推出十期"众声朗朗，一起抗疫"朗诵音频，中间选了我的几首诗。知道我也在浏阳，又都是洞阳人，特意请了长沙市电视台资深主持人、湖南省广播电视协会副秘书长曾致先生朗读了我的《走向春天》。我不知道她在邀请曾致老师的时候是怎么想的，是不是也像我听到一个普通的"苏"字时那样亲切、兴奋、自豪。（苏一文世系见《苏氏武功六修族谱》卷二十六）

读谱是一个重新认识自我的一个过程。"夫族之有谱，所以序昭穆，辨长幼，联亲疏而敦雍睦也。"谢谢族谱！我不仅在渺如云烟的历史尘埃中找回了自己，知道了自己从何而来。还知道了身边的同宗人和我是什么关系，有着怎样的血脉深情。

通过读谱，我知道了我们彼此之间的关系与亲疏。苏自立与苏姣吾是苏德筹弟弟苏德伟的后裔。苏启次与苏中柱是苏德筹大哥苏德垣的后裔，苏霞林是苏德筹三哥苏德纯的后裔，而苏飞跃竟然和我们一起是苏德筹的后裔。他们几位按照族谱上的世系分支，和我们同属洞阳继栋公敬灿房。又因为苏德筹一共五兄弟，他们的后裔习惯上称为"五桂堂"人。

苏仕波则是苏敬灿的三哥苏敬惠的后裔，苏志嘉是我们共同的祖先。苏一文是苏才仲后代苏敬熹的后裔，往前第九派我们是同一位祖先。她年龄虽然比我小，辈分却比我高一辈，属于姑姑了。苏光再与苏启丰父子是苏清仲后代苏万全的后裔，苏柏稳与苏柏盛兄弟是苏清仲后代苏万硕的后裔，相对来说和我世系中远了一点儿，不过也都是"四仲堂"的人。是我能够通过族谱查询到人。在我学习工作之中，我还遇见过很多苏姓朋友，对我格外的关心，给我留下了深刻的印象。像高中同学苏旦，大学同学宁乡的苏冬红，只有一面之缘的湖南武警总队苏振华，情同兄弟的学生苏俊涛，等等。人生真的很奇妙，这些生活中我们遇到的陌生人或朋友，竟然真的是我们相亲相爱的一家人。俗话说，"三百年前是一家"。珍惜缘分，珍惜朋友，那么我们确实应该珍惜这份难得的亲缘，因为我们身上或多或少地流淌着同一缕血脉，这是其他人没有的。

3. 读谱的感想

　　读谱是一个重新认识社会的过程。族谱读到这里有一种戛然而止，又有意犹未尽的感觉。起先读的时候，我有着很多的耐心与细心，后来发现接触的信息都是一些姓名、生卒，感觉重复累赘又枯燥乏味，渐渐地便有点不耐烦了。后来想想这些人物，都是与我有着血脉深情的祖先，骨子里便有了一股子激情，肩上也多了一份责任，便一路耐心细致地读过来。遇到不认识的字词、不熟悉的地名，不清楚的年号，我便一一对应着去核查。有时候写一段短短几百字的文字，花费的却是几个小时，所用的精力与时间远远比写一篇小说、一篇散文、一组诗歌更多。

　　族谱记载的就是一段社会史。它也许有它的狭隘与局促，但更多的是它的真实性与代表性。我更多的感悟来自世事难料，辗转迁移，盛衰无常。从西汉苏武牧羊到唐代苏味道任宰相，祖先位居高官者多达十几代，中间虽有不如意之时，但想来大部分都是富贵人家。从苏味道贬谪四川，到苏轼的孙子苏符来到南昌，中间虽然诸多变迁，但是"三苏"之名如长虹贯日，名垂青史。尤其苏轼更是五千年来少有的文艺全才，少有的文学大家，受到了全中国，甚至世界人民的喜欢。无论是从我们家族的繁衍，还是从苏姓的传承，乃至中华民族的沿袭，这个时期都是显赫的。

　　从苏符至南昌到苏裕伯带领一家隐居湖湘，这是一段值得家族铭记的时光。祖先的恩德，尤其是苏轼个人的魅力以及由他魅力所遗留给后代的恩泽在这里完全体现出来了。宋孝宗授予苏符礼部尚书，宋理宗授予苏裕伯吏部侍郎，不为别的，就是因为他们是苏轼的后代。这足以说明祖先恩德之浩大，也足以说明家族是三苏后人无误。苏裕伯从南昌迁往湖湘，后迁至浏阳北乡，这是我们家族在宋末元初的一次巨大变革。宋朝的灭亡，元朝的建立，家族由过去的官宦人家一下子变成了戴罪之身。家族成员只能压抑自己的锋芒与才华，低调谦卑，隐居度日。这也是在明代、甚至清代，虽然家族不乏成功人士，却很难再出"三苏"这样的人物，无法再呈现数代连续为官强盛气象的主要原因。

　　读谱是一种学习与进步的过程。家谱是记载同宗共祖的血缘集团世系人物和事迹等方面情况的历史图籍。它与方志、正史构成了中华民族历史大厦的三大支柱，是我国珍贵文化遗产的一部分。家谱蕴藏着大量有关人口学、社会学、经济学、历史学、民族学、教育学、人物传记以及地方史的资料，对开展学术研究有重要价值。家谱是中华传统文化的重要组成部分，对中华传统文化的继承我们讲究"拿来主义"。既要继承精华，又要剔除糟粕。这就需要我们在读谱的过程中批判性地继承。除了《苏氏武功六修族谱》，其他的谱都是繁体字版本。我虽然也参考了苏姣吾老师保留的《苏氏次修族谱》，但读的主要是《苏氏武功五修族谱》，这是最后一个繁体字版。于我一个自幼接受简体字教育的新时期大学生而言，其中的字词句读，无疑是一种高难度的挑战与难得的学习。家谱的结构与体例是一种古老的文化，对于我来说却是一门新的知识。

服制图、服制、公议宗规这些平时很难接触到的知识，通过族谱，我了解了，而且知道这些就是我的先人奉为圭臬的规章制度。虽然时移世易，我们可以不要墨守成规，但是我依旧可以从字里行间读懂老祖宗最初制定这些规章的初衷。我也理解这里面有时代的局限与文化的粗鄙，但更多的是我们整个家族的向善与向上。基于时代的变化，在读谱中就没有重点记载了。

我深切地感受到强大基因与强悍家风始终在无声无息影响着家族的每一个人。小时候我们吃饭有严格的规矩，必须规规矩矩坐好，不能谈笑，更不能跷二郎腿，大人没有动筷子小孩不能先吃。家里来了客人，客人没有吃荤菜，我们是不能先去夹荤菜的。那时候已经是 20 世纪 80 年代，这些看似有着封建社会烙印的习惯还牢固地保留在我们家庭之中。其实细细想来，这当中的很多规矩与习俗正是我们中华民族优秀的礼仪文化，良好的家风。读谱是对自己一种彻头彻尾的反省与思索，更是一种不待扬鞭自奋蹄的学习与进步。

后　记

　　从 2005 年想写，到 2020 年动笔，历时十五年。从 2020 年春节开始写到 2021 年春节第二次修改完成，是一年。从 2021 年春节到 2022 年初出版，又是一年。《读谱记》是我的第八本书，也是我耗费时间与精力最多，对浏阳苏氏作用与意义最大的一本书了。

　　2005 年，我在浏阳市第六中学任教的第五年。我们当时的工资在中国农业银行北盛营业所代发。有一天，我正好去上工资存折，轮到我办理业务的时候，柜台里伸出一个脑袋，带着满脸的笑望着我。他便是我的宗亲苏霞林。他告诉我，我们有同一个祖先，是宋代大文学家苏轼。他看着我兴奋的表情中带着些许疑惑，连忙说起他家保存了民国时期的《苏氏武功五修族谱》一事。他是个热情豪爽，雷厉风行的人，没过多久，就打电话要我去银行他住的地方读谱。他带来了《苏氏武功五修族谱》，一边讲一边指着其中的内容给我印证。当我看到我们入浏始祖苏环六是苏东坡第八世孙的时候，内心的喜悦情不自禁。当时我正好在湖南师范大学文学院攻读教育硕士，知道二里半的打印社复印特别便宜。

因此就借了族谱在那里复印了族谱首卷、次卷、卷二以及收录我家人信息的卷二十八。回来之后，就把复印书籍放在那里，虽然一直记得要认真去读，去梳理清楚我和苏轼的关系，但因为忙这忙那担心时间不充分便没有开始读。直到 2011 年，我才粗略地读了一下源流和收录我们一家的第二十八卷，简单地梳理出我们这一支脉的世系。脉络清晰的世系里，我是苏轼的第三十世孙。这更加坚定了我要进一步弄清楚我们家族从何而来，为何而来。

2020 年，是一个难以忘怀的年度。正月初三，因为新冠肺炎病毒肆虐，作为单位分管疫情防控负责人的我就开始上班了。随着开学时间一推迟再推迟，我们单位也实施了错时上班。平时人来人往的机关大楼，受疫情的影响几乎看不到人影，显得冷冷清清。于是，我想把族谱拿出来，一边读，一边写，弄清楚我们入浏始祖与苏轼的关系，以及怎么来到了浏阳。本意是写个两万字左右，把这个事情写清楚就行。可是认真一读便让我欲罢不能，我一边读谱，一边做笔记，一边动笔写作。越读越有兴趣，越读疑惑更多。我便通过苏姣吾找来了他所收藏的《苏氏次修族谱》（二修、三修）、《苏氏武功续修族谱》（四修）、《苏氏武功五修族谱》。从苏光庆那里复制过来了新修的《苏氏武功六修族谱》。读完族谱，我感觉自己要写的有很多，很乱。族谱记载的时间跨度从汉朝的苏建到唐代的苏味道，再到宋代的苏轼，到中华民国我的祖父，一直到现在我自己。族谱的人物众多，有像苏味道这样的达官显贵，苏轼这样的文学巨匠，更多的是起着传承作用的平凡而又伟大的列祖列宗。事情有官场的起伏跌宕，迁徙的艰辛劳累，修谱的殚精竭虑。怎样把心中所想的表达出来成了我眼前的难题。我思虑再三，最后决定好好利用手中的几套族谱，以及族谱谱序、世系所包含的信息，以自己一支派系为主线，讲述清楚浏阳苏氏五次迁徙，六次修谱的事实。

全书共七章，可分为三个部分。第一章、第二章为第一部分。记载了苏轼第九世孙苏裕伯（图南公）带领全家迁浏的全过程。景定四年（1263年），宋朝理宗皇帝追慕苏轼为先世勋臣，诏封后裔，封苏裕伯为资政大夫、吏部侍郎。德祐二年（1276年）宋朝临安朝廷投降后，苏裕伯为免落入蒙古军队之手，奉双亲，携全家先迁徙至岳州，后于元元贞元年（1295年）迁至长沙府苏家巷。大德元年（1297年）再迁至浏阳潦浒（今永安镇）李家巷，他与樊夫人生育苏孟仲、苏季仲、苏清仲、苏才仲四个儿子，在他去世后，孟仲、季仲留在李家巷，清仲、才仲居住在洞阳，由此开枝散叶，繁衍生息，后代称之为"四仲堂"。苏裕伯被称为入浏第一世祖，尊其父苏如日为入浏始祖。

第三、四、五、六章为本书第二部分，真实地呈现了苏氏四仲堂后裔五次修谱的大致情况。分别是雍正八年庚戌岁（1730年），苏志燮（苏渭滨）主持编修完成的《苏氏初修族谱》，有时任浏阳知县陈梦文等为族谱写序。道光二十六年（1846年）春，苏学杞（苏如桂）等编修完成的《苏氏次修族谱》，有湖南正三品臬台苏彰阿为族谱作序。同治二年（1863年），苏学杞告老还乡，基于道光谱有一些差错，便组织人员进行了续修。同治三年（1864年）春，续修完成，考虑到整套族谱在《苏氏次修族谱》

的基础上没有很大改动，这套谱书印刷的时候仍然命名为《苏氏次修族谱》，实为三修。光绪三十四年（1908 年）夏天，苏学海为主编修的《苏氏武功续修族谱》。民国二十六年（1937 年），苏崇浩等主持编修的《苏氏武功五修族谱》。

第七章、第八章为本书第三部分，主要以我自己支系为主，呈现了家庭的情况与亲人之间的关系，叙事极为概括却不失真情实感。简述了2013 年编修《苏氏武功六修族谱》的情况，叙说了我与六修谱上个别宗亲的相识相知过程以及读谱的粗浅感受。

家庭是社会的细胞，家族也只是社会的一小部分。为了便于读者有宏观的时间概念，我尝试把家族的变迁置于中国甚至全球一千多年的历史变化与社会进步之中。这样视角更加宏大，更加独特，整个修谱的过程真实可信又曲折离奇。为了使读者掌握更多的背景资料，更好地阅读理解本书有关内容，除正文外本书还附录了丰富的内容。主要是三个方面。一是浏阳《苏氏族谱》疑误考辨。这是我基于史料、族谱对于现在《苏氏族谱》中的一些疑误所做的考证，既是查漏补缺，释疑解惑，也是勘正缪误。二是历代源流及世系图。这些便于苏氏后裔阅读族谱，找到自己所属支系，也便于读者梳理人物关系，阅读本书。同时收录了《〈苏氏武功五修族谱〉目录》《眉山源流行述纪略》、浏阳古地图、苏家宅院平面图等，这些内容与文中选入的谱序等古诗文融为一体，可以供后人研究参考，有一定的文献价值。三是收录了《苏氏族谱》所刊资料部分图影，这既是珍贵的文史资料，也是对书中关键情节、重要信息的一些对照与印证。

关于本书的文体在这里要做一点说明。正如前面说到，最初我是想写成一篇稍长一点儿的随笔。后来因为丰富的材料，深层的触动，决定动笔写成一个长篇。这时候我想到了现在比较受欢迎的非虚构文本。基于我的素材全部来源于族谱，而族谱又是史料的一种，我认为据此写作或偶有推断应该是可以定位于非虚构的。客观说，本书高度忠实于族谱。本书中的人物与故事族谱中均有提及，即使有一些疑惑与推断我也在附录一《浏阳〈苏氏族谱〉疑误考辨》中予以了说明。后来请苏振武教授写序，他从历史小说的角度予以点评，让我也重新认识自己的写作。族谱毕竟记录有限，为了丰富人物与故事，我确实在某些不影响整体真实的地方做了适当的推断与臆想，比如，苏裕伯在带领家人离开南昌，迁居长沙苏家巷之前的十多年，族谱没有明确的记载，我认为去了岳州；比如，苏学辙选址小洞都官冲的时间与原因；比如，初修族谱时苏志爕与苏虞臣妙高峰下的见面；如此等等。这当中确实有一些我自己的发挥。因此出版社最后归类于纪实小说，我也是认可的。不过因为最初不是作为小说来写，所以尽管有小说的特点，却又有散文随笔的特点，尤其是后面几章写到与自己家庭紧密相连的人物与事情时随笔的特点十分明显。这应该是本书明显的不足，希望能得到读者的理解与包容。还有一点要说明的是文中的照片，除云峰台、小洞村全貌等几张照片作者不详，其他均为本人拍摄，这里也对那些照片的摄影者表示感谢。

阅读族谱，对我来说不是一个容易的事情。一是除六修外的其他族谱都是繁体字、竖排本、无句读。二是族谱研究是个新领域，以前我没有基础，现在也没有资料可供借鉴。因此一年来，很多次我废寝忘食，通宵达旦，乐在其中，也偶有懈怠，甚至想放弃。不过想到这本书不仅对我及浏阳苏氏宗亲弄清楚自己从何而来有追根溯源的作用，而且对其他姓氏族谱的使用与研究有创新借鉴意义，我就暗中鼓励自己一定要克服困难，坚持下去。

我十分感谢每一个关心与支持我写作这本书的人。这本书的出版要感谢管成学教授。管教授曾任教于长春外语学校、吉林大学、长春师院、温州大学、北京大学，是《新编苏氏总族谱》的主编，苏颂学术研究会常务副会长，三十多年来一直为收集、整理、研究苏颂的原著和《苏氏族谱》无私奉献，并做出了巨大的成绩。他与我素昧平生，百忙之中抽出时间为我写序，并且将我及我的《读谱记》向苏家众多宗长予以推介。其关心与提携后辈之情溢于言表，令人敬佩。同样要感谢的还有为我写序的苏振武教授。他工作于陕西宝鸡文理学院，是宝鸡文理学院哲学研究所所长、苏武文化研究会理事长，审读我的文稿后细致地列出了二十几个问题，建议我修改。学者的严谨、务实，长者的谦虚、关爱，让我深深感动。岳麓书社的王文西与我素未谋面，仅仅因为他和我曾经同在一个学校学习，就答应为我申报选题，提供出版的机会。他说过一句"我现在更能体会你写《读谱记》真的是一件为苏氏子孙后代积福的事情"。作为编辑，作为朋友，这都是对我最大的鼓励与肯定。后来因为种种原因，此书不能在岳麓书社出版，但王文西的支持与帮助依然令我难忘。还要感谢上海《苏姓文化》主编，原兰州军区空军后勤部副部长苏永祁先生。苏永祁先生是百岁老人、文化名人苏局仙的孙子，也是苏轼的后代。他为人十分热情，率真，第一次联系就直接告诉我，他已经86岁精力不济，交往中若有不周、失礼请我谅解。苏永祁先生如此亲切细致地关怀一个陌生的宗亲，是我学习的榜样，也是苏氏宗亲的楷模。他很快将管成学教授为本书写的序言发表在《苏姓文化》第115期并为我发来了样报。还要感谢《世苏中国》主编苏世佐、陈茂金两位先生，陈茂金先生看到我发给他的本书简介与书稿后，马上联系苏世佐先生并两人商定将本书在世界苏氏宗亲会会刊《世苏中国》连载。这无疑了本书最好的展示平台，也给了我巨大的鼓舞。感谢张立云先生。张立云先生是我的老朋友，也是知名出版人，为人真诚厚道，他及他的团队为本书的出版付出了超乎寻常的精力。感谢苏方来、苏光庆、苏姣吾、苏光杰等老师为我提供资料，给予指导。感谢我的妻子黄芙英给予的理解与支持。他们的支持让我感受了文字、文化的力量与友情、亲情的温暖。最后，我诚恳地希望能够听到来自读者的批评，也衷心期待读者多提宝贵的意见。

苏启平

2021 年 12 月 9 日

附　录

<label>附录</label>

一、浏阳《苏氏族谱》疑误考辨

  《读谱记》所依据的基本史料为同治三年（1864 年）编修的《苏氏次修族谱》，民国二十六年（1937 年）编修的《苏氏武功五修族谱》。然而因种种条件的限制，加之流传过程中因传抄或刻板中所产生的讹误，故历次修谱成书之后的族谱中疑误之处难免。本文对其中部分疑误内容采用本校与他校等方法略作考证和辨析，以期作为阅读《读谱记》及查阅《苏氏族谱》的参考，祈盼专家学者指正。

（一）《历代源流》疑误考辨

  族谱呈现：《苏氏武功五修族谱》次卷 41–46 刊有历代源流，共计有 21 代，依次为苏建，字立业；次子苏武，字子卿；次子苏通国，字治美，号泰阶；苏旃，字浚哲，号浚堂；苏竟，字伯况；苏纯，字桓公；苏章，字孺文，号书阁；苏则，字文师，号典楼；次子苏愉嗣，字休豫；苏赞，字襄政；苏护，字保康；苏端，字方正；长子苏彤，字管炜；长子苏雅，字天佑；苏祜，字受之；长子苏亮，字景顺；苏师嗣，字承先；长子苏武周，字之德；苏孝慈，字义格；苏策，字化安；苏荣定，字华茂。

  疑误问题：关于苏纯、苏章、苏则、苏愉嗣的关系。

  问题考辨：《后汉书·苏章传》记载"苏章字孺文，扶风平陵人也。八世祖建，武帝时为右将军。祖父纯，字桓公，有高名。"由此可知，族谱记载其父为"苏纯，字桓公"应为其祖父，这样正好与"八世祖建"吻合。因此族谱里缺苏章父亲这一代。

"安帝时，举贤良方正，对策高第，为议郎"，"顺帝时，迁冀州刺史"汉安帝刘祜 106 年继位，125 年去世。汉顺帝刘保 125 年继位，144 年去世，在位 19 年。族谱载其子苏则"汉中平时官酒泉太守"，汉中平元年为公元 184 年。《魏书》"黄初四年 (223 年)，被降职为东平相。赴任途中，病逝，谥刚侯"。由此可知苏则去世于公元 223 年。"其子苏怡袭爵，苏怡死后，无子，由其弟苏愉袭封。苏愉，咸熙年间曾任尚书。"族谱中所说次子"苏愉嗣"当为"苏愉"。

苏振武教授审读文稿时，认为苏章苏则父子关系存疑，主要是时间相差较大。史书中没有记载苏章具体生卒，苏则只有去世的年代。按照史料分析，苏章汉安帝时举为贤良，当为二十岁左右，苏则汉中平时就做了酒泉太守，估计也在二十岁以上，从现在的情形来看，两者父子关系还是可以成立。只是古人寿命不长，生育能力不强，中间是否还有一代就不得而知。现查阅史料无法得知，姑且按照族谱所述，认同为父子关系。

因此，族谱中 21 代，实为 22 代，应该增加苏章父亲一代，史料缺少，暂且空缺。

（二）《眉山源流》疑误考辨

族谱呈现：《苏氏武功五修族谱》次卷 47–53 刊有眉山源流，共计有 13 代。依次为苏味道，字深造，号经窗；苏芬，字升馨；苏预，字弱夫，号源明；苏克承，字恢绪；长子苏燦，字廷显；苏微，字道心；苏釿，字子鳌；苏祜，字厚福；苏杲，字朗映，号寅阶；苏序，字仲先；苏洵，字明允，号老泉；苏轼，字子瞻，号东坡；（附：苏辙，字子由，号颖滨，又号栾城）苏过，字叔党，号斜川。

　　疑误问题一：苏味道留在眉山的儿子叫什么名字？

　　问题一考辨：360 百科苏味道词条记载：苏味道有四个儿子，老大、老三、老四都"子承父业"做了官，只有老二与众不同。这个老二叫做苏份，苏味道死后，苏份就在眉山县(现在的四川眉山市东坡区)娶妻生子，"自是眉州始有苏"。苏份的第九代子孙里出了个苏洵，苏洵的二儿子叫苏轼，三儿子叫苏辙(苏洵的长女是八娘)，这就是大名鼎鼎的"三苏"。由此推断，族谱世系正好苏洵是苏芬的第九代，可视为无误。苏份在族谱里不知何故为"苏芬"，苏振武教授认为应按照史书以及其他族谱所载改为"苏份"。《读谱记》中按照这个建议已做修改。

　　疑误问题二：苏洵的高祖苏釿到底是谁的儿子？

　　问题二考辨：苏洵《族谱后录下篇》中记载"苏洵的高祖名苏釿，是苏泾的儿子"，这与族谱中苏釿是苏微的儿子不相符合，依照苏洵所载，族谱和书中均应为修改，考虑到是否苏微就是苏泾，没有其他依据。《读谱记》与族谱暂未修改。

（三）《洪都源流》疑误考辨

　　族谱呈现：《苏氏武功五修族谱》次卷 54–56 刊有洪都源流，共计有 6 代。依次为苏符，字同撰，号一榘；苏峤，字桐城；苏青岩，字千仞；

苏鉁，字鸿，号衡鑑；苏纶，字大璋，号禺之，又号双溪；苏东阳，字恒升。

疑误问题一：苏符、苏峤与苏过到底是什么关系。

问题一考辨：苏轼有子迈、迨、过三公，苏峤、苏岘为第三子苏过之孙，苏箭之子。苏符应为苏迈次子。靖康兵祸时，苏峤、苏岘皆被金兵所俘虏，后苏符为遣金史时，将其带回常州、宜兴一代。苏轼的后代因为有些没有子嗣，有些是后代被金兵所俘虏，所以他们两兄弟就作为父辈叔伯的后代。苏峤、苏岘因为感激伯父苏符将其兄弟从虎狼之地救出的再生之恩，亦奉苏符为再生父母。故族谱世系无误，只是未解释其中缘由。苏峤、苏岘之父实为苏箭，祖父苏过无误。

舒大刚著，巴蜀书社出版的《三苏后代研究》中韩元吉《苏岘墓志铭》载"从祖侍郎公讳迨，郊恩任公。祖讳迨，朝散郎，尚书驾部员外郎，妣安人欧阳氏。考讳簹，将仕郎，累增朝奉大夫，妣恭人范氏。"说的就是苏峤、苏岘被带回后先跟着苏辙的长子，曾任金华太守的苏迟一起生活，后苏岘被过继给苏轼的第二个儿子苏迨做孙子。《苏岘墓志铭》记载"文忠仲嗣无后"。文忠是宋孝宗赠给苏轼的谥号，仲是苏轼的次子苏迨。这句话的意思是苏轼次子没有后代。其实苏迨原先有个儿子，名苏簹，但早年去世，没有后代。苏岘是苏过的孙子，生于徽宗政和七年（1117 年），他被过继到苏迨一房，延续香火。韩元吉生于徽宗末年，与苏轼的孙子和曾孙生活时期相近。同时代人所作墓志铭，是记录墓主人生平事迹的第一手资料。韩元吉写的墓志是关于苏岘最可靠的历史记录。

《苏岘墓志铭》中苏峤是苏岘的哥哥。族谱说长子苏岘，次子苏峤应为有误。苏峤从金国回来之后的家族情况没有记载，我们只能按照苏岘的情况大体推断，两兄弟应该同样视苏符为再生父母。苏峤其他情况依据族谱载"官奉议郎宋绍兴三十二年实授江西南昌府新建县知县事，见南昌府誌三十一卷，乾道六年宋孝宗亲制东坡公集赞赐之公。官于吴遂家于吴"，苏峤江西为官当为事实。

疑误问题二：苏轼的子孙到底有多少，都是什么名字？

问题二考辨：苏轼族系的取名风格很有特点。自苏洵开始，其下四代都是单字名，而且同胞兄弟的名字采用相同的偏旁部首，严整有序。苏洵兄弟名字全是三点水：苏澹、苏涣、苏洵；苏轼兄弟名字全是车字旁：苏轼、苏辙；苏轼的儿辈名字全是走之底：苏迈、苏迨、苏过；孙辈全是竹字头：苏簟、苏符、苏箕、苏籥、苏筌、苏筹；曾孙辈全是山字旁：苏峤、苏岘。苏岘的儿子名字全用木字旁。

百度百科中，苏迈子六：长簟，次符，三籥，四笋，五笈，六筌；苏过有子七：籥(yuè)、籍、节、笈、筚(bì)、笛、箾(shuò)。这当中很多重复，明显有误。

《苏氏武功五修族谱》中苏裕伯《眉山源流引》"轼公之孙，共十有五。筚公，官太府乡。符公，礼部尚书。葵、籥、籍、节、笈、笔、篴、箭、箕、筹、筌、籁、笙十三公俱以文名重"

《苏氏武功五修族谱》次卷53记载苏过有子八，曹太君生子"籥、籍、箾、笈、筚、篴、箭、符"。

舒大刚著，巴蜀书社出版的《三苏后代研究》中韩元吉《苏岘墓志铭》记载，苏迨原先有个儿子，名苏簧，但早年去世，没有后代。

舒大刚著，巴蜀书社出版的《三苏后代研究》中宋朝晁说之撰《苏过墓志铭笺》"男七人：籥、籍、節、笈、筸、篴、竺，女四人，孙男两人：峤、岘。"

舒大刚著，巴蜀书社出版的《三苏后代研究》中《三苏子嗣及其分布概说》，《东坡先生墓志铭》载孙男六人"箪，符、箕、籥、筌、筹"

《宋史苏轼传》附《苏过传》中"簟、竺"作"筸、簡"。

据此推断：苏轼儿子为四个，苏迈、苏迨、苏过、苏遁。苏轼孙子至少十三个。苏过之子为七，即"籥、籍、節、笈、筸、篴、竺"。苏迨之子应该为一，即"簧"。综合以上苏迈子为五，即"箪、符、箕、筌、筹"。

疑误问题三：苏符的墓葬地在哪里。

问题三考辨：《苏氏武功五修族谱》次卷 54 载苏符"以官为家，遂携儿子岘峤家于吴"。舒大刚著，巴蜀书社出版的《三苏后代研究》中苏山《苏符行状》记载，苏符是苏迈的次子，生于元祐元年 1086 年。死于绍兴 26 年七月丁未，时年 70 岁。从元祐元年到建中靖国元年，侍奉苏轼 15 年。12 岁的时候，苏东坡为苏符主婚，娶王适的女儿为妻。苏东坡称其为诗孙，南渡后为礼部尚书。后归葬于四川眉山修文镇苏家祖坟。

江西平江苏氏族谱上记载平江有苏符墓。《苏符行状》碑刻是宋代文物，具有很大的可信度，苏符应该葬于四川眉山。据此推断，平江苏符墓应当为苏轼后代子孙思念先人所建的衣冠冢。

（四）清浏武功苏氏族谱世系全谍（仅录作者世系）

族谱呈现：《苏氏武功五修族谱》次卷 57–76，载有清浏武功苏氏族谱始祖及前五代世系。

《苏氏武功六修族谱》卷 25，有作者六到九派祖。

《苏氏武功六修族谱》卷 27，有作者十到十二派祖。

《苏氏武功六修族谱》卷 28，有作者十三到二十一派祖及作者。

1.入浏始祖 苏如日，字环六，号瑞阶。

宋兴定元年丁丑（1217 年）出生，元大德二年戊戌（1298 年）卒，葬浏北缎牌李家巷官衢侧有碑墓，附图志。

符公第七派孙，老泉公第十派孙，例封荣禄大夫。

2.第一派 苏裕伯（官名图南），字宽仁，号宸北。

生于宋嘉熙四年（1240 年）六月初六，卒于元延祐四年（1317 年）正月十三日。

公生长江右，居铁柱宫前。南宋理宗景定四年追慕东坡公为先世勋臣诏封后裔，封公吏部侍郎。后宋元鼎革，公奉双亲隐居湖湘间，易名清伯。元元贞元年（1295 年）徙居星沙南关内苏家巷，易名钦伯。后卜居浏北缎牌桥，更名宸北，创业始谋，事详遗录，编氓隶籍，人莫知为先朝遗宦，惟扶杖逍遥，遨游山水以适其性。暮年尝乐洞阳山，系第二十四洞天。遂立业洞阳而又建茅庵于峰尖以为登眺憩息之所。作记志之，后缀以名，至今遗迹犹存。记与遗录均详首卷。

3. 第二派 苏才仲，字俊雄，号汝楫。

元大德元年丁酉岁（1297年）生。与哥哥清仲公苏俊英由缎牌迁居洞阳开创大业。

4. 第三派 苏亨柔，字荣汉，号云章。

元元统三年乙亥（1335年）生，葬于五魁山，第一个谱中有记载葬于此地的祖先。

居住洞阳上苏，下苏。

生育三个儿子，大儿子苏元乾，后十九派世祖苏鲁将军为其后代。二儿子苏元坤，三儿子元华，后第20派世祖苏鳌将军为其后代。

5. 第四派 苏元乾，字美利。

明朝洪武三年庚戌（1370年）六月初六出生，居上江滨，后子孙居元甲，江滨新屋，横山，春台山。属于29都8甲苏元江，自此后代皆称29都8甲源于此。生再聪、再围，再亮。

6. 第五派 苏再聪。

乾公三子惟聪公之后有传。生万金、万定，万富，万贵。

7. 第六派苏万金，字福全。

明宣德九年甲寅（1434年）四月十九日卯时生，正德九年甲戌（1514年）十月二十四日戌时终，寿八十一。聪公四子惟金定二公之后有传，而金公一脉尤盛，其德之厚可知矣。

8. 第七派苏能昂，字映照。

明成化十三年丁酉（1477年）十二月十六日寅时生，嘉靖二十八年己酉（1549年）十月二十七日丑时终，寿七十二。世为长房，一德相继，是以贤嗣苗立，丕振家声，才公位下惟公一脉独盛矣。

9. 第八派苏通珊，字振纲。

明嘉靖九年庚寅（1530年）十月初一日子时生，万历二十七年己亥（1599年）八月初七日巳时终，寿七十。

10. 第九派苏永科，字柳州。

明隆庆五年辛未（1571年）三月十五日辰时生，清顺治四年丁亥（1647年）正月二十日午时终，寿七十六。

11. 第十派 苏继栋，字献怀。

明万历四十五年（1617年）四月初七日巳时生，清康熙十八年（1679年）二月初九日亥时终，寿六十二。

栋公以仁存心，以礼律己，特齐乐善，不枝不求，故能屡经治乱，保家全身，阅历沧桑，创业垂统，迄今贤嗣崛起，大展鸿图，无愧先人之遗绪矣。其后世居上江滨船形，及下江滨新屋，后因繁衍析业，后背屋，夏家山等处皆公之后裔所管也。

12. 第十一派苏茂繁，字喜珑。

13. 第十二派 苏志嘉，字得成。

清康熙五年（1666年）九月初八日卯时生，乾隆六年（1741年）八月初九日戌时终，寿七十五。

14. 第十三派 苏敬灿，字斐章，号焕宇。

生于清康熙五十九年庚子（1720年）2月20日，卒于乾隆五十四年已酉（1789年）六月初三。生育德垣，德璠，德纯，德筹，德伟五子。

15. 第十四派 苏德筹，字光世。

生于乾隆二十六年（1761年）六月初六寅时，卒于嘉庆九年（1804年）十月十九日。生正芊、正薰，正丛三子。

16. 第十五派 苏正薰，字乐陶，号惠南。

生于乾隆五十七年壬子（1792年）六月初八子时，卒于咸丰三年癸丑（1853年）9月25。葬江边苏南山屋。生学轼，学辙。

17. 第十六派 苏学辙，字清澄，号理钵，亦波，捐名心源。

例授登仕郎，担任团总，清同治《浏阳县志》亦有记载。生于嘉庆二十一年丙子（1816年）3月26日未时，卒于光绪四年戊寅（1878年）6月22日，葬小洞包公冲。

18. 第十七派 苏崇瀛，字经储，号环臣，捐名筱州。

字经储，号环臣，捐名筱州，登仕郎，生于道光二十三年癸卯（1843年）8月20日午时，光绪21年乙未（1895年）5月13日 葬小洞鄱官冲坳弯手掌形。

生育先沃鋈 wu，先鋆 yun，先銮 luan，先鉴 jian 四子。

19. 第十八派 苏先鉴，字炳焯，号䃥邨。

生于同治五年丙寅（1866年）11月15日亥，卒于民国七年戊午（1918年）11月15日午时，葬于小洞鄱官冲屋下首僎山。

生育达赏，达鑫两子。 苏达赏，字懋廷，号俊克，生于光绪二十八年壬寅（1902年）6月初九辰时， 卒于辛丑1961年8月20日，葬小洞鄱官冲屋后山。

20. 第十九派 苏达鑫，字士鑫，号鼎铭。

生于光绪三十年甲辰（1904 年）10 月 14 日辰，死于 1978 年 2 月 15 日辰，葬小洞鄱官冲竹枧曹。

21. 第二十派 苏文交，字秋生，号福临。

生于民国十九年（1929 年）7 月 25（农历），卒于 1997 年 10 月 30 日（农历）。

22. 第二十一派 苏光铁

生于 1952 年 8 月 25 日（农历），卒于 2014 年 9 月 30 日（农历）子时。

23. 第二十二派 苏启平

生于 1977 年 12 月 9 日（农历）

《苏氏次修族谱》卷一介绍苏裕伯时"后宋元鼎革，公奉双亲隐居湖湘，易名清伯，元元贞时徙居长沙府南关内苏家巷，易名钦伯。后卜居我浏北缎牌桥，更名宸北。隶属编氓，人莫知为先朝遗宦"。

《苏氏武功五修族谱》次卷 58 页介绍入浏第一派始祖苏裕伯时记载"元元贞徙居星沙南关内苏家巷，后卜居浏北缎牌桥"。

《苏氏武功五修族谱》首卷《图南公遗录》中有"余自吴来楚，历今三十余载矣。""余系洪都符公位下，第八派孙，宋末隐名湖湘。元大德时，隶籍于斯，恐汝曹莫识其渊源，因手录《眉山洪都源流》，当珍藏之"。

《苏氏武功五修族谱》首卷所载苏志燮与苏渭滨撰写的《雍正庚戌谱

序》"德佑二年，宋降于元，公奉我始祖例封荣禄大夫环六公，始祖妣例封夫人聂氏避难隐居湖湘间，元贞时徙居星沙南关内，大德十年始卜业浏北，更名隶籍，人莫知为先朝遗宦"。

疑误问题一：元朝元贞年之前，隐遁湖湘之初苏裕伯在哪里居住。

问题一考辨：德佑二年为公元1276年，元朝元贞元年为1295年。族谱中多处记载苏裕伯一家元朝元贞时才迁居苏家巷，那么这中间的近二十年他去了哪里。苏裕伯自己所写《图南公遗录》中有"余自吴来楚，历今三十余载矣"，他写作此文的时间为延祐三年，即公元1317年，可以推断他们一家宋元鼎革之时已经离开南昌，前往湖湘大地，不过路途遥远，估计应该在1280年左右到达湖湘，这样与他"自吴来楚，历今三十余载矣"方才吻合。另根据湖南平江苏氏族谱，平江县居住有苏峤的弟弟苏岘后裔，苏裕伯作为苏峤的后裔应该跟他们有一些联系，至少对此有所耳闻。南昌到湖南，走水路正好经长江过洞庭湖先到达岳阳，平江正是岳阳属地，据此推断苏裕伯一家应该在岳阳居住。因为这中间有近二十年，如果苏裕伯径直前往平江傍亲苏岘后人，估计就会在此长期居住，不会再往长沙苏家巷了。他从南昌迁来岳阳时，是戴罪之身，又是举家搬迁，人员众多，估计不会到达太偏远的地方，因此《读谱记》中推断他居住在岳阳城附近。

疑误问题二：苏裕伯一家何时迁入苏家巷。

问题二考辨：族谱中均没有确切时间，但都提到了元元贞时。元贞，元朝元成宗的年号，共三年。1295 年为元贞元年；1296 年，为元贞二年；1297 年为元贞三年。没有确凿的证据证明是哪一年迁到了苏家巷，一般改年号的那年，给人的震动大一点。因此《读谱记》中用了元贞元年的说法。

疑误问题三：苏裕伯一家何时迁入浏北缎牌。

问题三考辨：这个时间比较难确定。族谱里大部分用的是不确定的时间"大德间"，但苏志燮与苏渭滨撰写的《雍正庚戌谱序》有确切的时间"大德十年始卜业浏北"。大德是元朝元成宗的年号，从 1297 年到 1307 年，1297 年既是元贞三年，也是大德元年，1307 年是大德十一年。考虑到苏裕伯的《洞阳山茅庵记》写于大德十一年，我认为《雍正庚戌谱序》中所说的"大德十年始卜业浏北"不可信，因为长沙苏家巷距离洞阳山有五十多公里，路途遥远，苏裕伯此时已经 68 岁，上了一定年纪，不可能反复折腾于路途，在洞阳山修建茅庵游山玩水。这之前很长一段时间应该已经迁徙到了浏北缎牌。另族谱中记载入浏始祖苏如日元大德二年（1298 年）戊戌年卒，葬浏北缎牌李家巷官衢侧。由此来看，苏裕伯一家来浏，应该在这之前，具体时间不得而知，《读谱记》用了大德元年的说法。

疑误问题四：《苏氏初修族谱》与《苏氏次修族谱》是否都收录了善化南塘崇候一支的信息

问题四考辨：经查阅道光二十六年（1846 年）《苏氏次修族谱》（二修）、同治三年（1864 年）《苏氏次修族谱》（三修）与四修、五修、六修族谱。三修中有记载善化南塘一支，二修、四修、五修、六修均没有记载。《读谱记》采用的是初修、二修没有记载，三修才收录；四修的时候又考虑难以收集全世系资料，再限于时间精力，没有收录；五修及以后均未再收录。之所以这样认为，主要是两个原因。一是二修与三修同样一本次卷，二修用的版心是四仲堂，三修用的是武功堂。二是从四修、五修沿用的体例与抄录的资料来看，谱序与一些史料均没有提到南塘崇候一支。因此《读谱记》中做了三修时改版心四仲堂为武功堂这一推断。（可参考附录十一《苏氏族谱》所刊资料图影选辑）

二、浏裔苏氏先祖世系图

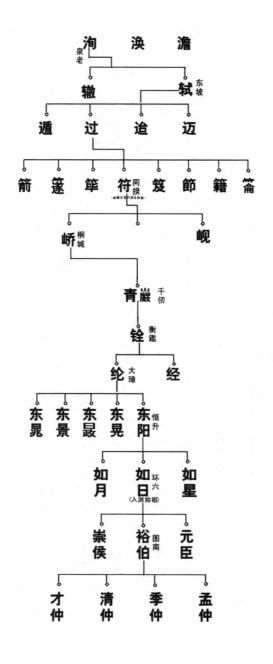

三、浏阳苏裔四仲堂前七派世祖图

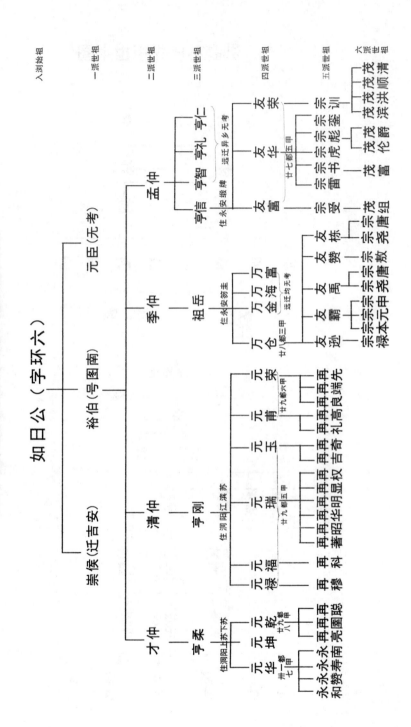

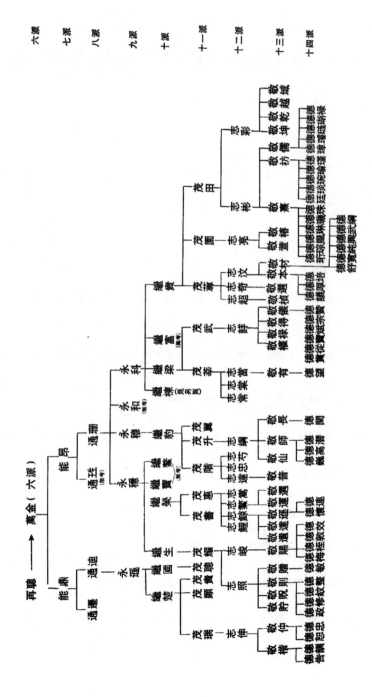

四、浏阳苏氏四仲堂二十九都八甲世系图

读谱记

五、浏阳苏氏四仲堂栋公灿分筹房薰房辙房世系

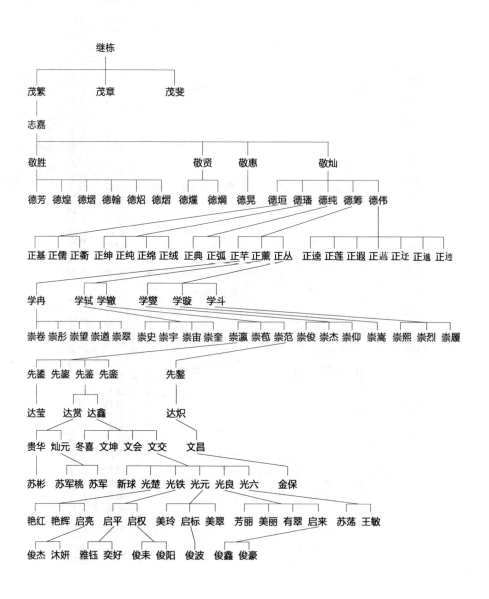

六、浏阳《苏氏武功五修族谱》目录

（民国二十六年编）

首卷

附录

附录

七、苏轼后裔湖南浏阳支源流考

浏阳隶属长沙市，处于长沙、株洲、湘潭三市的"金三角"地带，位于湖南东部偏北，东邻江西铜鼓、万载、宜春，南接江西萍乡及湖南醴陵、株洲；西倚省会长沙；北界岳阳市平江。古隶属荆州，东汉建安十四年（209年）即为东吴周瑜"俸邑"之一，是著名的"将军之乡"与闻名的"花炮之乡"。面积五千０七平方公里，一百四十九万人口，曾经一曲优美的《浏阳河》唱遍大江南北。谭嗣同、胡耀邦、王震等名垂青史的仁人志士从这里走出，一代伟人毛泽东曾在这里播下了革命的火种，使世人对浏阳这块红色土地，充满了无限的向往。这里，还流泻着一种自然的灵秀之美。有"湘东明珠"之誉的大围山，有第二十四洞天之称的洞阳山仙境，有天下闻名的浏阳河……。正如图南公（苏轼之孙苏符的第八派孙）曾游洞阳山"爱其山水之清幽，田地之沃饶"，"择此地而居之"。

据《洪都武功世谱序》记载，苏轼三子苏过，（1065年—1117年）字叔党，号斜川。"过天性纯孝"，"其父坡公守正不阿，屡遭贬斥，播迁靡定，惟过患难与居。不以功名富贵为心，惟以左右就养为志，事亲若过公者，可矣"。众都视过为"大孝格天"，生子[①]符（1094年—1185年），字同揆，号一槊。自幼力学，负大志，随侍苏轼十五年，绍兴五年，赐进士出身，中书舍人。"克绳祖武，立朝大节凛凛，有乃祖风"。当南宋中兴之初，符公为孝宗礼部尚书。制诰表章十卷，文集二十卷，特赠左中奉大夫，累封眉山开圆伯，食邑七百户。每逢大典，"常修明礼乐者，皆符公之任也"，而当朝世人只知"苏氏以文章冠古今"，"孰知忠孝传家，其渊源有自来哉"。"吾族常以坡公、符公之忠为忠，以过公之孝为孝，则世德相承"。

符公子峤公（1118年—？），字桐城，曾为江东从事，右奉议郎，尚书吏部员外郎，乾道九年宋孝宗曾作《御制文忠苏轼文集赞并序》赐峤公，序云"雄视百代，自作一家，浑涵光芒，而是大成矣"。因封官于吴，遂由蜀迁吴（洪都）而为吴之始祖，以官为家，嗣后厥昌。"绵绵翼翼，科第蝉联"，"克绍三苏，岂非忠孝之极，万世不替"，既而，由洪都而散居四方。如入浏开派世祖图南公（1240年—1317年），宋理宗时诏授"吏部侍郎"。宋元鼎革时，奉双亲隐名湖湘，易名清伯。元贞初徙居星沙。元大德时，图南公卜居浏北缎牌桥，更名宸北，恐后裔不知其渊源，手抄《眉山洪都源流》，并将先朝名器——缎牌、笏圭为迁居立业之本。后人把图南公创业谋事记录入《图南公遗录》，而时人皆不知他是先朝遗宦，暮年图南公遨游山水于第二十四洞天——洞阳山，登眺其上，慕其胜境，剪草为屋，以为憩息之所，名曰仙羽庵。于元·大德十一年撰《洞阳山茅庵记》以寓悲惋之情。

图南公其夫人樊太君，随夫三迁而辟业斯地，"立一族之母仪，垂百世之懿范"，生孟仲、季仲、清仲、才仲四子。图南公立业此境，赐缎牌与长子孟仲，以缎牌为住居地名，并嘱曰"承护而世守之"；赐笏圭与次子季仲，并将在茅坪段创建的堂宇，取名为"笏圭堂"，作为世居其业；又将洞阳山自建茅庵赐与清、才二子，加赐天球河图、赤刀大训，两先世宗器。

由此孟、季、清、才大昌厥后，散居浏阳四乡。

东坡公之孙符公第二十七代孙蛟吾、光杰谨撰

本书注①：苏轼有子迈、迨、过三公，苏峤、苏岘为第三子苏过之孙，苏箪之子。苏符应为苏迈次子。靖康兵祸时，苏峤、苏岘皆被金兵所俘虏，后苏符为遣金史时，将其带回常州、宜兴一代。苏峤、苏岘因为感激伯父苏符将其兄弟从虎狼之地救出的再生之恩，亦奉苏符为再生父母。苏峤、苏岘之父实为苏箪，祖父为苏过。具体见附录一《浏阳＜苏氏族谱＞疑误考辨》。

八、眉山源流行述纪略

苏味道，赵州栾城人。九岁能属辞，与里人李峤俱以文翰显，时号"苏李"。逮冠，州举进士，中第。累调咸阳尉。吏部侍郎裴行俭征突厥，引管书记。裴居道为左金吾卫将军，倩味道作章，揽笔而具，闲彻清密，当时盛传。延载中，以凤阁舍人检校侍郎、同凤阁鸾台平章事。嗣圣元年，与张锡俱坐法系司刑狱。锡虽下吏，气象自如，味道独席地饭蔬，为危惴可怜者。武后闻，放锡岭南，才降味道集州刺史。召为天官侍郎。圣历初，复以凤阁侍郎、同凤阁鸾台三品。更葬其亲，有诏州县治丧事。味道因役庸过程，侵毁乡人墓田，萧至忠劾之，贬坊州刺史。迁益州大都督府长史。张易之败，坐党附，贬眉州刺史。复还益州长史，未就道卒，年五十八，赠冀州刺史。味道练台阁故事，善占奏。然其为相，特具位。未当有所发明。脂为自营而已。尝谓人曰："决事不欲明白，误则有悔，模棱持两端可也。"故世号"模棱手"。性友爱，与弟味元，义敦花萼，所论著行于时。

苏源明，初名预，字弱夫。少孤，寓居徐、兖。工文辞，有名天宝间。及进士第，更试集贤院，累迁太子谕德，出为东平太守。是时，济阳郡太守李侄，以郡濒河，请增领宿城、中都二县，以纾民力。二县，隶东平，鲁郡者也。于是，源明议废济阳析五县，分隶济南、东平、濮阳。诏河南采访使会濮阳太守崔季，鲁郡太守李兰，济南太守田琦及源明、倿伍太守议于东平，不能决，既而卒。废济阳，以县皆隶东平，召源明为国子司业。安禄山陷京师，源明以病不受。肃宗复，两擢考功郎中、知制诰。是时，承大盗之余，国用泛屈，宰相王屿以祈进禁中，祷祀穷日夜。中官用事，给养繁靡，群臣莫敢切诤昭应，令梁镇上书劝帝罢淫祀，其他不暇及也。源明数陈政治得失，及史思明陷洛阳，有诏幸东京，将亲征，源明因上疏极谏陈：十不可，帝嘉其切直，遂罢东幸，后以秘书少监卒。

祐公，眉山人。少颖悟过人，至成都遇道士异之，屏人谓曰："吾能变化百物，将以授子。"祐固辞道人，笑曰："是果有以过人矣。"自是隐名益彰。杲公，积德累仁，以施与显名。岁值饥荒。杲公捐膏腴千余亩助赈，后追赠太子太保，配宋氏，封昌国太夫人。序公，字仲先，读书通义，为诗务达志。教其子澹、涣、洵，皆成大器。俱登进士，公后赠职为太子大傅，配史氏，追封加国太夫人。

洵公，字明允，号老泉，眉山人。年二十七，始发愤，为学应举不第，悉焚所为文，益闭户读书，通六经百世诸家，下笔辄数千言，著《权书》《衡论》《机策》二十余篇，尽阐辟横纵之说。嘉祐间，与二子轼、辙至京师，偕诣欧阳修。修为上其所作，一时士大夫争传诵之。自是三苏之名重天下。宰相韩琦奏荐召试舍人院，辞疾不赴。会将修建隆以来太常礼书，命授文安县主簿，与项城令姚辟同纂成《太常因革礼》一百卷，方奏未报，公卒。赐其家缣、银各二百，轼辞所赐，求赠官，授中议大夫，赠光禄寺丞加太子太师，谥文公，敕葬眉州城东。配程氏，追封成国夫人，有文集二十卷，《谥法》三卷行世。

轼公，字子瞻，自幼有大志。父游学四方，母程氏亲授以书，至古今成败，辄能语其要。尝读《范滂传》，慨然请曰："轼若为滂，母许之乎？"母曰："汝能为滂，吾顾不能效滂母耶？"

比冠，博通经史，属文日数千言。嘉祐二年，试礼部。欧阳修主试，病时文碟裂诡异，思有以救之，得轼《刑赏忠厚之至论》，惊喜，欲以冠多士。疑其客曾巩所为，乃置第二。复以《春秋》对义擢第一，修语梅圣俞曰："顾避此人出一头地。"闻者始哗，久之乃服。

丁母忧，起复调福昌主簿。修荐应制科，试六论，文义粲然。复对制策，入三等。自宋初以来制策入三等，惟吴育与轼而已。除大理评事、签判凤翔府。关中自元昊叛，民贫役重，岁输南山，木筏经砥柱之险，衙役踵破家。轼至访其利病，令自便进止，害为减半。

治平二年，入判登闻鼓院。英宗在藩闻其名，欲循唐故事，召入翰林，知制诰。宰相韩琦曰："轼才远大器也，他日自当为天下用。要在朝廷培养之，今一旦聚进，则天下之士未必皆信，适足以为累。"上曰："且与修注如何？"琦独持不可，请召轼得直史馆。轼闻琦语，曰："公可谓爱人以德矣。"

熙宁初，父丧服阕。王安石恶其立异，除判官诰院。安石欲变科举，兴学校。轼上议，神宗悟曰："吾固疑此，今释然矣。"即日召见，问："方今政令得失，虽朕过失，指陈可也。"对曰："陛下生知之性，天纵文武，不患不明，不患不勤，不患不断，但患求治太急，听言太广，进人太锐，愿镇以安静，待物之来，然后应之。"上悚然曰："卿三言，朕当熟思之。"安石不悦，命权开封推官，将困之以事。轼决断精敏，声闻益著。会上元敕府市挂灯，且令损价。轼疏言："陛下以奉二宫一日之玩，夺小民口体必用之资，事虽至小，体则甚大，愿追还前诏。"从之。

安石新法行，轼上书论其不便，续续万余言。已而，命轼试贡士，发策以"晋武平吴以独断而克，符坚伐晋以独断而亡，齐桓专任管仲而霸，燕哙专任子之而败，事同而功异"为问。安石见之滋怒，使御史谢景桓论奏，穷治无所得。请外，通判杭州。高丽入贡，书称甲子，不禀正朔，轼却之使者书，使者易之称熙宁，然后受之。

时新政日下，轼每因法以便民，民赖稍安。徙知密州，不即于行实法，提举责以违制，轼争曰："违制之坐，若自朝廷，谁敢不从，今出于司农，是擅造律也。"提举为改容，未岁果罢。徙知徐州，值河决，薄城急呼武冲营卒筑东南长堤，城不沈者三版。轼就庐城上，使吏分堵，卒全其城。徙知湖州，凡事不便民者，不敢直言，以诗托讽。李定、舒亶、何正言摭以为谤，逮赴台狱，将置之死。上独怜之，谪黄州团练副使安置。弟辙，与鲜于侁皆坐谪，罚张方平、司马光以下二十八人。轼因筑室东坡，号东坡居士，日与田父野老，相从溪山间。

神宗数有意召用，语宰相曰："国史至重，可命苏轼成之。"王圭、蔡确有难色。既而，曾巩进《太祖总论》，上意不允，遂手扎移轼汝州。轼自言有田在昆陵，许居之。哲宗立，复朝奉郎、知登州，召为礼部郎中，迁起居舍人。元祐元年，赐银绯，迁中书舍人。轼素善司马光，章惇时光为门下侍郎，惇知枢密院，不相合，惇每以谯侮困光。轼谓惇曰："昔许靖以虚名见鄙于先主，法正尚谓不可慢，君实时望甚重诋，可侮乎。"惇以为然，光始稍安。

及光为相，欲复差役，轼曰："差役、免役各有利害，免役之害，掊敛民财，而下有钱荒之患。差役之患，民若猾吏，豪胥且病，常在官不得专力于农，此二害轻重盖略相等。"光曰："于君何如？"轼曰："法相因则事易成，事有渐则民不惊。秦分兵农为二，及唐变府兵为长征，自尔天下便之，今免役之法率类此。公骤欲罢免役，而行差役，正如罢长征而复民兵，盖未易也。"光不以为然，至于作色。轼曰："昔韩魏公刺陕西义勇，公为谏官，争之甚力，韩公不乐，公亦不顾，岂今日作相，不许轼尽言邪？"寻除翰林学士兼侍读，每进读前代史至治乱兴衰、邪正得失之际，未尝不反复开导，以启沃上心。尝读祖宗《宝训》，因及时事言："今赏罚不明，善恶无所劝沮，又黄河势方北流，而强之使东；夏寇入镇戎，杀掠及数万，帅臣不以闻。恐每事如此，侵成衰乱之渐。"帝辄首肯之。

一夕锁宿禁中，召入对便殿，宣仁后问："卿前年为何官？"对曰："臣为常州团练副使。""今何官？"曰："待罪翰林学士。"曰："何以遽至此？"曰："遭遇太皇太后，皇帝陛下。"曰："非也。"曰："岂大臣论荐乎。"曰："非也。"轼惊曰："臣虽无状，不敢自他途以进。"曰："此先帝意也，先帝每诵卿文章，必欢曰，奇才，奇才，但未及进用卿耳。"轼不觉哭失声，宣仁后与哲宗亦泣，左右皆感涕。已而，命坐赐茶，撤御前金莲烛送归院。

三年，权知贡举，宽士禁约，使得尽其才。蔡确以诗获罪，议迁岭南，轼密疏言朝廷薄其罪，恐皇于上孝治为不足。若深治，确恐于大后仁政为小累。请宜皇帝敕置狱逮治，太皇太后手诏赦之，则于仁孝两得。后心善之而不能用，轼积以论事，为当轴所憾。

元祐四年，请外，拜龙图阁学士、知杭州。既至大旱饥疫，并作请免本路上供米，及减价粜常平，又得僧牒，易米多作饘粥，以救饥者，使医分坊治病，衰羡缗作病坊待之，全活甚众。已而乃开浚茅山，一河使专受江潮，盐桥一河使专受湖水，造堰闸以为蓄浅之限，江潮不复入市。复修完李泌六募井，又取葑田积湖中径十里为长堤，以通南北行者，上植芙蓉杨柳，望之如画，杭人名为苏公堤。令人种菱角收利，以借修潴之用，又欲自浙江上流地名石门，并山而东，凿为漕河，引浙江及溪谷诸水二十余里，并山为岸，以达龙山大慈浦，自浦北折抵小岭，凿岭六十五丈以达岭东古河，又浚古河达于淮河，以避浮山之险，人以为便。复言："太湖水道由松江以入海，海口常通，则吴中少水患，昔苏州以东，公私船皆以篙行，无陆挽者。近来松江大筑挽路，建长桥以扼塞江路，故三吴多水，欲通挽路，凿长桥以迅江势。"二议为忌者所沮，功不成，人咸惜之。轼二十年间再莅，有功德于民，家有画像，饮食必祝，又作生祠以报。

六年，以吏部尚书召。避辙执政，改翰林承旨。数月，复请外除，知颍州，会开封诸县多水患，吏不究本末，擅决陂泽，注之惠民河，河不能胜，又将凿邓艾沟与颍河并，且欲凿黄堆注之于淮。轼始至，遣吏准以水平，淮水高于新沟几一丈，若又凿黄堆，必为颍患，轼奏罢之。

七年，徙扬州，先是东南漕法，听操舟者便带土货，后一切禁绝。故舟弊人困，往往多盗。所载以济饥寒，公私皆病。轼请复其旧，从之。未阅岁，复召为兵部尚书兼侍读。南郊充卤簿使，驾方谒太庙，值皇后及大长公主争道，不避仪仗，使李之纯不敢闻，轼于车中奏之，上遣使驰白太后，明日有诏，皇后以下皆毋得迎谒。寻转礼部尚书兼端明侍读两学士，高丽遣使请书，轼奏乞如汉东平王故事，毋得尽予，不听。

宣仁后崩，乞补外，知定州。时帝亲政，国事将变，轼上言：古之圣人将有所为，必先虑晦而观明，虑静而观动，则万物之情，毕陈于前。陛下圣智绝人，春秋鼎盛，臣愿虚心循理，默观庶事之利害，与群臣之邪正，以三年为期，俟得其实，然后应物而作。使既作之后，天下无憾，陛下亦无悔。不可使急进好利之臣，轻有改变，不报。定州自韩琦后，军政坏弛，将贪卒惰。轼至，取贪污者配隶远恶，乃部勒战法，缮修营垒，禁止饮博，大整上下之分。会大阅，命举旧典，帅常服出帐中，将吏戎服执事，讫事无敢慢者。绍圣初，御史虞策论轼前掌制命，讥讪先朝，落职，徙知英州，未至。贬宁远军节度副使惠州安置，居三年，泊然无所芥蒂，凡贤愚，皆得其欢心。又贬琼州别驾，居昌化，昌化，故儋耳地。药饵皆缺，非人所居，至则买地筑室，儋人运甓畚土助之，时时从其父老游，若将终身。徽宗立，移廉州永州，改舒州团练副使，遂提举玉局观，复朝奉郎。建中靖国元年，卒于常州，年六十六。

轼天性孝义，从父太白早亡，子孙未立，姑嫁杜氏，卒未葬，轼皆为经理，又移已荫太白之曾孙。洵晚读《易》，作《易传》，未究，命述其志。既又作《论语说》。居海南，作《书传》。有东坡前后集，及《奏议》《内外制》《和陶诗》凡百卷。名与欧阳修齐，文章雄视百代，高宗，取其集，置左右续之，终日忘倦，欢曰文章之宗也，赠资政殿学士。孝宗乾道六年，特赠太师，谥文忠公，擢其孙符礼部尚书。亲制集，赞赐其曾孙峤。轼三子，俱善为文，迈，驾部员外郎；迨与过，皆承务郎。

辙公，字子由，与兄轼同登进士，为渑池簿。又同应制举，时仁宗春秋高，辙虑或倦勤因制策极言得失。策入考官，司马光谓有爱君忧国意，取置高等。范镇难之，蔡襄曰："吾三司使也，司会之言愧之，而不敢怨。"胡宿以为不逊，请黜之。仁宗曰："以直言召之，而以直弃之，天下其谓我何。"乃置下等，授商州军事推官。王安石意辙专攻人主，比之永谷，不肯撰词，改命沈进为之。辙乞便养亲，改大名，父忧服除，安石擢居三司条例司，检详文字。会出《青苗书》，使熟议，辙曰以钱贷民，使出息二分，本以救民，非为利也。然出纳之际，虽良吏未免有奸，钱一入手虽良民未免妄用，及至输纳，虽富民不免逾限。如此则鞭箠必用，州县之事不胜烦矣。昔唐刘晏掌国计，未尝有所假贷。有尤之者，晏曰："此非国之福，且不便民，吾虽未尝假贷，而四方丰凶贵贱，知之未尝逾时。有贱必籴，有贵必粜。使四方无甚贵，甚贱之病，安用贷为？"晏之所言，即今日常平法耳。公诚能有意于民，举而行之，其效可立俟也。安石曰："君言诚有理，当徐思之。自此逾月不言青苗。"

会转运判官王广兼奏乞于陕西漕司行青苗法，春散秋敛，安石大悦于是，决意行之。辙议役法，直言力净，论极剀切。安石不听，遣人使之四方，访求遗利，中外知其必迎合生事，皆莫敢言。辙往见陈升之日："昔嘉祐末，遣使宽恤诸路，各务生事，还奏多不可行，为天下笑。今何以异此？"乃以书抵安石，力陈其不可。安石怒，出为河南推官。张方平知陈州，辟为教授，改著作佐郎，齐州掌书记，签书南京判官，移知绩溪。元祐元年，召为右司谏，首论蔡确等奸邪皆去位安置。司马光欲复差役，辙言役法关涉众事，根芽盘错，且依旧雇役，尽今年而止。催督有司审议，来年役使乡户，务今既行之后，无复人言，则进退皆便。又言诗赋虽小技，比次声律，用功不浅。至于治经，诵说讲解，尤不轻易。计至来年秋试，月日无几，未可施行，乞且罢王氏新学并律义，惟经义兼取注疏及诸家论议，令举人知有定论，一意为学，以待选试，然后徐议科举格式，未为晚也。光皆不能从。

时议弃守兰州、五砦，大臣不能决。辙言："顷者，夏使贺登极，还未出境，复遣使来，初不自言。度其狡心，盖知近者上下厌兵，欲使此意发自朝廷，倚以为重。朝廷深觉其意，特而不予，彼情得势穷，始来请命，此机一失，必为后悔。彼若点集兵马，屯聚境上，许之则不以为恩；不予则边衅复启。况今主上妙年，母后听断，旁臣将帅，恩威未洽，临机决断，谁任其责，伏乞早赐裁断，无使别致猖獗。"未几，迁起居郎、中书舍人。

朝廷议回河故道，辙为吕公著言："河决而北，自先帝不能回。今不因其旧修所未至，乃欲取而回之，其为力也难，而为责也重，是欲超过于先帝也。"公著悟，竟未能用。进户部侍郎，因转对，言："财赋之原，中分三条"以进哲宗，从之。惟都水依旧，寻权吏部尚书，自元丰定吏额，比旧增数倍，命辙量事裁减，辙白宰执，曰：此群吏身计所系。若以分数为人数，必大有所损，请据实立额，俟吏年满转出，或事故死亡者勿补。不过十年，羡额当尽。吕大防不用，命诸司吏立额裁损，又任其好恶改易诸局。未岁，永寿坐赃刺配，大防略依辙议行之。代轼为翰林学士，使契丹，馆客王师儒能诵洵轼文及辙《伏苓赋》，以不得见全集为憾，使还，迁御史中丞。调停之说方起，宣仁后疑不决，辙回斥宰相，力言其非，退而上疏。后于帘前读，曰："辙疑吾君臣兼用邪正，其言极中理。""调停"之说遂已。

又奏乞宣谕，大臣各宜正己平心，因弊修法以安民。靖国，其言侃侃极剀切详明。六年，拜尚书右丞进门下侍郎。回奏：君与臣事体不同，人臣虽明见是非，力所不加。人君于事，不知则已，知未有不能行者，若果知而不能行，则事权去矣。时夏人地界之议日久不决。明年，果以兵袭泾原，朝廷遣使往赐策命，夏人受礼倨慢，悉如辙所料。辙又乞罢熙河将佐范育等，别择老将以守。太后以为然，与宰相不合，竟不能从。夏复挑掘所争崖巉，三日而退。熙河奏乞因夏兵之退，急移近里堡砦于界，乘利而往，不须复守诚信。诏下大臣会议，辙曰："凡欲用兵，先论曲直。我若不直，兵决不当用。今我所侵夏地凡百数十里，此则不直，致寇之大者。且夏兵专于所争处，杀人掘巉，此意可见。"太后遂从辙议。

会廷度清臣，撰策题，历诋近岁行事，有绍复熙丰之意。辙奏先帝，天纵之才，其所设施，盖有百世不可改者。在位近二十年，终身不受尊号，减无穷之费，免破家之患；黜诸科诵数之学，练诸将慵惰之兵；置寄禄之官，复六曹之旧；严重禄之法，禁交谒之私；行浅攻之策以制西夏，收六色之钱以宽杂役。凡如此类，自元祐以来，奉行未遂，至于他事有失，何世无之。父作于前，子营于后，前后相济，正圣人之达孝。昔汉武帝耗蠹海，内民不堪命，昭帝罢去烦苛，汉室乃定。显宗以察为明，上下恐惧，怀不自安。章帝代之以恺悌之政，后世称焉。本朝真宗，天书之说。仁宗临御，罢藏梓宫。以泯其迹。英宗濮庙之义。先帝不惮改而从旧。愿陛下反覆臣言，慎勿轻事改易。哲宗览奏，以为引汉武比先朝，不悦。落职知汝州。数月，元丰诸臣复用，再谪辙知袁州。降朝议大夫、试少府监、分司南京、筠州居住，又谪化州别驾、雷州安置。

徽宗徙永州，已而复大中大夫，提举上清太平宫。崇宁中，又降朝议大夫，罢职。筑室许州，号颍滨遗老，自作传，万余言，不复与人相见，终日默坐如是十年。政和二年，卒，寿七十四，追复端明殿学士。淳熙中，谥文定公。生平性沉静简，洁寡言鲜，欲有以起人之敬，为文汪洋澹泊，似其为人，不愿人知之，而秀杰之气终不可掩。其高处与轼相近，所著《诗传》《春秋传》《古史》《老子解》《栾城文集》并行于世。三子，迟、适、逊。

过公，字叔党，随任杭州，发解两浙路，自父轼为师，至谪贬迁徙，过皆侍之，凡生理昼夜寒暑所须者，一以身任不知其难。初至海上，为文曰《志隐》，父览之，曰：吾可以安于岛矣。因命作《孔门弟子别传》，由监太原税知郾城，晚通判中山，因葬父汝州郏城小峨嵋山，遂家颍昌，营湖阴水竹数亩，名日小斜川，号斜川居士。有《斜川集》二十，传其《思子台赋》《飓风赋》早已见称，名为“小坡”。辙每言其孝，以训宗族，且曰：吾兄远居海上，惟成就此儿也。卒五十二。轼孙籥、籍、節、笈、筚、篴、箭、符。

道光二十五年乙巳岁季冬月，洞阳嗣孙学澈理钵氏、先梯云门氏同盥手抄录

二零二一年辛丑岁二月二十六日元宵，东坡公三十世孙启平点校

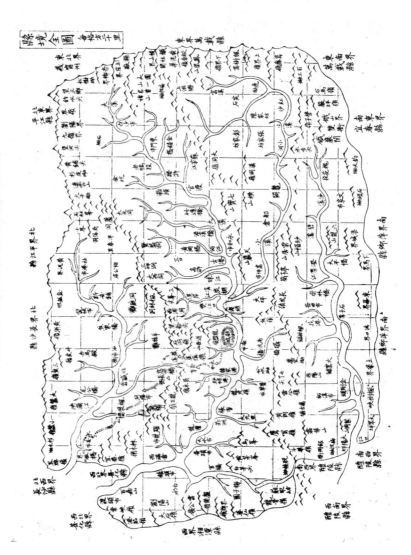

九、《同治县志》浏阳县境全图

附　录

二八二

十、作者小洞苏家宅院平面图

1. 同治年间建苏氏老宅平面图

同治年间建苏氏老宅平面图图解

1. 跑马场	13.14.15.16.17. 正房
2. 门楼	18. 内厅
3. 前院	19.20.21.22. 北厢房
4. 正门	23.24. 西厢房
5. 正厅	25.26.27.28.29.30.31.32. 南厢房
6.7. 东厢房	33. 牲畜房
8.9. 杂屋	34. 舂米房
10.11. 灶屋	35. 外弄堂
12. 天井	36. 晒谷坪

2.1973 年间建苏氏老宅平面图

28									

27	14	13	12	11	9	7	4	3	
26					29				2
	15	16	17		10	8	5	6	
			30						
18	19	20	21	22	23	24	25	1	

1973 年间建苏氏老宅平面图图解

1. 前院

2. 正厅

3.4.5.6. 正房 苏达赏家住，后苏贵华、灿元搬迁之后苏光楚家住

7.8. 苏光楚家住

9. 苏达鑫周发贞卧室

10. 苏文交卧室

11. 灶房

12. 苏光铁家卧室

13.14. 苏文坤 苏光元家厨房

15.16. 苏文坤 苏光元家卧室

17. 偏厅

18.19. 苏文坤 苏光元家杂屋

20. 苏光楚家厨房

21. 苏光铁家厨房

22.23.24.25. 苏文会苏光良家房屋

26. 西院

27. 牲畜房

28. 晒谷坪

29. 里弄堂

30. 外弄堂

十一、浏阳《苏氏族谱》所刊资料图影选辑

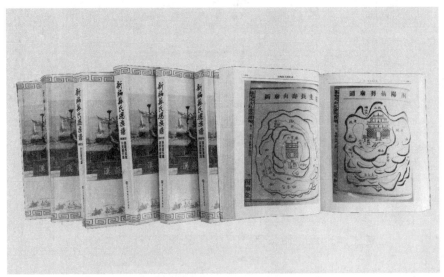

△北京大学管成学教授主编《新编苏氏总族谱》收录浏阳《苏氏族谱》

△浏阳《苏氏族谱》（二修、三修、四修、五修）

△道光二十六（1846年）《苏氏次修族谱》（二修谱）

△同治三年（1864年）《苏氏次修族谱》（三修谱）

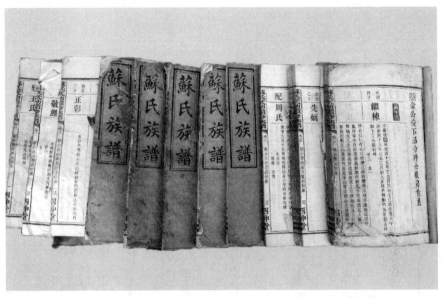

△光绪三十四年（1908年）《苏氏武功续修族谱》（四修谱）

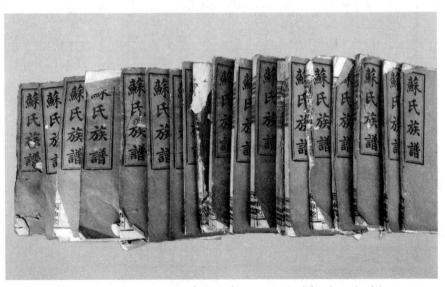

△民国二十六（1937年）《苏氏武功五修族谱》（五修谱）

蘇氏次修族譜 卷一 前五派派紀

瀏善武功蘇氏派紀全牒

考眉山派紀自昆吾之子封於蘇歷數十派至漢朝 建公
越二十二派 眛道公遷眉州為眉之始祖傳十一派而生
老泉公父至我祖 環六公又十有一派矣又考洪都派
紀由 老泉公曾孫 符公官於吳家於吳遂為吳之始祖
至我祖 環六公又閱七派矣今我瀏善支系不惟不敢遠
祖眉山竝不敢上祖洪都惟斷自遷楚來瀏 環六公為始
祖 裕伯公 崇侯公為一派祖云

例封榮祿大夫始祖公如日字環

六號 瑞階
公係洪都
東陽公次子 符公之第七派孫 老泉公之第十派孫也

△《苏氏次修族谱》（三修）记载始祖苏如日内容

例封太夫人聶太君　姓係

宋興定元年丁丑生壽八十二元大德二年戊戌卒葬緞牌
李家巷官衢側坤山艮向有碑有圖墓前契置保墓田三垅
計壹畝墓後墓側丈尺後齊山壕直上至李姓公屋滴水牆
下為界墓左契置保墓園壹隻後嗣務宜世守管理以作祭
掃之貲

子三

環六公之配宋興定二年戊寅生壽八十五元大德六年壬
寅終葬耕塘尾橫冲中噦鐵欄關虎形午山子向墓前後
左右均各存保墓山貳丈

生元臣另徙　　裕伯
　　崇笑

△《苏氏次修族谱》（三修）记载始祖苏如日夫人聂氏内容

第一派

崇侯

诰授資政大夫裕伯公 字 寬仁 號

宸北 官名 圖南 公係

環六公次子宋嘉熙四年庚子六月初六日子時

生壽七十八元延祐四年丁巳正月十三辰時

卒葬大冲口下冲左岸山高椅坡正中上一冢

丑未兼癸丁

子四

公生長江右南昌府南昌縣居鐵柱宮前南宋理

宗景定四年追蹑 東坡公為先世勳臣詔封

△《苏氏次修族谱》（二修）记载图南公苏裕伯内容

后裔賜　公吏部侍郎　後朱元鼎革　公泰雙

親隱居湖洲　易名清伯　元貞時徙居長沙府

南關內蘇家巷　易名欽伯　後卜居我瀏北緞脾

橋更名宸北　隸籍編甿人莫知爲先朝遺逸惟

扶杖逍遙遨遊山水以適性耳

洞陽山係第二十四洞天　公暮年嘗樂

以爲登眺憩息之所作記誌之記載首卷

鐵柱宮許真君祠也即今之萬壽宮在江西南

昌府南昌縣廣潤門內

誥封夫人樊太君　少姒　姓係

圖南公之配宋淳祐十年庚戌生葬高橋坡與

圖南公合墓癸丁兼丑未

生孟仲　季仲　清仲　才仲

△《苏氏次修族谱》（二修）记载图南公苏裕伯及夫人樊氏内容

家譜告竣記

夫帝王事蹟雖備載於簡編而祖本宗支實賴詳於譜牒士君子欲崇本

篤親溯源追始以別長幼尊卑之分收離合渙萃之序者不外於是予家

系出眉山派衍洪都歷七派至環六公父子乃卜瀏北緞牌二派祖惟季

仲清仲才仲三公徙家筞圭洞陽傳十二派子孫蕃衍散處四方有不相

問聞者雍正戊申冬族伯渭濱因慨然思曰繼自今家乘不修將宗法不

明而昭穆無以序親疎無以分甚至相視有如塗人者因糾集族人商修

家譜族人胥欣諸遂訪求世系搜集圖籍與族虞臣公所存譜牒及先祖

茂瀏公所藏者互相考訂若合符節盡心討論修飾無間斯夕己酉臘功

成大半因梓人歲暮言歸弗克終事越庚戌故疾復作而修譜之志猶不

少休但恐大數已定勢不能長留此身以遂厥志因囑先君心其庶不

至功敗於垂成胡天不惠先君入庠不數年亦齎志以歿嗚呼兄若弟相

蘇氏次修族譜　茲卷　壬戌舊序

△《苏氏次修族谱》（二修 版心四仲堂）壬戌旧序1

望以成厥譜而不獲相繼以觀厥成九原之抱恨何如哉辛酉秋適舊債
梓人不忘凤好過訪從堂叔容高一見心喜欸留數日慨然以畢乃譜事
為已任糾族商權竝催集未上譜之生劌葬配數月內早作夜思固不違
言痒而嬙母氏湯亦勤勞内助匪直梓人之供給無缺而族人之往來亦
周旋弗怠眞巾幗中鬚眉丈夫而善成夫志以光前裕後者也又幸族叔
端人族兄鼎昌英烈子祥榮昌從堂伯子羮等皆樂勤厥成夫以十餘年
未了之局伈祖宗之靈而鼓舞眾志得以告竣庶幾子孫繁而不紊書香
續而不絕固伯父先父之幸抑亦通族之幸也因樂為之記

乾隆七年壬戌歲　　　　　　　洞陽嗣孫敬典謹識

道光二十六年丙午歲孟春月　　闔族　重梓

△《苏氏次修族谱》（二修　版心四仲堂）壬戌旧序2

洪都源流引

洪都蘇氏始目　坡公之孫符公仕宋孝宗朝為禮部尚書時值南渡之初禮

樂未興符公家學淵源風爛制作故能得君寵任榮及數世先是　坡公立朝

時每為小人忌惡身後猶編名元祐黨毀其文集至符顯榮始得追贈資政殿

學士兼崇贈太師又取其文置左右親製集贊賜其會孫嶠眷顧之隆如此時

宋都臨安符以官為家居於吳不遠君也子嶠及進士第知江右新建縣嶠生

青巖巖生銓鈺生經綸生東陽陽生如星如日如月始居洪都星裔不甚詳

月生子裕謨謨四世孫絃居南昌崇山星後裔又有徙居長沙湘潭醴陵等處

若我祖　日公宇環六生子三長元臣次裕伯三崇侯元臣五世孫明昇徙省

口我　裕伯公宋賜吏部待郎值宋元鼎革奉親隱遯湖湘間元初徙清瀏緞

牌　崇侯公亦同徙緞牌生子才與孫三長孫淮次孫河均隨父徙善化南塘

橋三孫泗遷江西吉安迄今我瀏善兩支蕃衍成族因畧述洪都源流云

蘇氏次參矢普 次卷　洪都源流引　十五

△《苏氏次修族谱》（三修，版心武功堂）洪都源流引

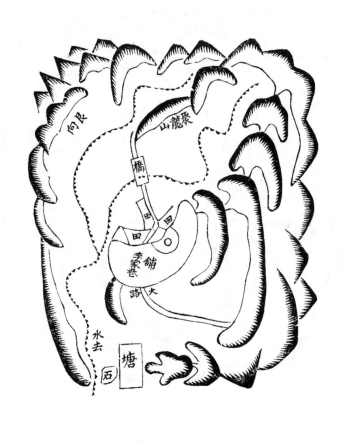

△《苏氏次修族谱》（二修）所载始祖苏如日墓庐图

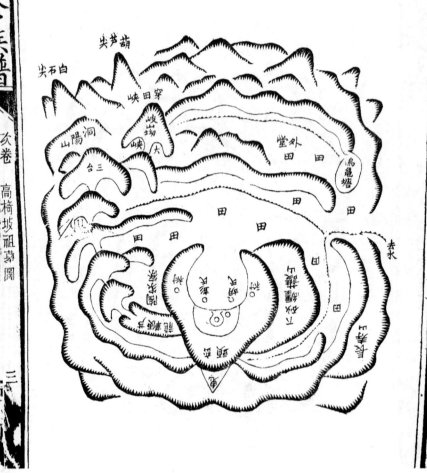

△《苏氏次修族谱》（二修）所载苏裕伯（图南公）夫妇墓庐图

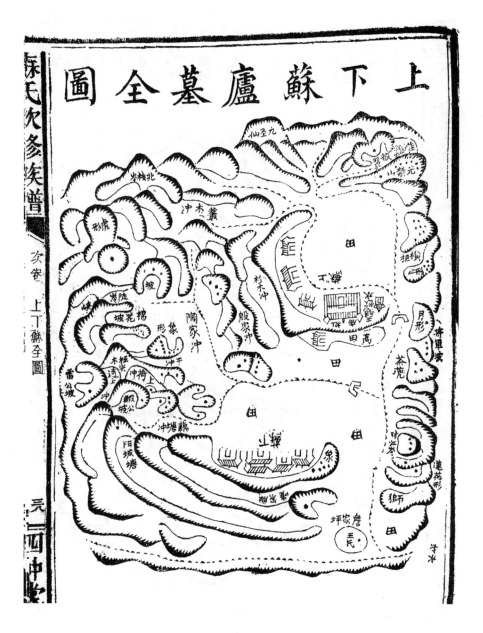

△《苏氏次修族谱》（二修）所载上下苏墓庐图

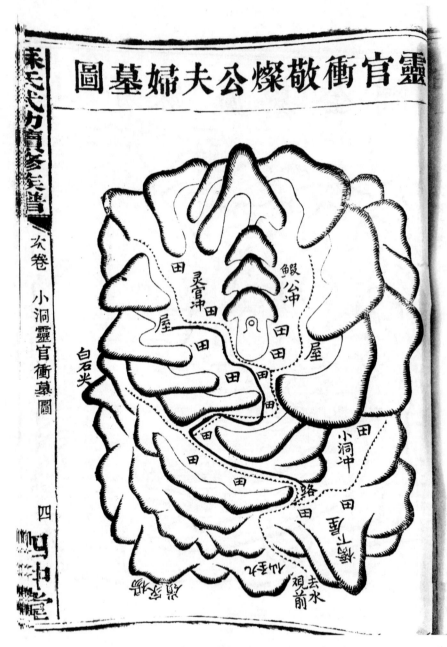

灵官衝敬燦公夫婦墓圖

次卷　小洞靈官衝墓圖

△《苏氏武功续修族谱》（四修）所载苏敬灿墓庐图

△《苏氏武功五修族谱》所载洞阳仙羽庙图

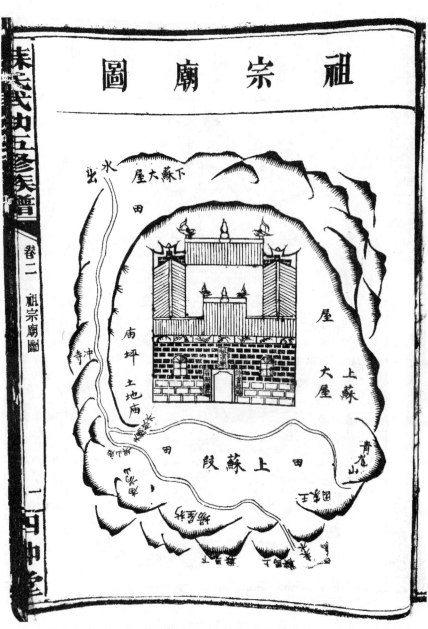

△《苏氏武功五修族谱》所载祖宗庙图

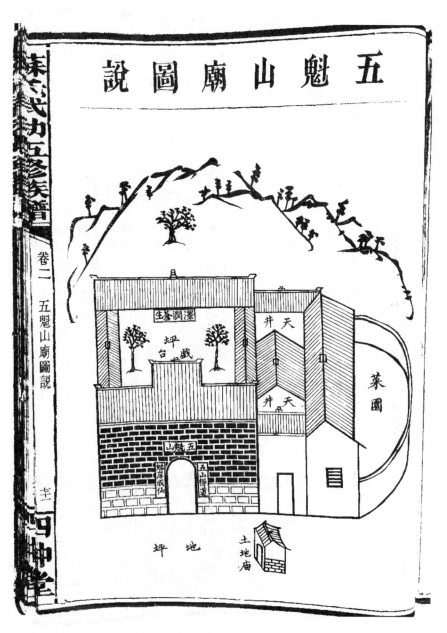

△《苏氏武功五修族谱》所载五魁山庙图

△《苏氏武功五修族谱》所载苏万金祠图